AF304339

Emily Dunwood wurde 1995 in Tübingen geboren. Schon während ihrer Schulzeit in Berlin und New Jersey entstanden ihre ersten Science-Fiction- und Fantasy-Romane. Diskussionen um Social Media, den gläsernen Menschen und das Dark Web inspirierten sie zu ihrem Debüt, dem Zweiteiler *Java & Glass*.
Neben dem Schreiben studiert sie Jura an der Freien Universität Berlin.

EMILY
DUNWOOD

JAVA AND GLASS

DIE GEFALLENE STADT

Erstausgabe August 2019

© 2019 dp DIGITAL PUBLISHERS GmbH

Made in Stuttgart with ♥
Alle Rechte vorbehalten

Die gefallene Stadt

ISBN 978-3-96087-821-6
E-Book-ISBN 978-3-96087-735-6

Umschlaggestaltung: Vivien Summer
Unter Verwendung von Abbildungen von
© graphicINmotion/shutterstock.com,
© Dimitriy Rybin/shutterstock.com,
© Nick Starichenko/shutterstock.com
und © GrandeDuc/shutterstock.com
Lektorat: Daniela Höhne
Satz: dp DIGITAL PUBLISHERS
Druck und Bindung: Books on Demand GmbH, Norderstedt

Teil A

Die Architektur einer fallenden Stadt

Kapitel 1

Ist die Hochbahn zu dieser Zeit sonst auch so voll? Oder bin ich einfach in den falschen Wagon gestiegen? Jedenfalls habe ich das miese Gefühl, die Luft meines Sitznachbarn zu atmen, bevor der etwas davon hat. Muss meine Knie fest geschlossen halten, damit sie nicht an der schwitzigen Haut eines anderen kleben bleiben.

Gerade jetzt, gerade in dieser Nacht hätte ich mir eine unbesetzte Bahn gewünscht, oder einfach mehr Luft zum Atmen. Nicht das Gefühl, den Typen neben mir gleich abzuschlecken, wenn ich den Kopf zur Seite drehe, um auf der Anzeige nach den Stationen zu sehen.

Stocksteif und bewegungslos verharre ich auf meinem Sitz, die Hände fest auf meine Oberschenkel gedrückt, und starre geradeaus. Auf der mir gegenüberliegenden Seite sitzen die anderen Menschen Schulter an Schulter und werfen ihre zwei Schatten gegen das spiegelnde Fensterglas: Den Schatten ihres Körpers, der mit schemenhaften Silhouetten die Scheibe verdunkelt und den, den der Chip in ihrem Kopf wirft;

ihren richtigen Schatten, der sie so viel besser abbildet. Ihre Timeline.

In der Hochbahn, zeigt jede von ihnen an. Manchmal ist diese Offensichtlichkeit der Timelines fast schon ein bisschen unerträglich. Darunter Bilder, Verlinkungen, Aktionsfelder der letzten Minuten und Stunden; alles, was der Chip aufgesaugt hat, jeden Satz, jeden Schritt, eine endlose Chronik von: *Spricht mit … Arbeitet an … Fühlt sich … gut, müde, gestresst, motiviert …* Ich müsste nur ein paar Minuten länger daran hängenbleiben und ich wüsste alles über ihren Tag. Doch ich entschärfe meine Sicht, lasse die Szenerie zu einem unruhigen Lichterbrei verschwimmen. In Nächten wie diesen sind Gelächter, Gespräche, schöne Momente, die kleinen Erfolge und geistreichen Momente von fremden Menschen kaum auszuhalten.

Ich lasse meinen Kopf gegen die Fensterscheibe hinter mir sinken und blinzele. Meine verdammten Fingerspitzen vibrieren, als wären sie die Hochbahn selbst.

Spitze Finger in meinem Haar.

Ich presse die Zähne aufeinander. Knirsche. Atme flach und hart, hoffend, dass mein Sitznachbar es nicht hört. Genug, dass mein Puls über meine Timeline zuckt wie ein Up-Tempo-Song.

Spitze, sanfte Finger.

Ich pfeife Luft durch die Zähne, einen zittrigen Schwall angestauter, angehaltener Luft.

Warum tue ich mir das an?

»Nächste Station: Apple Square«, säuselt es glockenklar aus den unsichtbaren Lautsprechern über unseren Köpfen. Das bisher noch abgedunkelte Licht im

Wagon flammt hell auf und frisst alle natürlichen Schatten. Wir rauschen in den nächsten Bahnhof ein. In *den* Bahnhof. Ich kratze mit den Fingernägeln so unauffällig wie möglich über den glatten Stoff, der meine Beine bedeckt, in der Hoffnung, darin ein Ventil zu finden. In mir staut sich Hitze. Gedankenhitze.

Der Geruch nach Parfüm.

Hier ist sie ausgestiegen. Genau hier, genau eine Station zu früh. Ich drehe den Kopf zur Seite und lasse meinen Blick unruhig über den Bahnsteig gehen. Plötzlich kann ich ihre Anwesenheit fast spüren. Physisch. Kann ihre Schritte auf dem dämpfenden Boden hören. Kann ihren Schweiß riechen, der sich mit dem subtil-zitronigen Aroma der Klimaanlage mischt.

Nervös warte ich darauf, dass sich die Türen wieder schließen, als drei letzte Fahrgäste mit langen Schritten in den Wagon steigen. Sie bleiben im Stehabteil stehen – und trotzdem wird der Wagon schlagartig enger. Ihr Auftreten macht aus drei Leuten zwanzig und ihre Stimmen, die sich ganz natürlich zwischen die elektronischen Ansagen mischen, füllen plötzlich auch im gedämpften Tonfall den ganzen Hochbahnwagen. Ich presse meinen Hinterkopf noch fester gegen die Glasscheibe, so fest, dass es wehtut. Warum bin ich hier? Warum tue ich mir das an? Es wird nichts verbessern, wird mich nicht vom ganzen Müll in meinem Kopf befreien. Und ich hatte vergessen, dass ich solchen Menschen jederzeit über den Weg laufen kann.

Paradiser.

Es sind zwei Frauen und ein Mann, vielleicht zwei, drei Jahre älter als ich. Große helle Uhren kleben an ihren Handgelenken wie gewonnene Pokale. Ihre Hemden sind weißer als das Licht der Hochbahn und ihre Zähne noch mehr. Jede ihrer Bewegungen ist wohlüberlegt, natürlich und spontan, eine Choreographie immerwährender Coolness.

Dabei geht es nicht um eine Bewegung, um ein Lachen, oder eine Uhr. Es geht nicht um einen Abend, es geht um viele. Es geht um ihre Timelines. Sie sind die eigentlichen Pokale.

Ich kann mich nur schwer davon abhalten, zu scrollen. Es wäre nur eine Augenbewegung, oder ein Fingerzeig, aber ich bin schon labil genug in diesem Moment.

Ihre Blicke schweifen durch den Gang, in dem ich sitze und scrollen fast unbemerkt durch die Timelines aller Anwesenden. Ganz leicht nur zucken ihre Pupillen. An meiner Timeline sind sie ebenso schnell vorbei wie an jeder anderen. Doch ich bin mir sicher, hätte man ihre gut kontrollierten Gesichter in Zeitlupe versetzt, hätten sie sich verzogen.

Jetzt wissen auch sie es.

Ich blicke an mir hinab auf den blauen Stoff meines Jumpsuits. In ein, zwei oder drei Monaten wird der Schnitt aus der Mode sein, irgendwo ein Fleck sitzen ... Und ich werde mit einem Schlag sehr weit von diesen Menschen entfernt sein – nach jahrelangen Bemühungen, mich ihnen anzunähern. Da hatte ich schon meinen Platz zwischen den Sternen und nun blicke ich wieder zu ihnen hinauf. Rakete abgestürzt.

Ich kneife die Augen zusammen und zwinge mich, mein Gesicht abzuwenden. Es ist ohnehin nur noch eine Station. Ich wünschte, ich könnte wenigstens aus dem Fenster sehen, doch die Scheiben spiegeln stark und mich muss ich gerade noch weniger begaffen, als die Timelines fremder Leute.

Die Sekunden vergehen zäh.

»Nächste Station: Eden Park.« Endlich fährt die Hochbahn unter leisem, rasselndem Bremsen in den nächsten Bahnhof ein.

Kurz bevor ich aussteige, fällt mein Blick noch in den Spalt zwischen Hochbahn und Bahnsteig, in dem sich die unvorstellbare Tiefe unserer Stadt auftut. Ein Mann neben mir lässt ein Kaugummipapier hineinfallen und mein Blick bleibt daran haften, wie es sich in die Dunkelheit hinabschraubt und irgendwann einfach verschluckt wird. Es muss ein weiter Weg nach dort unten gewesen sein. Ein langer Fall … Ich wünschte, ich könnte verstehen, warum sie genau das gewählt hat. Und ich wünschte, ich müsste mich jetzt nicht fragen, warum.

Der Eden-Park-Bahnhof spuckt mich auf einen schmalen Übergang aus, der, begrenzt von einem knapp brusthohen Geländer, an einer Hausfassade entlangläuft. Ich lasse mich von dem kleinen Strom der Menschen mitziehen, die wie ich über die nächste Brücke in die Fahrstuhlhallen wollen und klebe dabei mit dem Blick an der gläsernen Fassade zu meiner Rechten. Die Büroräume dahinter sind hell erleuchtet und geben in ihrer Gleichförmigkeit den Effekt zweier sich gegenüberliegender Spiegel. Ein Büroraum, dahinter noch einer und noch einer, alle verbunden durch eine Wand aus Glas. Nur die unterschiedlichen Menschen, die darin arbeiten, heben den Spiegeleffekt auf. Nicht, dass ich sie ums Arbeiten beneide, aber ihr

Leben sieht wenigstens geregelt aus, wenn sie ihre Zahlenkolonnen und Computeranweisungen in ihre Schreibtische hämmern.

Der Knoten in meinen Eingeweiden, der da seit Tagen sitzt wie ein schmerzhafter Emotionstumor, zieht sich noch ein bisschen fester zusammen. Ich wende den Blick ab.

Der Übergang leitet mich weiter auf eine größere Brücke, auf der sich der Menschenstrom verteilt. Ich lege kurz den Kopf in den Nacken und blicke in den Himmel, der viel zu hell ist für Sterne. Nur die Lichter von Hyalopolis scheinen sich darin zu spiegeln und wenn ich die Augen zusammenkneife, scheint die ganze Stadt im Nachtblau des Himmels zu verschwimmen. Darunter fahren die stromlinienförmigen Hochbahnen auf zwanzig Ebenen durch die erleuchteten Häuserschluchten; verwischen in ihrer Geschwindigkeit zu einem langen, chromfarbenen Pinselstrich, der Schleifen um die niemals endenden Wolkenkratzer malt. Dazwischen spannen sich gläserne Brücken und Gänge wie Spinnenweben, tragen die Menschen als kleine helle Punkte über die verschiedenen Ebenen der Stadt.

Ich sauge einen Schwall süßlicher Luft in meine Lungen, schmecke die Stadt auf meiner Zunge. Ihren feinen, schönen, künstlichen Geschmack. Ein kräftiger Wind bläst über die Brücke, über meine Haut und in meine Kleidung. Fröstelnd vergrabe ich die Hände in den Taschen und beschleunige meinen Schritt, vorbei an den anderen Menschen, die in meinem Sichtfeld zu Silhouetten verschwimmen, begleitet vom sanften Klappern meiner High Heels.

Ihre Finger gleiten durch mein Haar. Ihre Fingerspitzen kitzeln auf meiner Kopfhaut, ihre leise Stimme in meinen Ohren. Wenn sie einen Knoten findet, zieht sie daran bis er sich löst ...

Mein Herz hämmert gegen meine Brust, als ich die Fahrstuhlhalle erreiche. Wie ein gehetztes Tier laufe ich zwischen den hohen Marmorsäulen hindurch, mit unruhig hin- und herspringendem Blick.

Nummer zwölf, Nummer achtzehn, Nummer siebenundzwanzig.

Die öffentlichen Fahrstühle er Stadt sehen alle gleich aus. Nur die verchromte Nummer weist sie aus.

Nummer dreiundsechzig. Nummer ...

Die Parfümflasche zerschellt auf dem Boden. Winzige Splitter fliegen durch die Luft, bilden ihr eigenes Sonnensystem.

Nummer siebzig. Da ist er.

Mit glühendem Gesicht und zittrigen Fingern erreiche ich den Fahrstuhl. Ihren Fahrstuhl. Es dauert ewig, bis sich endlich die Türen öffnen. Durch meinen bisher so mühsam kontrollierten Körper geht ein Ruck und ich stolpere ins Innere. Drücke unkontrolliert, fast panisch, alle Knöpfe, bis sich die Türen endlich schließen und ich allein bin.

Der Fahrstuhl beginnt die Stockwerke abzuzählen. 463, 462, 461 ...

Es dauert etwa sechs oder sieben Minuten, bis man die unteren Ebenen der Stadt erreicht, selbst mit den öffentlichen Hochgeschwindigkeitsfahrstühlen.

Derweil stehe ich dumm in der Mitte, übergossen von viel zu hellem Licht. Die verspiegelten Wände, eingerahmt in glänzende Stromlinienornamente, beglücken mich mit meinem geradezu bemitleidenswerten Spiegelbild und meiner noch bemitleidenswerteren Timeline. Ich bin froh, dass ich sie gerade spiegelverkehrt sehe. Mir ist zum Kotzen zumute und meine Timeline ist das große Stück Kuchen, das man während seiner Magen-Darm-Grippe nicht sehen will.

Endlich geht ein leichter Ruck durch den ganzen Raum, kaum spürbar, doch ungemein erleichternd. Ein helles *Pling* begleitet die aufleuchtende Zahl: 50. Stock. Der tiefste Punkt, den man mit einem öffentlichen Fahrstuhl erreichen kann. Die Stockwerke darunter sind nicht mehr zugänglich.

»Die Fahrt endet hier«, plärrt es aus den Lautsprechern. »Bitte verlassen Sie die Kabine. Die Fahrt endet hier. Bitte ...«

Ich sehe in den Spiegel, wo sich ein seltenes Schauspiel ereignet. Meine Timeline beginnt zu flackern wie ein alter Fernsehbildschirm. Suchend kreiselt der Empfang, die Aktualisierungen halten inne. Und dann verschwindet sie einfach. Sie hat den Empfang verloren und sich nun von selbst in den Ruhezustand versetzt.

Ich bin allein. Wirklich allein. Analog allein.

Tief atme ich aus. Verharre noch ein paar Sekunden und lasse mich dann gegen eine der verspiegelten Wände sinken, rutsche daran zu Boden und verschränke die Knöchel. Entschärfe meinen Blick. Blinzelnd sehe ich in mein verschwimmendes Spiegel-Ich, dessen platinblonde Haare mit dem gleißenden Fahrstuhllicht verschmelzen.

»Es ist ein langer Weg nach unten, Java. Ich weiß nicht, ob du ihn allein gehen möchtest.«

Ein Ruck geht durch meinen Körper. Ein Lidschlag später fluten Tränen meine brennenden Augen. Ich zittere, bebe. Der Weinkrampf schüttelt mich wie ein Orkan, bricht in hohen Wellen über mir zusammen. Wasser rinnt aus meinen Augen, Rotz aus meiner Nase. Dicke Tropfen färben das Blau meines Jumpsuits dunkel. Ich ziehe die Beine an die Brust, umklammere meine Knie und presse mein Gesicht in meine offenen Handflächen.

»Scheiße!«, schreie ich, dass meine Stimmbänder weh tun. »Scheiße. Warum?« Heiße, salzige Tränen tropfen in meinen Mund, während der Knoten in meinem Bauch mit jedem Schrei noch einmal explodiert. »Warum hast du das gemacht?« Ich schlage mit den Fäusten gegen die Wand, krümme mich. »Warum?«

Ich schreie sie an. Immer und immer wieder, weil ein Teil von mir wohl glaubt, dass sie das hören kann. Hier ganz unten. In der Tiefe, in die sie sich gestürzt hat.

»Was wird jetzt aus mir?«, presse ich unter heftigen Schluchzern hervor. »Sag es mir!« Meine Stimme erstirbt, ich ringe nach Luft. Was ist aus meinem verdammten Leben geworden? Was wird daraus, wenn sie nicht mehr da ist? Sich einfach verpisst hat? Wir wussten doch beide, wie das funktioniert. Wir wussten beide, dass sie immer der einzige Strohhalm war, an dem ich mich festklammern konnte.

Irgendwann werden meine Schluchzer leiser. Hyperventilierend und erschöpft sitze ich da und starre wieder mit aufgeweichten Augen mein Spiegelbild an.

Wirres Haar, aufgedunsenes Gesicht. Ein bemitleidenswerter Anblick.

Die Fahrstuhltür beginnt, sich zu schließen, doch ich hebe den Arm und schlage hinter mir kräftig auf den Knopf, der sie offenhält.

Eine Weile lang bleibe ich apathisch so sitzen. Das Licht schmerzt in meinen Augen.

Dann reißt mich ein unerwartetes Geräusch aus meiner Zurückgezogenheit. Schritte. Schritte, die laut an den Wänden der dämmrigen Fahrstuhlhalle widerhallen.

Schnell drehe ich meinen Kopf zur Seite und blicke durch die geöffnete Tür. Die Halle dahinter scheint leer. Nichts als abgetretene Böden und aufplatzender Putz. Mattes Licht fällt über den Boden und überzieht ihn mit einem gelbgräulichen Schleier.

Ich richte mich langsam auf, kneife die Augen zusammen und gebe dem Fahrstuhl gleichzeitig die Anweisung, mich wieder nach oben zu bringen. Doch kaum, dass sich die Türen ein Stück geschlossen haben, öffnen sie sich auch schon wieder. Jemand muss von außen den anderen Knopf drücken.

Ich bekomme Panik. So weit unten lebt nur noch menschlicher Unrat, sonst verirrt sich niemand hierher. Wieder drücke ich auf den Knopf und versuche damit, die Tür dazu zu bringen, sich endlich zu schließen. Doch es ist das gleiche Spiel. Kurz schließt sie sich, dann gleitet sie wieder auf.

Angespannt starre ich nach draußen ins matte Licht, horche auf die Schritte, aber sie sind verklungen. Und weiterhin sieht es so aus, als wäre die Fahrstuhlhalle leer. Bis plötzlich ein langer Schatten über den Boden fällt. Ich zucke zusammen. Da ist tatsächlich jemand.

Ein leises Räuspern.

Ich bin bewegungslos. Wie zur Statue erstarrt, blicke ich auf den unförmigen Schatten, der sich vor der Tür bewegt. Dem Schatten folgt eine Person, die so plötzlich in der Tür steht, dass ich zusammenfahre und instinktiv ein paar Schritte ins Innere der Kabine zurückweiche.

Ein junger Mann. Tief hängt ihm sein Hut ins Gesicht, ein langer Mantel verhüllt seine Silhouette. Für den Moment steht er genauso regungslos da wie ich. Er blinzelt. Ich blinzele. Ich kann seinen Atem hören. Laut und rasselnd geht er, wie der eines Asthmatikers nach einem langen Lauf.

Mein Herz schlägt dumpf und schnell, ich weiche noch ein Stück zurück. Fast berührt mein Rücken die Wand. Wer ist das? Ein Verrückter? Ein Krimineller? Ein Mörder, der darauf gewartet hat, dass jemand sich hierher verirrt?

Seine Schuhe glänzen und unter seinem dunklen Mantel blitzt das helle Grün einer Seidenkrawatte. Ein Obdachloser ist er nicht.

Sekunden lang passiert gar nichts, außer dass er mich mustert. Immer wieder gleitet sein Blick auf und ab, seine Mundwinkel zucken dabei und seine Stirn zieht Falten, als würde er etwas arg infrage stellen. Besonders lange bleibt er an dem einzelnen Handschuh hängen, den ich an der rechten Hand trage.

»Du bist hier«, sagt er dann plötzlich. Ich weiß nicht, ob das eine Frage, oder eine Feststellung ist. Soll ich antworten?

Er runzelt noch einmal die Stirn, eine seiner Fußspitzen zuckt nervös.

»Ohne Maske«, sagt er. Seine Stimme ist rau. Mitgenommen. Wie mit grobem Schleifpapier abgerieben. »Und so viel jünger, als ...« Die Fußspitze tappt unruhig auf und ab, jedes Mal mit einem lauten Klacken. Ich weiß nicht, was ich mit seinen Worten anfangen soll. Ich bin mir sicher, ich bin diesem Mann in meinem ganzen Leben noch kein einziges Mal begegnet. Diese Stimme hätte ich nicht so einfach vergessen.

»Aber du bist da«, fügt er hinzu. »Das ... Das ist gut.« Er scheint sich an seiner eigenen Stimme zu verschlucken, räuspert sich, atmet hektisch ein und aus.

»Wir haben darüber nachgedacht und wir vertrauen dir. Unser Deal steht also.«

Ich starre ihn noch einen Augenblick lang an, da geht es mir auf. Er verwechselt mich. Anscheinend hat er hier jemanden erwartet und nun hält er ausgerechnet mich für diese Person. Ich will schon abwinken, doch er redet einfach weiter.

»Unser Deal steht«, wiederholt er und macht eine dramatische Pause. »Du hilfst uns, aus dieser ... Sache rauszukommen und dafür bekommst du eine neue Timeline. Nach deinen Wünschen. Wie verlangt.«

Was hat er da gerade gesagt? Neue Timeline? Das kann er nicht ernst meinen! Das ist nicht möglich. Doch sein Gesicht ist ganz ernst, nicht verwirrt, nicht fanatisch. Er meint es so. Aber ich dachte immer, das wären nur Gerüchte, Geschichten ...

Ich brauche einen Moment, um mich zu sammeln. Dann macht es Klick. Ich weiß nicht, wie genau er das gemeint hat. Ich weiß nicht, in was für eine Situation ich gerade hineingestolpert bin. Aber ich habe genau *eine* Chance es herauszufinden.

»Gut«, sage ich und verschränke die Arme vor der Brust. Man muss mir ansehen, wie bitter ich geflennt habe, aber darauf kann ich jetzt keine Rücksicht nehmen. »Der Deal steht.«

»Dann ... dann ist gut«, sagt der Mann und streicht sich nervös den Mantel glatt. Sein Blick geht hin und her, einmal dreht er blitzschnell den Kopf nach hinten, als erwarte er jemanden hinter sich. »Dann ist gut«, wiederholt er noch einmal, scheinbar mehr für sich selbst und bläst laut Luft durch seine Zähne.

Kurz herrscht Schweigen zwischen uns und ich drehe und wende Möglichkeiten von Fragen, Möglichkeiten von Antworten. Möglichkeiten, wie ich herausfinden kann, wie er das gemeint hat, was er sagte.

»Ihr haltet euch auch an die Abmachung?«, frage ich. »Dass es auch klappt, meine ich.«

Er sieht mich einen Moment lang mit geweiteten Augen an.

»Natürlich«, antwortet er dann. »Du weißt, er ist gut. Er ist der Beste in diesem ... Geschäft. Wenn man das so sagen kann.«

Wer ist gut?, frage ich mich. Doch das kann ich nicht fragen.

»Aber das mach mit ihm aus«, fährt er fort. »Ich kann ... ich will damit nichts weiter zu tun haben. Will nur ...« Schon wieder scheint er sich an seiner eigenen Spucke zu verschlucken und seine Worte weichen unausgesprochen einem lauten, unkontrollierten Husten.

Ich weiß nicht, was ich mit diesem Menschen anfangen soll. Was ich von ihm denken soll. Oder dieser Situation.

Dafür bekommst du eine neue Timeline. Das könnte alles verändern.

Endlich fängt er sich wieder. Streicht bedächtig seinen Mantel glatt, wie im Versuch, ein Stück verlorene Würde wiederherzustellen.

»Wo?«, frage ich, was wohl erst einmal die wichtigste Frage ist. Ich *muss* herausfinden, ob Wahrheit in dem steckt, was er sagt.

»Ja, also ...« Er beginnt in seiner Manteltasche herumzuwühlen, fingert darin herum, bis er einen dünnen Filzschreiber hervorholt. Wie wild kritzelt er damit auf seiner Handfläche herum. Fest drückt er das Ding in seine Haut, als wolle er die Farbe hineintätowieren. Als er fertig ist, steckt er den Stift wieder ein und kommt dann plötzlich so schnell auf mich zu, dass ich nicht mehr die Möglichkeit habe, auszuweichen. Noch bevor ich realisieren kann, was er vorhat, packt er auch schon meinen Arm, zieht meine Hand zu sich heran und umschließt sie fest mit seiner eigenen. Wie eine Schraubzwinge drückt er meine Finger zusammen, bohrt fast seine Nägel in meine Haut. Ich schnappe nach Luft, will meine Hand reflexartig wegziehen, doch er hält sie eisern umklammert, sodass seine eisige Handfläche sekundenlang an meiner klebt. Ich sehe ihm kurz in die Augen, in blank glänzende, weit geöffnete Augen mit riesigen, starrenden Pupillen. In einen hektischen Blick, der mir Eiseskälte durch den Körper jagt.

Dann lässt er plötzlich los. Wie eine gespannte Feder schnellt meine Hand zurück, prallt gegen meine Brust und ich umklammere sie, wie ein Kind, sein wiedergefundenes Spielzeug. Laut geht unser Atem. Seiner und meiner. Und ich kneife die Augen zusammen, weiche seinem Blick aus, dem ich nicht noch einmal so begegnen möchte.

Er zieht die Nase hoch, richtet seinen Hut und entfernt sich wieder um ein paar Schritte.

Ich werfe einen Blick auf meine Hand, die sich warm und feucht und zerquetscht anfühlt. Als ich sehe, was sein fester Griff auf meiner Handfläche hinterlassen hat, verstehe ich seine unheimliche Aktion. Ziemlich schief, blass und etwas verwischt stehen Zahlen und eine kurze Zeile auf meiner Haut. Ein Abdruck des Filzschreibers, mit dem er zuvor seine Hand bemalt hat.

21:00 Uhr.

036783.

Mad Casino – Mad Hatter's Street.

Eine Uhrzeit, eine Adresse; was ich mit der Zahlenkolonne anfangen soll, weiß ich nicht. Kann ich ihn das fragen? Vermutlich nicht.

Der Fremde zuckt, beinahe entschuldigend, mit den Schultern und wischt seine flache Hand am Mantel ab.

»Wo«, stellt er fest und tippt sich an seinen Hut. »Und bitte ... wir haben nicht mehr viel Zeit. Es muss alles schnell gehen, ich meine ... wirklich, wirklich schnell.« Er leckt sich einmal kurz über seine Lippen. »Ist das machbar?«

Ich habe nicht die leiseste Ahnung, worum es geht. Ob es überhaupt um etwas geht, oder ob ich nur Futter für die Illusionen und Hirngespinste eines Verrückten bin. Trotzdem nicke ich mit Selbstverständlichkeit. Der junge Mann schiebt seinen Hut zurück und wischt sich mit dem Handrücken über die Stirn, auf der winzige Schweißperlen glänzen. Fast unmerklich schüttelt er den Kopf, als würde er mir nicht glauben.

Ich sehe noch einmal hinab auf meine Handfläche.

»Mad Casino«, sage ich und nicke ihm zu.

Er antwortet nicht. Hat seinen Blick längst von mir abgewandt und blickt aus leeren, fahrigen Augen. Dann tippt er schweigend an seine Hutkrempe, nickt leicht und verlässt meinen Fahrstuhl. Ich schiebe einen Fuß zwischen die Türen, damit sie sich nicht schließen und sehe ihm nach. Er geht zügigen, fast gehetzten Schrittes durch die Halle, wartet kurz, bis der nächste Fahrstuhl eintrifft und steigt ein. Er blickt kurz auf seine Hand, in der ich von Weitem die Ziffern schimmern sehe. Dann drückt er mehrere Knöpfe. Als sich die Türen schließen, steht er wieder in der Mitte der Kabine und verschränkt die Arme vor der Brust. Legt den Kopf ein wenig in den Nacken und lässt helles Licht unter seine breite Hutkrempe. Sein Blick trifft meinen. Blutunterlaufene Augen, eisiger Schauer. Die Tür schließt sich. Ich höre das leise Rattern, als der Fahrstuhl sich in Bewegung setzt. Und zum zweiten Mal in den letzten Minuten geschieht etwas, das ich nicht für möglich gehalten hätte: Der kleine Bildschirm über dem Fahrstuhl, der die Stockwerke anzeigt, die die Kabine passiert, beginnt zu zählen. Aber nicht aufwärts. Sie zählt abwärts. 49, 48, 47 … Ich starre auf die Zahlen, bis sich meine eigene Tür langsam schließt. Wie hat er das gemacht? Die Fahrstühle fahren für den normalen Nutzer nicht weiter als bis zum 50. Stockwerk. Darunter kommt nichts mehr. Nichts mehr als leere, verdreckte, unbewohnte Stadt, die vermutlich nicht einmal mehr von Wartungsarbeitern betreten wird.

Es schüttelt mich und ich brauche ein paar Sekunden, um mich wieder zu fangen. Was habe ich da gerade gesehen? Was ist gerade passiert? Ich schüttele einmal den Kopf, weiß noch nicht, was ich damit anfangen soll, oder ob ich gleich aus einem wirren Traum aufschrecke.

Meine verheulten Augen brennen wie Chlorreiniger und die Haut darum spannt von meinen getrockneten Tränen. Meine Situation – dieser exakte Moment eigentlich – hätte keine seltsamere Wendung nehmen können.

Nun setzt sich auch mein Fahrstuhl wieder in Bewegung und ich fahre aufwärts.

Ich starre auf die blasse Farbe in meiner Handfläche. Soll ich wirklich zu dieser Adresse gehen? Ich habe das Gefühl, nicht anders zu können.

Dann bekommst du eine neue Timeline.

Timelines lassen sich nicht verändern, nicht erneuern, das ist fast eine Art Naturgesetz unserer Zeit. Eine Timeline ist wie ein weiteres Organ, untrennbar, fast lebensnotwendig, mit dem Menschen verbunden, zu dem sie gehört.

Doch nun ist sie tot und ich bin verloren und würde nichts lieber tun, als mein altes Ich abzustreifen, zu vergessen, neu anzufangen. Eine neue Timeline, ein neues Leben.

Ich weiß nicht, womit ich es hier zu tun habe. Aber ich bin verzweifelt genug, um nach jedem Strohhalm zu greifen. Jedem Hirngespinst nachzugehen.

Ich weiß, es ist ein Fehler. Denn ich glaube, was ich in den Augen dieses Mannes gesehen habe, bevor die Türen des Fahrstuhls sich schlossen, war nackte Todesangst.

Bewusstlos

Metallischer Geschmack. Das Erste, was ich für einen kurzen Moment spüre; und schon wieder das Letzte.

Eine zähe, dickflüssige Masse, die mich umschlossen hält. Schwere, bleierne Dunkelheit.

Metallischer Geschmack, ein Klirren zwischen meinen Ohren.

Luft.

Ich schnappe nach Luft, richte meinen Oberkörper auf, öffne die Augen. Ein stechender Schmerz fährt in meinen Schädel, ich schlage mir reflexartig die Hände vors Gesicht und wiege meinen Brustkorb vor und zurück, vor und zurück – und warte. Ich warte auf ... Bilder, Namen, Orte, Geräusche. Auf irgendetwas. Auf Erinnerungen.

Mein Name ist ... ist ...

Da ist nichts. Da kommt nichts. Kein dumpfes Pochen in den Windungen meines Gehirns, keine aufblitzenden Lichter und keine Stimmen zwischen meinen Ohren. Da ist nichts als grässlicher Schmerz. Und in meinem Schock muss ich feststellen, dass nicht nur in meinem Kopf nichts ist, sondern auch auf ihm. Mit beiden Händen fahre ich über meine Schädeldecke und finde nur blanke, eiskalte Haut. Ertaste knapp über den Schläfen harten, pulsierenden Schorf. Alles schmerzt unter meinen Berührungen, brennt und sticht und hämmert. Ich bin mir ganz sicher, dass das nicht richtig ist. Das ist ganz und gar nicht richtig, ich bin mir sicher, dass da mehr sein sollte als nur Haut. Da sollten Haare sein. Das weiß ich. Aber sonst ... Bilder fluten meinen Kopf, Bilder von Häusern, Bilder von Händen und Füßen. Von Straßen und Regentropfen und Telefonhörern. Das Wissen, wie die Welt funktioniert. Ich weiß, was ein Spiegel ist, sehe ihn vor mir, nur mein Spiegelbild daraus ist verschwunden.

Wer bin ich? Wo bin ich?

Mir ist schlecht.

Die Augen zu öffnen, ist ein weiterer Kraftakt. Und es dauert ewig, meinen Blick zu schärfen. Ich fühle mich hilflos wie mit einer alten, analogen Kamera vor den Augen, bei der ich die Schärfe nicht finde, egal in welche Richtung ich das Objektiv drehe.

Verschwommene Umrisse.

Ich friere. Langsam kehren meine Sinne zu mir zurück. Aber keine Erinnerungen. Als meine Augen sich endlich an Licht gewöhnt haben, scanne ich blinzelnd meine Umgebung.

Ein Badezimmer. Hell gekachelt und mit einer Armatur, die meinen Kopf geschmacklos schreien lässt. Von der Decke hängt eine einzelne Glühbirne, nackt und kahl, als hätte ihr jemand die Haut abgezogen. Sie blutet ihr flackerndes Licht in großen Tropfen aus, die zu Boden fallen und sich in langen, unregelmäßigen Schlieren zwischen den Kacheln ausbreiten.

Ich selbst sitze in einer Badewanne, oder so etwas in der Art. Schmutzig und mit abgeplatzten Stellen, die Keramik schmerzt in meinem Rücken. Ich versuche, mich mühsam aufzurichten und auch wenn mir das gelingt, endet die Aktion in einem schmerzhaften Würgereiz, der brennende Säure in meinen Rachen treibt. Ich schlucke ihn wieder herunter und stütze mich, mit wankenden Knien, am Badewannenrand ab. Schnappe nach Luft.

Wo bin ich? Wie bin ich hierhergekommen? Und da ist eine Frage, die mir sehr große Angst macht: Wer bin ich?

Mein Blick wandert über den schwindelerregend weit entfernten Kachelboden auf zittrige Hände, die versuchen, meinen Körper auf der Wanne abzustützen.

Ich zähle meine Finger zweimal, auch wenn sie immer wieder verschwimmen. Den kleinen Finger der linken Hand muss jemand abgebrochen haben, jedenfalls sieht es so aus. Der Teil bis zum ersten Gelenk fehlt, abgebrochen wie ein Streichholz.

Und da ist noch etwas: Eine Zahl. Quer über meinen blassen Handrücken geschrieben, groß und fast so kantig wie ich mich fühle.

354

Ich weiß nichts damit anzufangen. Ich weiß mit überhaupt nichts etwas anzufangen.

Kapitel 2

Es dämmert noch nicht, als ich mich auf den Weg nach Hause mache. Erst als ich das Haus erreiche, wird die Stadt von einer fahlen Sonnenlichtglasur überzogen. Mir ist schweinekalt, mein Kopf hämmert und ich sehne mich nach der Wärme meiner Wohnung. Der beginnende Herbst kühlt die Nächte runter auf Kühlschranktemperatur.

Den ganzen Weg habe ich über die Begegnung im Fahrstuhl nachgedacht. Habe in der Hochbahn die Adresse gesucht, die auf meiner Hand steht. Es gibt keine *Mad Hatter's Street* hier oben und es hätte mich auch gewundert. Nur, wenn sie hier oben nicht ist … wenn sie wirklich unten ist – was ist dann dort *unten*?

Neue Timeline. Die Worte prallen zwischen meinen Schädelwänden hin und her wie ein gefangenes Echo. Mein gesunder Menschenverstand sagt mir, dass ich dort unten wahrscheinlich einer ziemlich heiklen Situation entkommen bin. Dass ich diese Sache wohl lieber vergessen sollte. Mit dem Daumen reibe ich über die blassen Zahlen und Buchstaben auf meiner Haut. Manchmal wird gesunder Menschenverstand wahrscheinlich überbewertet ...

Ich laufe einige Schritte an der hellgläsernen Fassade meines Wohnblocks vorbei, biege dann ab, drücke die schwere Tür auf und laufe die wenigen Treppenstufen hinab in den Eingangsbereich meiner Wohnungseinrichtung. Auf der Tür leuchtet Tag und Nacht: *Jugendeinrichtung Vanderlife – Digitales Erziehungs- und Wohnprojekt. Gesponsert durch Vanderdam Inc.*

Weißes Licht flammt aus dem Nirgendwo auf und lässt den kargen Flur erstrahlen.

Hier bin ich jetzt wieder. Obwohl ich so kurz davor war, dem zu entkommen. Ich muss wieder an die Paradiser denken, die ich in der Bahn gesehen habe; an ihre entspannten Gesichter, die keinen Schmerz zu kennen scheinen und keine Steine in ihrem Weg. Und mir ist schon wieder zum Heulen zumute. Doch ich reiße mich zusammen. Diese eine Nacht habe ich mir einen Aussetzer erlaubt, das wird nicht noch einmal vorkommen. Ich muss meine Timeline ja nicht schmutziger machen, als sie es schon ist.

Ich zögere noch, bevor ich aufschließe. Aber die Standpauke hinauszuzögern, macht es auch nicht besser. Die Tür springt auf und ich würde mir am liebsten sofort die Ohren zuhalten.

»Hallo, Java.« Ihre Stimme klingt unerbittlich. »Es ist halb fünf Uhr morgens. Du solltest in deinem Bett liegen.«

Gequält schließe ich die Augen.

»Ich weiß«, sage ich, während ich im Gehen meine Schuhe abstreife und barfuß über den kühlen Flurboden weiter in Richtung Küche laufe.

»Und warum hältst du dich dann nicht daran?«

Ich wünschte, ich könnte mich einfach in meinem Zimmer einschließen und ihr so entfliehen, doch sie ist in dieser Wohnung überall. Kein Entkommen.

»Ich bin siebzehn Jahre alt ...«, sage ich gedehnt und kenne die Antwort bereits.

»Das heißt nicht, dass du nach zwölf Uhr nachts außer Haus sein darfst.«

»Mmh.« Ich lasse mir ein Glas Wasser einlaufen, setze mich damit an den Küchentisch und werfe eine zischende Kopfschmerztablette hinein. Mit halb geöffneten Augen beobachte ich, wie sie sich in weißen Schlieren langsam auflöst.

»Hast du noch irgendwas zu sagen?«, fragt sie mich.

»Nein«, würde ich gern patzig zurückgeben, »habe ich nicht.« Aber eine Software lässt sich nicht provozieren. Statt sich zu ärgern, würde sie mein Fehlverhalten einfach dem Jugendamt melden, das sich dann wieder genötigt fühlt, hier vorbeizuschauen. Damit möchte ich mich nicht auch noch herumschlagen.

»Tut mir leid. Jetzt bin ich da«, sage ich also schwach und nippe an der bitteren, halb aufgelösten Brühe.

Echte Mütter können sicher eine Plage sein, aber wenigstens steckt echtes Leben in ihnen, Emotionen, die man auslösen kann. Die künstliche Intelligenz, die meinen Alltag zu begleiten versucht, wird hingegen immer unbeeindruckt bleiben, immer besonnen reagieren.

»Ich habe das Gefühl, dass es dir nicht gut geht, Java. Willst du darüber reden?« Wahnsinnig gut erkannt, Spürnase.

Ich drehe mein Glas hin und her, dann streife ich den einzelnen Handschuh ab, den ich immer noch trage. Bewege ein paarmal prüfend meine Finger. Die Phantomschmerzen sind wieder da, seit ich erfahren habe, dass sie tot ist. Vorsichtig berühre ich das Stück meines kleinen Fingers, an das sich eigentlich noch ein weiteres Fingerglied anschließen sollte, und zucke sofort zusammen. Verdammt. Es ist so bescheuert. Wo nichts mehr ist, da sollte auch kein Schmerz mehr sein. Gilt auch für die Sache mit ihr.

»Ich mache mir Sorgen um dich, Java«, sagt meine KI-Erzieherin in sanftem Tonfall. Ihre Stimme ist auf eine ganz ekelhafte Art lauwarm. Sie haben ihr eine echte Stimme gegeben, eine echte, warme Frauenstimme. Sie soll wohl die Illusion einer ruhigen, mütterlichen Person erzeugen. Aber es ist die Art, wie sie im Raum klingt. Dass sie aus allen Richtungen kommt und niemals greifbar wird. Das kühlt sie ab.

»Ich bin müde, ich gehe jetzt schlafen«, sage ich, stehe auf und kippe den restlichen Inhalt des Glases runter. Klirrend landet es in der Spüle, ich verlasse die Küche und gehe in mein Zimmer.

Dort lege ich mich noch angezogen auf mein Bett, schließe die Augen und lasse eine angenehme Dunkelheit in meinen Kopf, die meine brennenden Netzhäute kühlt.

»Du sollst vorher Zähneputzen!«, schallt es aus den Wänden, doch ich ignoriere es. Gegen das Innere meines Schädels hämmern die Gedanken und ich bin mir sicher, dass sie der Auslöser für die Kopfschmerzen sind. Mein Kopf ist ein vollgesogener Schwamm, vollgesogen mit emotionalem Ballast, mit Fragen, mit Kram, den ich gerne auswringen würde.

Eine neue Timeline ...

Mit einem Ruck richte ich mich wieder auf und setze mich im Schneidersitz auf mein Bett. An der Glaswand gegenüber lasse ich meine Timeline aufleuchten. Eine halbe Zitronenscheibe, das Logo meines Anbieters, verblasst im Hintergrund und macht Platz für mein ganzes Leben, aufgesplittet in tausende *Aktionen*, *Links*, *Interessen* ... Die Größeren, Wichtigeren sind hervorgehoben, andere treten in den Hintergrund. Alles, was ich in meinem Leben getan habe, in einer Chronik und wenn man will, auch auf einen Blick. Von ungefähr meinem fünften Lebensjahr an, als ich die Timeline bekommen habe, bis jetzt. Und es wird immer so weiter gehen.

Ich schlucke schwer. Dann wische ich die Timeline mit einem Blick beiseite und zögere einen Augenblick.

»News«, sage ich dann leise und im selben Moment erscheint die Bilder- und Videoflut einer Nachrichtenseite. Ihr Gesicht ist das Erste, was ich sehe.

Suizid noch immer ungeklärt.

Es sind zwei Wochen vergangen, seit sich eine junge Frau vom Gebäude der Hummingbird Timelines Cooperations *in die Tiefe gestürzt hat ... Noch immer sind die Gründe für ihren Freitod unbekannt ... Sie war fester Teil der kulturellen Lebens in Hyalopolis ...*

Immer noch dasselbe. Immer noch ist sie *der* Skandal.

Ihr bewegtes Foto tritt im Halbhologramm ein Stück aus dem Glas hervor, blinzelt mit der immer gleichen Bewegung auf mich herab.

Vista.

Blasses Lachen, leichtes Blinzeln und dann der forschende Blick, der mir ins Mark geht. Genauso war es immer.

Tausend kleine Splitter. Sie wird sie nie wieder zusammensetzen können.

Sekundenlang starre ich das Bild einfach nur an und es verquirlt einen schwer verträglichen Emotionsbrei in meinem Inneren. Als meine Augen leicht zu brennen beginnen, blinzele ich schnell und schlage die Augen nieder.

»Schläfst du immer noch nicht?«, schallt es plötzlich durch den Raum und reißt mich aus dem Moment.

»Ich würde ja, würdest du mich lassen«, zische ich. Ich würde mich gern mit jemandem streiten in diesem Moment, aber sie ist nicht auf Streit programmiert. Nichts was ich sage, wird eine andere Reaktion in ihr auslösen als sanfte Strenge. Mit den Jahren habe ich mich an diese Art der Einsamkeit gewöhnt, bei der man ständig mit jemandem spricht und dennoch vollkommen allein ist.

Mit einem resignierten Seufzen wische ich den Bildschirm fort, lasse mich auf den Rücken fallen und starre an die Decke. *Neue Timeline*, geht es mir noch einmal durch den Kopf. Ein neues Leben anfangen. Ein Leben ohne meinen Erziehungs-Big-Brother und mit perfekter Timeline. Sein wie die Paradiser aus der Hochbahn. Dann wäre ich jemand, auch ohne sie. Könnte das wirklich sein?

»Ich sage das nicht gern, aber dein Verhalten in letzter Zeit wird Konsequenzen haben, Java!«

Ich verziehe das Gesicht.

»Gute Nacht«, sage ich frustriert und meine eigene Stimme vibriert durch meinen Brustkorb.

Das Telefon schrillt. Es schrillt durch meine Träume, bis ich verschwitzt aufschrecke und ein paar Sekunden brauche, bis ich überhaupt realisiert habe, wo ich bin.

»Warum hast du nicht abgehoben?«

Ich blinzele in die unangenehme Helligkeit, die durch die Fenster fällt. Wann legt dieser Idiot endlich auf?

Stöhnend drehe ich mich auf den Bauch und drücke das Gesicht in die Laken. *Das Telefon schrillt.* Kneife die Augen fest zusammen. Aussichtslos. Jetzt ist an Schlaf nicht mehr zu denken. Mein Rhythmus ist seit Jahren so zerschossen, dass ich mich schon fast daran gewöhnt habe.

Das Telefon klingelt und klingelt. Das Geräusch treibt Schweiß auf meine Haut. Aber ich denke überhaupt nicht dran abzuheben. Irgendwann gibt es endlich Ruhe.

Die Wange ins Kissen gedrückt, starre ich mit unscharfem Blick ins Zimmer.

Mir fällt meine Hand auf, die weit von mir gestreckt über der Bettkante baumelt. Die verschwommenen, schwarzen Flecken auf meiner Haut. Da ist die Erinnerung wieder voll da.

Heute. 21:00 Uhr. Mad Hatter's Street. Ich habe keine Ahnung, was mich erwartet.

Ich gebe mir einen Ruck und schwinge meine bleischwere Beine aus dem Bett. Mein Kopf schmerzt noch immer, als hätte ich zu viel getrunken. Ich habe zu viel gedacht, deshalb. Das ist viel schlimmer, als zu viel zu trinken.

Ich reiße mich zusammen und gehe, schwankend vom Gedankenkater, durchs Zimmer in Richtung Bad.

Währenddessen warte ich auf ein *Guten Morgen* meiner Erzieherin, oder ein paar wütende Worte, weil ich nicht ans Telefon gegangen bin. Doch sie schweigt. Ich wünsche mir, sie wäre beleidigt wegen gestern. Aber wahrscheinlich lädt sie einfach ein Update.

Der Blick in den Spiegel ist zum Fürchten. Meine völlig zerstörte Frisur und das zerknautschte Gesicht, in das sich sämtliche Bettfalten gepresst haben, beachte ich trotzdem nur kurz. Spritze mir ein bisschen Wasser ins Gesicht und schrubbe an meinen Zähnen herum.

Am Spiegel wacht meine Timeline auf, die während der vier Stunden, die man mich hat schlafen lassen, im Ruhezustand ihre Updates geladen hat. Ihr hat das wohl gereicht, ihr Ton ist frisch und monochrom wie immer. Im hellen Balken, der meine letzte *Aktion* wiedergibt, leuchtet ein kleiner Mond.

Ich wende mich von der Timeline ab und sehe mir stattdessen in die eigenen Augen. Um das dunkle Graublau meiner Iris hat sich ein schwammiger Schleier geplatzter Äderchen gebildet. Es fühlt sich so an, als hätte man meine Augäpfel über Nacht in Seife gebadet. Man sollte Kontaktlinsen rausnehmen, bevor man einschläft, das gilt auch für *DigiLenses*. Ich zwinkere ein paarmal mit schweren, klebrigen Lidern, entferne dann die Linsen und schmeiße die trockenen Dinger in den Müll. Sie kommen mir irgendwie schmutzig vor nach dieser Nacht und ich kann mich auch nicht überwinden, ein frisches Paar einzusetzen.

Für einen Moment ist meine Welt analog. Und fühlt sich seltsam verlangsamt an. Statt pulsierendem Informationsüberfluss spiegeln sich nur Lichtreflexionen auf den gläsernen Badezimmerflächen. Ein paar Sekunden lang genieße ich diese visuelle Stille, dann suche ich in der Schublade unter dem Waschbecken nach meinen *DigiGlasses*, dem Brillenäquivalent zu den Kontaktlinsen und erwecke die bunte, digitale Welt um mich herum wieder zum Leben.

Ich schlurfe in die Küche und zuerst zum Kühlschrank, der mich sofort registriert. Ungefragt zeigt er mir etwa dreißig Lebensmittel an, die ich meiner aktuellen Blutzusammensetzung nach essen sollte. Nichts von dem, was er mir vorschlägt, habe ich da.

Kurz horche ich in die untypische Stille, warte auf einen Kommentar, oder ein verspätetes: »Guten Morgen, Java.«

Doch sie schweigt noch immer.

Eine Stunde später klingelt es plötzlich an meiner Tür. Klingeln ist dafür allerdings kein Ausdruck. Es handelt sich eher um ein Attentat – ein Attentat auf meine Türglocke, die wahrscheinlich in den nächsten Augenblicken explodiert. Mehrere Sekunden lang vergewaltigt jemand den Sensor vor meiner Tür und versetzt die Wohnung damit in ein ohrenbetäubendes Bimmeln, das mich vom Surfen in der Webciety aufschreckt wie ein Feueralarm.

Ich weiß genau wer dieser *jemand* ist. Ich hätte es ahnen müssen, als der Computer nichts mehr gesagt hat. Er hat mein Fehlverhalten von letzter Nacht dem Jugendamt gemeldet.

Mein Schädel pocht.

»Ich hab's gehört!«, rufe ich durch die Wohnung.

Mit zusammengekniffenen Augenbrauen stürme ich zur Tür und versuche, ein einigermaßen entspanntes Gesicht aufzusetzen, bevor ich sie öffne.

Da steht sie.

»Java! Du weilst also noch unter den Lebenden.«

Ich hasse ihre billigen, fliederfarbenen Blusen, die ihr nicht stehen. Ich hasse die Art, wie sie auf ihren Schuhen herumwackelt. Ich hasse den Blick, mit dem sie durch meine Küche schielt, während sie gleichzeitig versucht, mir in die Augen zu sehen.

»Ich denke, du kannst dir vorstellen, warum ich hier bin?«

Sie sitzt an meinem Küchentisch, die Ellenbogen aufgestellt und starrt mich mit hochgezogenen Augenbrauen an. Ich muss mich zurückhalten, um sie nicht zu packen und aus der Wohnung zu schleifen, bevor sie noch einmal den Mund aufmachen kann. Nur macht sich das leider nicht gut auf der Timeline. Stattdessen stelle ich ihr also mit einem vielleicht etwas *zu* falschen Lächeln ein Glas Wasser vor die Nase und setze mich ihr gegenüber an den Küchentisch.

»Ich weiß, ich habe in letzter Zeit ein paar Fehler gemacht. Wird nicht wieder vorkommen«, sage ich und setze ein beschwichtigendes Lächeln auf. Ein kleiner Teil von mir hofft, sie innerhalb der nächsten fünf Minuten loszuwerden.

Frau Arlas Brauen wandern noch ein Stück höher.

»Wir machen uns Sorgen um dich!«, sagt sie dann und verzieht dabei die sorgfältig nachgezogenen Lippen.

Wir? Wer sind wir? Sie und ein Computer? Sie und die anderen Behördenfuzzis? Ich bezweifle es.

»Niemand muss sich Sorgen machen, mir geht es bestens«, erwidere ich und nippe an meinem eigenen Wasserglas. Sie soll bitte einfach wieder gehen. Ihr Besuch ist so nutzlos, dass es fast schon wehtut.

»Laut der Meldung, die das Erziehungsprogramm vor ein paar Stunden gesendet hat, warst du gestern die ganze Nacht nicht zu Hause. Bist erst um halb fünf zurückgekommen. Heute Morgen gehst du nicht ans Telefon, als ich dich anrufe. Du sollst unter ziemlichen Stimmungsschwankungen gelitten haben in der letzten Zeit. Und wenn ich mir deine Timeline so ansehe ... Ich finde, das ist ein Grund zur Sorge.«

Ich presse meine Lippen aufeinander.

»Mir geht es bestens«, wiederhole ich.

Frau Arla seufzt leise und streicht sich das dunkle Haar glatt, das sie in imposanten Locken hochgesteckt trägt.

»Wird es nicht langsam Zeit, erwachsen zu werden?«, fragt sie. »Bald bist du volljährig. Du musst Verantwortung für dich selbst übernehmen.« Verantwortung für mich selbst ... Was glaubt sie denn, was ich mache?

Ich nicke und lächele breit.

Sie verdreht leicht die Augen und streicht über den Glastisch, um einen Bildschirm zu erzeugen.

»Hast du noch Kontakt zu Schulkameraden?« Ich bemühe mich, nicht die Augen zu verdrehen. Ein Blick in meine Timeline würde genügen, um das herauszufinden.

»Manchmal«, antworte ich und das ist ziemlich beschönigt.

Sie tippt auf dem Tisch herum und ich beobachte, wie sich ihre flinken Finger bewegen. Noch während sie schreibt und ohne aufzusehen, fragt sie weiter.

»Du bist seit einem halben Jahr mit der Schule fertig«, sagt sie. »Hast du mit den Bewerbungen angefangen? Vielleicht nach einer Universität geschaut?« Universität? Ich war auf einer billigen Charter School, mit mittelmäßigen Noten. Habe keine vorzeigbare Timeline. Ich weiß nicht, was sie sich für Illusionen macht, aber mich wird keine einzige Uni nehmen.

»Oder weißt du mittlerweile, wie es sonst weitergehen soll?«

In mir zieht sich wieder dieser grässliche Knoten zusammen. Ich *wusste* es. Ganz genau. Und alles hätte so verdammt perfekt sein können.

»Ich habe einen Job«, gebe ich zurück und nippe wieder an meinem Glas. Einen Job im Burgerladen …

Frau Arla seufzt wieder, diesmal tiefer und länger. Ihre schlecht gemachten Fingernägel trommeln auf dem Tisch herum.

»Dein Job wird dir keine eigene Wohnung finanzieren«, sagt sie dann und ihre Stimme ist merklich dunkler geworden. »Und auch nicht den Rest deines Lebens. In ein paar Monaten wirst du achtzehn Jahre alt, dann kannst du nicht mehr hier wohnen. Dann musst du dein Leben selbstständig führen. Ohne uns.«

Sie weiß es nicht, denn ich lasse es mir nicht anmerken, doch ihre Worte lösen eine Angst in mir aus, die ich seit zwei Wochen erfolgreich verdränge. Heiß und brennend kriecht sie aus meinem Bauch hoch in meine Kehle.

»Ich finde schon etwas«, sage ich, lehne mich in meinem Stuhl zurück. Widerstehe dem Drang, die Arme um meinen Körper zu schlingen und bleibe bei meinem künstlichen Lächeln.

Frau Arla schweigt für eine anstrengend lange Zeit. Ich kratze mit den Fingern auf dem Stoff meiner Hose herum, um mich zu beruhigen. Hoffe, dass ihr nichts mehr einfällt und sie endlich geht.

»Java, erinnerst du dich an das Gespräch, das wir vor ein paar Jahren hatten? Als du mir gesagt hast, dass du hier rauskommen wirst? Aufsteigen wirst? Dass du ganz oben ankommen willst?«

Ich zucke nur mit den Schultern und kann nicht glauben, dass ich ihr damals noch solche Sachen gesagt habe. Mit welcher Naivität ich diesen Menschen vertraut habe. Geglaubt habe, dass man das einfach so schaffen könnte.

»Hab ich ja noch Zeit zu«, sage ich schließlich, als sie nicht aufhört, mich anzustarren wie ein verhungernder Informationsgeier, der unbedingt etwas in seine Akte tippen muss. Doch sie tippt nicht. Sie schweigt. Ihr Blick wirkt unruhig.

»Hat dein Verhalten in letzter Zeit mit dem … Ereignis vor zwei Wochen zu tun?«, fragt sie plötzlich.

Augenblicklich verkrampfe ich mich auf meinem Stuhl, verziehe das Gesicht. Dieses Mal kann ich es nicht verhindern.

»Nein!«, antworte ich und weiß im selben Moment, dass es zu harsch klingt.

Frau Arla zieht beide Augenbrauen hoch und schürzt ihre Lippen.

»Auf deiner Timeline ist das eine ... schwierige Zeit«, sagt sie.

»Nein«, erwidere ich noch einmal und beginne heftig, auf meiner Wange zu kauen. Sie soll einfach gehen und mich endlich in Ruhe lassen.

Sie betrachtet mich mit einem langen, forschenden Blick.

»Ich weiß, es ist schwer ... Vielleicht würde es dir helfen, mit einer Psychologin zu sprechen. Damit du ein paar Dinge verarbeiten kannst.« Das wäre das Letzte, was ich will.

»Ich werde ... Ich muss mit niemandem sprechen«, sage ich forsch.

»Ich glaube aber, dass es dir helfen -«

»Ich spreche mit niemandem!« Ist das jetzt deutlich genug?

Frau Arla seufzt wieder, doch anscheinend hat sie verstanden.

»Dann eben nicht«, sagt sie und klingt dabei fast wie ein bockiges Kind. Sie schüttelt leicht den Kopf. »Wir haben dir so viel durchgehen lassen, Java. So viel ...« Ihre Stimme klingt abwesend.

Ich kaue weiter auf meiner Wange herum.

»Ich habe in letzter Zeit wieder ein bisschen Scheiße gebaut, ist mir schon klar«, sage ich. »Wird nicht wieder vorkommen.« Ich mache eine kurze Pause und unterdrücke den Drang, meine Schläfen zu massieren. Mein Kopf schmerzt und ich will, dass sie endlich geht. »Was muss ich machen?«

Da lacht sie plötzlich leise auf, als hätte ich einen Witz gemacht.

»Ich werde keine Strafen mehr verhängen, Java, damit ist jetzt Schluss. Ich möchte, dass du verstehst, wo du mittlerweile stehst. Und dass du verantwortlich für dein eigenes Leben bist. Hast du immer noch dieselben Ziele wie damals?«

Ich schweige sie an.

»Wenn ja, solltest du anfangen, danach zu handeln.« Ich hasse solche Sprüche.

»Mein Leben ist ja noch nicht vorbei«, sage ich schließlich leise, hauptsächlich, um das Gespräch in Richtung Ende zu drängen. »Ich kriege das schon alles auf die Reihe, machen Sie sich mal keine Sorgen.«

In ihr Gesicht schiebt sich ein Ausdruck von Erschöpfung und Resignation. Für diesen Moment schweigt sie tatsächlich.

»Alles, was fällt, zerbricht. Ist das nicht so?«

Ich blicke auf die Tischplatte, kaue auf meiner Wange herum und lasse mir nicht anmerken, was in mir vorgeht.

Sie seufzt, ganz leise, aber so, dass ich es trotzdem höre. Dann steht sie langsam auf und stützt dabei theatralisch die Hände auf der Tischplatte auf, als hätte unser Gespräch sie mit fünfzig Kilo schwerem Ballast beladen.

»Denk darüber nach«, sagt sie und sieht mich prüfend dabei an. Meine Antwort kommt leicht verzögert.

»Mache ich.«

Ich begleite sie zur Tür.

»Auf Wiedersehen«, sage ich betont höflich und lächele breit.

Sie beachtet mich noch mit einem langen Blick, zieht die Augenbrauen hoch, wie sie das immer macht, dann seufzt sie leise.

»Auf Wiedersehen.«

Als ich die Tür schließe, sinke ich mit der Stirn dagegen. Presse meine Haut fest gegen das kühle Holz und kneife die Augen zusammen. Die Gedanken trommeln durch meinen Kopf, bringen ihn zum Pochen und pulsieren.

Ich hasse dieses Leben. Ich hasse diese Wohnung, ich hasse diese Menschen, ich hasse die Computer-Erzieherin. Ich hasse die Ebene, auf der ich lebe, ich hasse meinen Job. Doch das Schlimmste ist, dass ich weiß, dass ich mein zukünftiges Leben noch mehr hassen werde. Ich habe keine Chance, jemals auf den oberen Ebenen der Stadt anzukommen, jemals jemand zu sein. Ich werde nur weiter fallen.

Fallen. Das Glas zersplittert, als es fällt. Zerberstet in tausend winzige Stücke, die sich explosionsartig zu allen Seiten ausbreiten.

Scharf sauge ich Luft durch meine Zähne und sehe auf meine Hand.

21:00 Uhr, Mad Hatter's Street.

Keine Zweifel mehr. Man hat mir dieses Spiel angeboten. Ich werde es spielen.

Und wenn ich dabei draufgehe.

Namenlos

Es gibt hier einen Spiegel. Ich sehe ihn aus dem Augenwinkel, zu weit oben und ein bisschen schief angebracht. Dreck und Lippenstift kleben an seiner, von Rissen und Sprüngen durchzogenen Oberfläche. Ich habe Angst hineinzublicken, wirklich schreckliche Angst. Aber ich hoffe sehr, mich dann zu erinnern. Zu wissen ... wer ich bin und warum ich hier bin.

Noch immer ist mir speiübel und ich habe nicht das Gefühl, dass das bald vorbei sein wird. Ebenso wie die Kopfschmerzen, die unter meiner Schädeldecke mit Meißel, Hammer und Kettensäge arbeiten. Angesichts dieser Qualen kommt mir die Badewanne sehr verlockend vor. Eine schöne, harte Kante, gegen die ich meinen Kopf donnern könnte, so sehr schmerzt es. Aber zuerst der Spiegel. Das zuerst.

Es sind nur wenige Schritte durch den Raum, aber bei jedem drohe ich umzukippen. Oder mich zu übergeben. Oder vielleicht beides gleichzeitig. Habe ich auch das Laufen verlernt? Wenn das so ist, hoffentlich auch das Reihern, denn ich will nicht, dass es hier auch nach Kotze stinkt. Neben all den anderen seltsamen Gerüchen, die langsam meine Schleimhäute erreichen, jetzt wo meine Sinne langsam wieder zu sich kommen.

Und dann blicke ich in den Spiegel. Sehe ein namenloses Mädchen mit aufgesprungenen Lippen, verquollenen Augen und einer blanken, frisch rasierten Glatze, die die Sicht auf verkrustete Nähte entblößt. Sie ziehen sich seitlich an ihrem Kopf entlang, ein Farbspektrum von Pur-

purrot bis Grünblau. Fäden stehen ausgefranst daraus hervor, die Haut darum ist blutverfärbt.

Mir wird schwindelig.

Ich kann nicht glauben, dass das ich sein soll. Ich. Schlage mir dir Hände ins Gesicht, ziehe an meinen Wangen, ziehe an meinen rissigen Lippen, dass es weh tut. Greife nach den Narben, zucke zurück vor glühendem Schmerz.

Ich erinnere mich nicht.

Meine Knie geben noch im selben Moment unter mir nach und ich falle unsanft zu Boden. Ein stechender Schmerz schießt durch meine Knie und für einen Moment bleibt mir alle Luft weg. Vielleicht fangen deshalb die Tränen an zu laufen. Denn ich habe nicht das Gefühl, dass ich jemand ist, der viel weint. Oder viel geweint hat.

Kapitel 3

Den Rest des Tages höre ich das Ticken der Uhr: Auf meinem Bett liegend, während ich unkonzentriert durchs Netz surfe. Beim Essen meiner Fertigsuppe. Beim Zähneputzen. Im Halbschlaf auf dem Sofa. Sie zählt die Sekunden runter.

Währenddessen male ich mir aus, was mich dort unten erwartet. *Unten.* Ich habe nie zuvor darüber nachgedacht, was dort sein könnte und eigentlich kann ich es mir auch nicht vorstellen.

Die Uhr tickt weiter und ich warte.

Um Punkt halb acht springe ich auf wie eine Irre, reiße Schlüssel, Mantel, Schal und ein Paar Handschuhe an mich und verlasse beinahe fluchtartig das Haus.

Derselbe Weg wie letzte Nacht: Zwanzig Stationen bis *Eden Park* und dann zügig zur Fahrstuhlhalle.

Um diese Zeit sind dort keine Nachtschwärmer, sondern Trauben von Menschen, die von der Arbeit zurückkehren. Die Fahrstühle spucken sie in regelmäßigen Zeitabständen aus wie kleine Insektenschwärme, die auseinanderstieben und sich in der schwirrenden Masse verteilen. Ich dränge mich zwischen ihnen hindurch, bekomme Aktenkoffer an die Beine und Ellenbogen in die Rippen, bis ich endlich einen der Fahrstühle erreiche. Mit mir drängen sich zehn weitere Personen in die Kabine.

Dann geht es abwärts.

Ich mustere die Menschen, die mit mir hier stehen und frage mich, ob einer von ihnen ahnt, was ich vorhabe. Doch sie interessieren sich nicht für mich. Ihre Augen wandern ruhelos über Bildschirme, die nur sie mit ihren *DigiLenses* sehen können.

Bei jedem Stockwerk gibt es ein leises *Pling*. Ich zähle mit. 354, 353 ... Menschen steigen aus, Menschen steigen ein.

57, 56 ... Die letzten fünf Etagen fahre ich ganz allein. Hier unten will schon niemand mehr leben.

Dann kommt der Fahrstuhl zum Stehen. Das letzte, auf normalem Weg erreichbare, Stockwerk. Jetzt wird sich zeigen, was weiter unten liegt. Meine Finger kribbeln und mein Herz schlägt schnell. Zittrig sehe ich auf die Zahlen auf meiner Hand, die ich mir längst eingeprägt habe. Sekundenlang lasse ich meine Hand über den Knöpfen des Fahrstuhls schweben und meine Finger zucken nach den Zahlen, ohne sie zu berühren. Der Moment scheint ewig zu währen, wie der Augenblick vor dem Absprung vom Fünfmeterturm. Der Moment, in dem man sich überwindet. Bevor man sich fallen lässt. Bevor es abwärts geht.

Ich schließe die Augen und beiße mir auf die Unterlippe. *Und Absprung.*

Mit blitzschnellen Fingern gebe ich alle Zahlen auf einmal ein und ziehe meine Hand dann zurück wie von einer heißen Herdplatte.

Warte. Regungslos, mit angespannten Gliedern und angespannten Nerven. Zunächst passiert nichts, Stille füllt die Kabine und weicht meine Knie zu Wackelpudding auf. Dann knarzt es. Und noch einmal. Ein lautes Quietschen unter meinen Füßen. Plötzlich gibt es einen heftigen Ruck, der mich beinahe umwirft und die Kabine setzt sich wieder in Bewegung. Ich stolpere einen Schritt rückwärts gegen die Fahrstuhlwand und starre auf den Bildschirm über der Fahrstuhlsteuerung. Dort leuchten die Etagen. 49 ... 48 ...

Ein elektrisierendes Gefühl schießt durch meinen Körper bis in meine Zehenspitzen. Es hat funktioniert! Ich bin auf dem Weg nach unten. Habe die Gesetze der Fahrstühle dieser Stadt außer Kraft gesetzt. Ein ganzer Schwall kribbelnder Genugtuung ergießt sich in meinem Körper und ich kann nicht anders, als das breite Grinsen auf meinem Gesicht zuzulassen. Ich habe überhaupt keine Ahnung, was gleich passiert, oder ob ich jemals wieder hochfahren werde. Vielleicht werde ich abgeknallt, sobald ich unten ankomme. Aber ich muss sagen: Todesangst fühlt sich verdammt gut an.

Ein weiterer heftiger Ruck geht durch die Kabine, als der Fahrstuhl zum Stehen kommt.

Etage 0. Der Erdboden. Das Fahrstuhllicht flackert ein wenig. Mein eigener Atem klingt schnell und laut durch den kleinen Raum und mein eigener Herzschlag hallt in meinen Ohren wider. Scheiße, ist das cool! Ich grinse wie eine Bekloppte und gleichzeitig mache ich mir vor Angst fast in die Hose. Ich weiß nicht, was ich von der ganzen Sache halten soll.

Die Türen reißen auf, wie der Vorhang einer riesigen Bühnenshow. Meine Hände suchen hinter mir Halt an der Wand, doch meine Fingerkuppen gleiten an der glatten Oberfläche ab, als hätte man sie eingeölt.

Mit weit geöffneten Augen starre ich aus den Türen auf das, was erst nur Schwarz ist und sich dann, als meine Augen sich an den Lichtunterschied gewöhnt haben, als Fahrstuhlhalle abzeichnet.

Sie ist wesentlich kleiner als die Halle, aus der ich gekommen bin, und nur matt erleuchtet. Ein paar schlichte Säulen stützen die hohe Decke und werfen lange, ebenmäßige Schatten über den Boden. Nach all dem Trara, ein fast enttäuschender Anblick.

Ich horche nach menschlichen Geräuschen und habe das Gefühl, am Ende der Halle Schritte zu hören. Doch ich bin mir nicht sicher.

Langsam stoße ich mich von der Wand ab und mache ein paar vorsichtige Schritte aus der Tür. Ich überlege noch, sie mir vorsichtshalber geöffnet zu lassen, doch die Kabine schließt sich bereits. Zu spät. Jetzt bin ich hier unten, jetzt gibt es kein Zurück.

Noch ein paar Schritte weiter. Es stinkt ziemlich. Verpestet nach einer ganzen Fusion von ungesunden Ausdünstungen. Die Luft bildet einen unangenehmen Film in meinem Rachen, der sich auch durch ein Räuspern nicht beseitigen lässt. Reflexartig drücke ich mir meinen Ärmel gegen die Nase.

Die Halle ist leer und verlassen, nur die Oberlichter brummen leise vor sich hin. Sie sieht typisch aus, wie eine kleinere Version derer, die ich jeden Tag zu Gesicht bekomme. Ähnlicher Zuschnitt, ähnliche Aufmachung, nur altmodischer. Als hätte man einen dieser Orte aus der Stadt, die nun über mir liegt, in eine Zeitmaschine gesteckt und viele Jahrzehnte in die Vergangenheit transportiert. Nach *damals, als die Füße der Menschen noch den Boden berührten.*

Trotzdem sieht sie nicht verfallen aus. Es liegt kein Müll herum, keine Glasscherben, keine leeren Flaschen. Nicht einmal Staub.

Plötzlich erklingt das vertraute *Pling* hinter mir. Ich höre einen ratternden Fahrstuhl zum Stehen kommen und schaue über die Schulter, sehe, wie sich eine Fahrstuhltür öffnet. Gleißendes Licht strömt aus der Kabine, treibt Tränen in meine an die Dunkelheit gewöhnten Augen und verwischt meinen Blick auf die dunkel gekleidete Gestalt, die hastig aus den Türen gelaufen kommt. Ich friere in meiner Position ein, den Arm noch immer übers Gesicht gelegt, den Körper nach hinten verdreht. Blinzele die Tränen fort und schärfe damit einen unheimlichen Anblick.

Die Gestalt, die aus dem Fahrstuhl steigt, trägt eine Gasmaske. Vollständig verhüllt sie ihr Gesicht, nimmt jede Information über ihre Identität und natürlich fehlt auch ihr Timelineschatten. Er existiert hier unten nicht. Ihr tiefer Atem rauscht laut durch die Halle.

Als die Gestalt mich erreicht, ziehe ich reflexartig den Kopf ein, kneife die Augen zusammen. Mein Herz schnellt gegen meinen Brustkorb und fast erwarte ich, dass sie gleich eine Pistole zieht. Doch wenn dieses zweifelhafte Individuum überhaupt Notiz von mir genommen hat, dann habe ich es nicht bemerkt. Ohne auch nur den maskierten Kopf zu drehen, geht die

Person an mir vorbei und verlässt, begleitet vom dumpfen Klacken ihrer hart besohlten Anzugschuhe, die Halle.

Ich starre ihr nach, wie sie im dünnen Licht der geöffneten Tür wieder zur Silhouette verkommt und schließlich verschwindet, als hätte ich sie mir nur eingebildet. Verrückt. Diese Gasmaske vor allem …

Es dauert einen Moment bis ich mich wieder gefangen habe und realisiere, dass ich hier nicht einfach stehen bleiben kann. Es wird Zeit mich um meinen Verbleib zu kümmern. Ich muss diese Adresse finden und mich um diesen ominösen Deal kümmern, wegen dem ich hier bin. Herausfinden, worum es bei dieser Geschichte geht.

Ich hole tief Luft und muss davon heftig husten. Die Luft hier ist widerlich. Vielleicht sollte ich mir auch so ein gruseliges Gasmaskending anschaffen.

Bevor ich loslaufe kann, kommt noch ein Fahrstuhl an. Wieder wird eine Person in die Halle gespuckt, die nicht zögert und langbeinig durch das Gebäude sprintet. Keine Gasmaske, doch auch diesem Mann kann ich nicht ins Gesicht sehen. Ein Hut wirft einen dunklen Schatten über sein Gesicht und seine venezianische Maske. Erneut werde ich kaum beachtet, sein Blick streift mich nur ganz kurz. Hastig stößt er die Türen auf und verlässt die Halle. Ich ergreife den Moment und folge ihm, indem ich durch den Spalt der zufallenden Tür schlüpfe.

Noch bevor ich mich überhaupt orientieren kann, werde ich heftig von einer Person angerempelt, die mich kurz aus dunklen Maskenaugen ansieht und dann ohne ein Wort weitereilt. Ehe ich ihr nachsehen kann, ist sie schon wieder verschwunden. Lichter flimmern vor meinen Augen. Ich muss einer anderen Person ausweichen, drehe mich einmal im Kreis, brauche ein, zwei, drei Sekunden, um meine Umgebung zu erfassen. Oben. Unten. Links. Rechts. Gebäude. Fenster. Eine Straße. Ich stehe auf einer Straße. Eine Straße, in deren neblige Dunkelheit tausend bunte Lichter tropfen. Und tausend verschiedene Geräusche. Dunkel gekleidete Silhouetten verschmelzen mit dem Lichtspektakel, das sich über dem aufgebrochenen Asphalt ergießt, eilen in alle Richtungen an mir vorbei. Ich erhasche Blicke auf ihre Masken, ihre tief sitzenden Hüte, ihre wehenden Mäntel.

Noch einmal drehe ich mich im Kreis. Blicke kurz aufwärts, wo sich die Häuser in die flirrende Dunkelheit hinaufwinden. Mir wird schwindelig. Der schmutzige Asphalt unter meinen Füßen beginnt sich zu drehen, Lichter und Eindrücke fluten meine Wahrnehmung. Alles flimmert. Die Menschen, die Schilder, die Hauswände, die gasigen Nebelschwaden, die durch die Luft wabern.

Was ist das für ein Ort? Er entspricht keiner meiner Vorstellungen.

Ich drehe mich noch einmal und versuche, die flimmernden Eindrücke zu ordnen. Die Straße wirkt wie eine surreale Ladenpassage. Riesige Leuchtschilder aus Neonröhren und flackernden Lampen hängen an Türen, Wänden, Fenstern. Gespiegelt werden die Lichter von großen, abgedunkelten Schaufenstern, hinter denen sich Schatten bewegen. Dieser Ort ist gleichzeitig so hell wie die Werbeplakate von Surface City bei Nacht und so dunkel, wie die ominöse Gestalt mit

Gasmaske, die irgendwo hier verschwunden sein muss.

Jetzt habe ich die Person verloren, mit der ich eben die Fahrstuhlhalle verlassen habe. Als ich wieder von jemandem angerempelt werde, beginne ich zu laufen. Ich weiß nicht, wohin, folge einfach blind jemand anderem, der gerade aus der Halle gestürmt kommt und nach rechts läuft. Ich muss schnell gehen um mit der Person mithalten zu können und die gasige Luft brennt in meinen Lungen.

Die Straße saugt mich auf wie eine hungrige Stechmücke und ich lasse mich über ihren schmutzigen Asphalt ziehen, während tausende von Eindrücken auf mich niederprasseln, wie große, schwere Regentropfen.

Mehrmals verliere ich den Mann, dem ich hinterherrenne, fast aus den Augen, wenn mein Blick in andere Richtungen gezogen wird.

Ich muss mich konzentrieren, darauf, diese Adresse zu finden.

Mad Casino – Mad Hatter's Street.

Jetzt wo ich laufe und beginne, die Eindrücke irgendwie zu verarbeiten, fange ich an zu realisieren, wie verloren ich bin. Ich habe *keine* Ahnung, wie ich zu dieser Adresse kommen soll. Ich bin mir noch nicht einmal sicher, wo genau ich hier gelandet bin. Nur der Straße nachzurennen, bringt vermutlich gar nichts und laut meiner Uhr ist es bereits halb neun.

Ich verlangsame meinen Schritt. Was jetzt? Jemanden fragen? Wenn ich mir die Menschen ansehe, die an mir vorbeieilen, habe ich nicht das Gefühl, von irgendjemandem eine Antwort zu bekommen. Keinem von ihnen kann ich ins Gesicht sehen, alle sind von Masken, Tüchern, Hüten, Brillen verhüllt. Und sie wirken wie irreale, gesichtslose Traumfiguren.

Ich komme mir ganz nackt vor. Bin ich hier die Einzige, die keine Maske trägt? Ich fühle mich wie in einem Traum, in dem man plötzlich splitternackt inmitten einer Menschenmenge steht. Verunsichert ziehe ich meinen Schal hoch bis kurz unter meine Augen.

Für einen kurzen Moment sehe ich mich scheitern. Panik kriecht in meine Kehle, Panik, dass ich jetzt schon aufgeben muss. Dass mein Spiel nicht funktioniert. Dass ich einfach zurückgehen muss und …

Doch die Lösung meines Problems kommt mir im nächsten Moment in rücksichtsloser Geschwindigkeit entgegengebraust. *Taxi* leuchtet in hellgelben Buchstaben auf dem Dach des dunklen Fahrzeuges, das an mir vorbei in Richtung der Fahrstuhlhalle fährt. Ich folge meinem Instinkt, mache auf dem Absatz kehrt und beginne zu rennen. Der Asphalt ist überhaupt nicht für High Heels gemacht, mehrfach knicke ich um, doch ich würde mir eher die Füße brechen, als stehen zu bleiben. Bevor ich den Wagen aus den Augen verlieren kann, beginne ich heftig zu winken. Schwinge meine Arme hin und her, während ich versuche, beim Weiterrennen nicht zu stolpern.

Ich glaube schon, es nicht mehr zu schaffen, sehe den Wagen schon davonfahren, ohne überhaupt Notiz von meiner Existenz zu nehmen, da bleibt er plötzlich stehen. Die Reifen quietschen und das Geräusch vermischt sich auf unheimliche Weise mit den anderen Geräuschen der Straße, zu einer Symphonie eines Traumes.

Erleichtert hole ich den Wagen ein und reiße ohne zu zögern die Tür zum Rücksitz auf.

»Mad Hatter's Street«, sage ich ins Auto hinein und zucke zusammen, als sich der Fahrer zu mir umdreht. Auch er trägt eine Maske. Die Augen hinter den Schlitzen wandern ein paarmal auf und ab, dann nickt er mir zu.

Mit einem seltsamen, unguten Kribbeln im Magen steige ich ins Taxi und quetsche mich in den Sitz. Im Rückspiegel kann ich die seltsame Maske des Fahrers sehen.

»Mad Hatter's Street«, wiederholt er. Durch die Maske klingt seine Stimme dunkel und gedämpft. Das Auto macht im selben Moment einen Satz nach vorn und braust in der gleichen Geschwindigkeit los, wie es vorhin auf mich zugerast kam. Auf den Ledersitzen flackern die Lichter, die von der Straße durch die Fenster scheinen.

Die Fahrt dauert etwa fünfzehn Minuten und der Fahrer schweigt während der gesamten Zeit. Ich versuche, mich auf den Weg zu konzentrieren, die Richtungen einzuprägen in die wir abbiegen, doch die Straßen rauschen so schnell und so hell an mir vorbei, dass ich nichts so richtig erfassen kann. Ich habe das Gefühl, wir fahren durch ein Labyrinth. Ein surreales, gespenstisches Traumlabyrinth und ich weiß, dass ich von hier nie allein zurückfinden würde. Ich habe mir *unten* als zwielichtige Fahrstuhlkontrollhalle vorgestellt. Oder als staubigen Bunker zwischen völlig verfallenen Häusern. Nur niemals *das.* Hier scheint es eine ganze, zweite Welt zu geben. Eine zweite Stadt unter der Stadt. Wie konnte das mein Leben lang an mir vorbeigehen? Und wer sind die Menschen, denen ich hier unten begegne?

Als der Wagen ruckartig zum Stehen kommt, werde ich unsanft nach vorn geschleudert.

»Zehn fünfzig«, sagt der Mann hinter seiner Maske, ohne sich zu mir umzudrehen.

Ich werfe einen kurzen Blick aus dem Seitenfenster. Auf der düsteren Straße, auf der wir stehen, leuchten nur vereinzelt ein paar Lichter.

In meiner Jackentasche suche ich ein paar Münzen zusammen, die ich dem Mann in die Hand klimpern lasse.

»Stimmt so.«

Er blickt erst auf die Münzen in seiner Hand, dann auf mich und wieder zurück. Sehe ich Verwunderung hinter diesen Sehschlitzen?

»Nein, das wären dann fünfzehn fünfzig«, sagt er. Nun bin ich verwundert, allerdings kann ich mich damit nicht aufhalten. Und ich will raus aus diesem Wagen. Ich gebe ihm die restlichen Münzen, die er anstarrt wie seltene Insekten, die gerade in seiner Hand gelandet sind.

»Auf Wiedersehen«, sage ich eilig und steige aus dem Auto. Kaum habe ich die Tür zugeschlagen, fährt er auch schon davon. Ich sehe dem Auto noch einen Moment lang nach und wie seine Scheinwerfer lange Lichtstreifen durch die Dunkelheit ziehen.

Dann sehe ich mich um. Das *Mad Casino* habe ich schnell gefunden, es befindet sich nur ein paar Eingänge weiter. Eine schmale Treppe führt hinab zu einer Tür, über welcher der Schriftzug leuchtet, der es ausweist.

Zögerlich blicke ich nach rechts und links. Keine Menschenseele zu sehen. Mir dürfte in meinem Leben noch kein zwielichtigerer Ort begegnet sein. Dieses Schild, diese Treppe und der leichte Nebel, der sich auf ihr gesammelt hat ... Es widerstrebt mir, hinunter zu gehen.

Ein Windstoß fährt durch die Straße und plötzlich spüre ich Regentropfen auf meiner Haut. Schnell werden sie stärker und tupfen die Straße dunkelgrau.

Deal. Neue Timeline. Ich ignoriere meine Instinkte, gebe mir einen Ruck und laufe die Treppe hinab.

Höre ich da Musik?

Vor der Tür hebe ich kurz die Faust und denke darüber nach zu klopfen. Komme mir ziemlich bescheuert vor und lasse es. Stattdessen drücke ich mich einfach gegen die Tür und sie schwingt leicht nach innen auf.

Dahinter ist es hell.

Ahnungslos

Ich lege mich flach auf den Boden, in der Hoffnung, er könne meine Schmerzen aufsaugen. Spreize Arme und Beine von meinem geschundenen Körper und atme die Kälte des Bodens. Sie kriecht in meine Nerven, zieht sich an ihnen hoch, bis sie mich fast vollständig erfasst hat.

Immer noch laufen mir die Tränen über das Gesicht, spülen mir die brennenden Augäpfel aus dem Schädel. Ich glaube zu hören, wie sie auf den Fliesenboden tropfen.

Klong. Klong. Klong.

Wie winzige Perlen aus Blei.

Klong. Klong. Klong.

Und ich habe wieder das Bedürfnis, mich zu übergeben. Oder einfach zu sterben.

Plötzlich – ein Geräusch. Wie ein Schlüssel, der seine Arbeit macht. Ich zucke innerlich zusammen und wäre sicher aufgesprungen, doch meine Muskeln sind kalt und erschlafft.

Die Tür wird geöffnet. Sie befindet sich hinter mir und ich kann sie nicht sehen, nur die Schritte hören, die plötzlich den Raum erfüllen.

Ich höre auf zu atmen. Nun bin ich tatsächlich fast wie tot.

Die Schritte kommen näher.

Ich frage mich nicht einmal, was jetzt passiert, was mit mir passiert. Bleibe einfach liegen, in meiner falschen Totenstarre, mit starren Augen und starrem Körper.

Und ein Gesicht taucht über mir auf. Es ist ein weiches, schönes Gesicht.

»Oh, Puppengesicht.« Ein feines Kratzen zieht sich durch die Stimme, gerade so, dass man es nicht überhören kann. »Puppengesicht, Puppengesicht.« Er kann nicht mich meinen. Mein Gesicht ist ein Minenfeld.

Die Person beugt sich langsam zu mir herunter, eine liebevolle Hand nach mir ausgestreckt. Ihr Körper wirft einen Schatten auf mich und verdunkelt mein eingeschränktes Sichtfeld. Ich fühle mich fast geborgen, auch wenn mein Herz angstvoll gegen meine Rippen klopft.

Poch. Poch. Es schmerzt. Ich glaube, jemand hat meinen Brustkorb – und jeden anderen Teil meines Körpers – in tausend kleine Einzelteile zersprengt, und falsch wieder zusammengesetzt.

Die Finger berühren mein Gesicht und sie sind wie ein Stromschlag. Wecken meine Sinne wieder auf und ziehen mit einem Ruck alle Kälte und alle Starre aus meinem Körper. Nur nicht den Schmerz.

Ich schreie. Einen hohen, lauten, langen Schrei, der meine Schmerzen herausschreien will, der mich wieder in tausend Teile explodieren lassen will.

»Schhh.« Trotz des Kratzens in seiner Stimme, klingt er zärtlich. Lange, stumpfe Fingernägel fahren in beruhigenden Bewegungen über meine Haut. »Ich weiß, dass es wehtut.« Er schüttelt sanft den Kopf und sieht mich mit einer Mischung aus Mitleid und Trauer an. »Was haben sie nur mit dir gemacht?« Beugt sich dann plötzlich zu mir runter, packt mich und reißt mich zu sich in die Höhe. Von der plötzlichen Erschütterung erschlafft, fällt mein Kopf an seine Brust wie ein Baby. Glatter Stoff drückt sich an mein Gesicht.

»Schhh«, höre ich immer wieder. Und noch einmal: »Schhh ...« Es sind Töne, die mich auf einer unterbewussten Frequenz tatsächlich beruhigen. Für ein paar Sekunden verschaffen sie mir eine Art Trost und die Hoffnung, dass der Schmerz wieder verschwindet.

Wir bewegen uns durch den Raum und verlassen ihn schließlich. Ich weiß nicht, wohin wir gehen.

Licht. Dunkel. Licht. Dunkel. Ich sehe nur noch die verschiedenen Schattierungen und irgendwann höre ich ein leises Pling. Es kommt mir so bekannt, so bedeutsam vor. Aber ich kann dem Gedanken nicht folgen, im übermächtigen Pulsieren des Schmerzes löst er sich einfach auf.

Fahrstuhl, sagt mir mein auseinandergefallenes Gedächtnis, ohne dass ich es verarbeiten kann. Fahrstuhl.

Und wir fahren. Aufwärts.

Kapitel 4

Ich kneife die Augen gegen das grelle Licht zusammen und halte mir die flache Hand vors Gesicht. Mein eingeschränkter Blick tastet über den Raum. Verschwommen, überstrahlt. Die Konturen verblassen in überwältigender Helligkeit und die Punkte vor meinen Augen wollen nicht aufhören, zu tanzen.

Mir wird schon wieder schwindelig. Auch nach Sekunden scheinen sich meine Augen nicht an das Licht gewöhnen zu können. Brennende Tränen kämpfen sich ihren Weg zwischen meine zu Schlitzen zusammengekniffenen Lider. Ich wische sie hastig fort und versuche mir schnell darüber klar zu werden, in welche Situation ich hier gestolpert bin.

Die Augen so weit geöffnet wie möglich, verschaffe ich mir einen Überblick über das, was vor mir liegt: Ein mittelgroßer Raum. Tische. Pokertische. Maskierte Menschen ducken sich hinter ihre Karten und die Stapel von bunten Chips, die auf den Tischen immer weiter wachsen. Am anderen Ende des Raumes eine Bar, an der dunkle Gestalten kauern.

Die Szenerie begleitet schwere, elegische Musik mit einem Bass, der klingt, als läge er im Sterben. Sie schallt aus einer Ecke mit großer Musikanlage im Stil eines überdimensionalen Plattenspielers.

Ich blicke hastig nach rechts, nach links, zucke schon in der nächsten Sekunde erschrocken zusammen, weil mich nur zwei Meter von einem maskierten Riesen trennen. Er hält die Arme vor der Brust verschränkt und blickt düster über das schwarze Halstuch hinweg, das den Rest seines Gesichts verhüllt. Für den Bruchteil bin ich beinahe ungläubig erstarrt.

Vorsichtig nicke ich ihm zu. Er nickt zurück.

Für einige Sekunden verharre ich in meiner Position, unschlüssig über meine nächsten Schritte. Wartet man hier auf mich? Erkennt man mich überhaupt? Oder muss *ich* einen der Anwesenden erkennen?

Ich lasse meinen Blick über die anwesenden Personen gleiten, suche nach dem Mann aus dem Fahrstuhl. Scheitere. Entweder ich erkenne ihn zwischen den ganzen maskierten Gestalten nicht, oder er ist nicht hier. Andererseits könnte hier jeder auf mich warten, er hatte von *wir* gesprochen.

Der Blick des Türstehers wird währenddessen beunruhigend ungeduldig. Zeit, in Bewegung zu kommen.

Also steuere ich auf die Bar zu. Ein rauchender Typ mit samtiger Vogelmaske steht dahinter und bläst bunte Kringel in die Luft.

»Was zu trinken, die Dame?«, fragt er gedämpft unter seiner Maske. Eigentlich habe ich keine Wahl, ich kann nicht weiter hier herumstehen wie ein verlorenes Kind auf dem Spielplatz.

Ich nicke. Ich werde nicht gefragt, was ich will. Nur zwei Sekunden später halte ich ein dickwandiges Glas in der Hand.

»Bezahl ich später«, sage ich entschuldigend und bekomme nur ein Schulterzucken zurück.

Ich schwenke den Alkohol hin und her. Erinnere mich wieder daran, warum ich nichts mehr anrühren wollte. Der Geruch brennt in meiner Nase und mir wird allein davon schlecht. Schlimme Vergangenheit …

Trotzdem führe ich das Glas kurz an die Lippen. Alibimäßig.

»Willst du spielen?« Eine Stimme von links.

Ich zucke zusammen. Mein Kopf schießt in die entsprechende Richtung und habe plötzlich einen Beutel Pokerchips vor meinem Gesicht. Eine Frau sieht mich mit schräg gelegtem Kopf an.

»Kein Geld«, sage ich hastig und deute dabei auf meine Jackentaschen.

»Kein Geld?« Ihre Stimme ist verwundert. »Hier?«

»Ich bin nur auf der Suche nach jemandem«, sage ich und füge mit einem Seitenblick auf die umliegenden Tische hinzu: »Nach jemandem, der … der mir etwas schuldet.«

Sofort weicht die Frau einen Schritt vor mir zurück, die Augen hinter ihrer Maske fallen in dunkle Schatten.

»Damit kann ich dir nicht helfen«, sagt sie schnell, als hätten ihr meine Worte Angst eingejagt. Sie wendet sich ab, dreht sich fast ruckartig um und verschwindet in eine andere Ecke des Raumes.

Langsam wird die Situation unangenehm. Der Türsteher hat mich ziemlich genau im Blick und sieht nicht so aus, als würde er mich weitere zwei Minuten hier dulden. Und ich stehe hier wie ein alleingelassenes Kleinkind. Dabei muss das hier irgendwie funktionieren.

Ich sehe nervös nach meiner Uhr. Sie zeigt fünf Minuten nach neun.

Als ich schon die nächste Person in meine Richtung kommen sehe, beginne ich mich panisch nach einer schattigen Ecke umzusehen, in die ich mich möglichst unauffällig verziehen kann. Und verharre stattdessen. Jemand beobachtet mich.

Ein junges Mädchen ist aus dem Nichts in meinem Blickfeld aufgetaucht, lehnt mit der Hüfte gegen einen Spieltisch und sieht in meine Richtung.

Eigentlich könnte sie überall hinsehen. Eine verspiegelte Maske verdeckt ihre Augen, lässt ihr Gesicht in glitzernden Lichtreflexionen verschwinden. Aber ich spüre, dass sie mich ansieht. Es ist das physische Gefühl eines Blickes, dieses merkwürdiges Kribbeln, das meine Haut reizt. Erkennt sie mich?

In diesem Moment erschüttert ein lautes Klirren den angespannten Moment. Ich mache einen erschrockenen Satz zur Seite, verdrehe den Kopf nach der Geräuschquelle. Dem Barmann ist ein Glas runtergefallen. Nur ein Glas ...

Atmen.

Mein Herz rast.

Er flucht etwas Unverständliches und bückt sich nach den Scherben, die bis vor den Tisch geflogen, überall auf dem Boden verteilt liegen.

Scherben.

Tausende Scherben bilden ihr eigenes Sonnensystem.

»Wenn du gehst ... wenn du wirklich gehst.«

Ich ergreife die Flucht. Mit schnellen Schritten, den Fokus auf der Tür, segele ich durch die Spielhölle am Türsteher vorbei und nur Sekunden später stehe ich wieder draußen. In dieser seltsamen Zwischenwelt aus Licht und Schatten, in der es weder richtig hell, noch richtig dunkel ist.

Ich sauge die schmutzige Luft in meine Lungen, kneife die Augen zusammen und schüttele den Fetzen fort, den mein Gehirn mir zugeworfen hat.

Scheiße, Scheiße, Scheiße.

Das Glas mit dem Drink halte ich noch in der Hand, ohne es überhaupt angerührt zu haben. Die Flüssigkeit schwappt vom Schwung meiner Schritte noch hin und her.

Ich muss die Kontrolle behalten, ich habe keine Ahnung was hier unten abgeht.

Frustriert reibe ich mir die Schläfen, kneife die Augen zusammen und versuche, die metaphorischen Zahnräder in meinem Kopf zum Laufen zu kriegen. Die Welt hier unten hat mich seltsam betäubt. Zu viele neue Eindrücke. In manchen Momenten scheine ich vollkommen zu realisieren, wo ich bin. Was für eine Entdeckung ich gemacht habe. Und dann ist das Gefühl wieder verschwunden und mein Denken nicht mehr so klar. Dabei muss mir jetzt etwas einfallen, oder das Spiel ist an diesem Punkt zu Ende.

In meinen Gedanken nehme ich den Schatten, der sich über die Treppe zu mir nach oben bewegt, nur ganz am Rande wahr. Da werde ich auch schon jäh am Arm gepackt und zur Seite gerissen. Sämtlicher Alkohol im Glas ergießt sich über meinem Arm und nur einen Lidschlag später habe ich harte Steine im Rücken und scharfe Fingernägel an der Kehle.

Geistesgegenwärtig versuche ich, mich loszureißen, doch mein Arm klemmt fest zwischen drahtigen, schmalen Fingern. Rauer Stein reibt an meiner Wange. Ich schnappe nach Luft. Verdrehe die Augen, um einen Blick auf meinen Angreifer zu erhaschen, doch da ist nur ein Schatten und ein heftiger Schlag gegen meine Wange.

Vor meinen Augen gibt es eine Explosion. Das Glas rutscht mir aus den Händen, ich höre es auf dem Boden zerplatzen. Ich werde kurz losgelassen, taumele vorwärts, dann wieder rückwärts. Die Wand fängt meinen Fall wieder auf. Ein weiterer Schlag.

Für die nächsten Sekunden bin ich blind. Schmerzen zucken durch mein Gesicht, Blitze tanzen vor meinen Augen. Bevor ich mich neu orientieren kann, werde ich an den Schultern gepackt und an der Wand fixiert. Rauchgeruch weht mir in die Nase, zusammen mit schnellem, heißem Atem.

»Du hattest es versprochen!«, zischt man mir ins Ohr. Ich bin unfähig, irgendetwas zu erwidern, noch zu überrumpelt, um einen klaren Gedanken zu fassen. Aber mir wird klar, wen ich vor mir habe. Die Raucherin, die mich angestarrt hat.

»Du hattest es versprochen und jetzt verschwindest du einfach wieder. Spazierst hier rein, ohne deine Maske, als würde ich dich so nicht erkennen.«

»Ich ...« Für einen Moment habe ich vergessen, warum ich überhaupt hier bin. Wer ich bin und wer ich sein soll.

»Ist dir die Sache etwa doch zu heikel geworden?« Die angespannten Kiefermuskeln meiner Angreiferin zucken und vibrieren, während sie mich mit ihren Augen fixiert. »Oder willst du doch nur mit uns spielen? Warten sie schon da draußen? Warten sie schon auf dein Kommando?«

Ihre langen Nägel graben sich in meine Schultern und ihr Körper bebt, so sehr steht er unter Spannung.

»Was ...« Ich versuche mich zu sammeln.

»Ich kenne Menschen wie dich«, faucht sie, bevor ich etwas sagen kann. »In eurer Welt zählen die Dinge nicht so. Da ist ein einzelner Mensch nichts wert, Hauptsache, man zieht sein Ding durch. Ist doch so, oder nicht?«

In meinen Augenwinkeln sehe ich noch immer Sterne tanzen, meine Wange glüht. Nur langsam beginnen sich die Zahnräder in meinem Kopf wieder zu bewegen. Quietschend. Rumpelnd.

Sie hat mich erkannt.

Ihre Nägel schneiden noch immer schmerzhaft in meine Schulterblätter und ihre Lippen zucken, als könnte sie es kaum abwarten, noch einmal zuzuschlagen.

»Ich bin es!«, rufe ich aus, weil es das Erste ist, was mir einfällt. Die Wörter ungetrennt und zwischen zusammengebissenen Zähnen hervorgestoßen.

»Oh, vielen Dank für die Info«, erwidert das Mädchen. Sie klingt wie jemand, der sein halbes Leben in einem Schornstein verbracht hat. »Ist mir aufgefallen, als du dich aus dem Staub machen wolltest.« Endlich lässt sie von meinen Schultern ab und stößt mich von sich. »Ich glaub's nicht, verdammte Scheiße. Ich wusste es! Ich wusste es einfach!«

Ich schlucke heftig und denke. Denke, denke, denke. »Ich wollte nicht -«

Sie lässt mich nicht einmal ausreden. »Glückwunsch zu deinem schauspielerischen Talent. Du musst herausragend gewesen sein. Auf Knien angekrochen kommen. Bettelnd. Ha!« Sie verschluckt sich an ihren eigenen Worten. »Aber ich wusste, dass es kein Zurück gibt. Glass kann nicht einfach irgendeinen *Deal* machen und uns damit aus der Scheiße ziehen.«

Mein Gehirn kommt endlich in die Gänge.

»Der Deal steht!«, falle ich ihr ins Wort. »Deswegen bin ich hier. Ich war auf der Suche nach ... euch.«

Sie bleibt ruckartig stehen und ich kann spüren, wie sie mich durch die spiegelnde Oberfläche ihrer Maske hindurch anstarrt. Kann sie hektisch ein und ausatmen hören.

»Hätte ich abhauen wollen, wäre ich längst nicht mehr hier«, sage ich und lege so viel Selbstbewusstsein und Sicherheit in meine Stimme wie möglich. »Das kannst du mir jetzt glauben oder nicht.« Ich schlucke heftig, lasse mir all ihre Worte durch den Kopf gehen. »Aber ich denke, wir haben beide keine andere Wahl.«

Sie presst die Lippen aufeinander. Sekundenlang herrscht angespanntes Schweigen.

»Das will ich hoffen«, zischt sie schließlich unter zusammengebissenen Zähnen. »Zu deiner eigenen Gesundheit, will ich das wirklich für dich hoffen.«

Ich betrachte sie mit knirschenden Zähnen. Hat das gerade wirklich geklappt? Hat sie mir das wirklich abgekauft?

Ich neige fragend den Kopf, woraufhin sie leicht die Nase rümpft und die Lippen verzieht. Sie mustert mich von Kopf bis Fuß und scheint noch über irgendwas mit sich selbst zu debattieren. Dann gibt sie sich anscheinend einen Ruck, kommt hastig wieder auf mich zu, packt mich mit ihren Schraubzwingenfingern und zerrt mich mit sich. Ich habe kaum Zeit zu reagieren.

Wir peilen die Tür an. Bevor sie sie öffnet, rückt sie noch einmal ihre Maske zurecht und stößt uns dann beide in das gleißend helle Licht. Mittlerweile spielt noch ein Saxophon zu den Rhythmen, die gegen die Wände trommeln.

Der Türsteher missachtet uns mit stoisch ruhiger Miene, wir laufen die paar Stufen in den Raum hinab und sie schaut kurz über die Schulter, um mich anzusehen.

»Lust auf ein Spiel?«, fragt sie mit bissigem Unterton, während wir wieder in die schwermütige Atmosphäre der Spielhölle eintauchen. Und schon im nächsten Moment werde ich durch den Raum an einen der Pokertische gezogen. Drei Spieler sitzen daran, eine Frau und zwei Männer. Einer, der mir den Rücken zukehrt, legt gerade seine Karten ab. Ich kann das Blatt nicht sehen, doch seine Gegner stöhnen leise auf. Er greift mit langen Armen einmal quer über den Tisch und lässt einen Stapel Chips in seinem Schoß verschwinden.

Die Raucherin, die mittlerweile gnädigerweise meine Hand losgelassen hat, tritt unsanft gegen seinen Stuhl.

»Bist du jetzt fertig?«, zischt sie unter zusammengebissenen Zähnen.

Ich kann die Blicke seiner Mitspieler auf mir spüren, die sich plötzlich hastig und wortlos erheben und vom Tisch verschwinden, als hätte ihnen etwas Angst eingejagt. Der verbleibende junge Mann jedoch ignoriert ihren Tritt und lehnt sich gelassen zurück.

»Ganz ruhig, Pin.« Seine Stimme ist tief, wie der sterbende Bass. »Keine Hektik. Ich bin hier. Wir haben Zeit, entspann dich.«

Pin, wie meine Angreiferin also heißt, flucht etwas Unverständliches.

»Du kannst mich mal, Q«, giftet sie dann. »Du vergnügst dich und lässt mich alles allein machen.« Mit ihren Worten schwingt ein leichter Akzent. Zu stark betonte Vokale, leicht zischend in der Aussprache. Doch ich kann es nicht gleich richtig zuordnen.

Der junge Mann seufzt leise und beginnt mit geübten Bewegungen, seinen Kartenstapel neu zu mischen.

»Dreh dich wenigstens um!«, zischt sie und ich merke, wie vielsagend sie dabei klingen will. Mit verzerrter Miene tritt sie noch einmal gegen seinen Stuhl. »Und setz dieses grässliche Ding ab, es sieht scheiße aus!« Sie versucht ihm die Zeitungsjungenmütze vom Kopf zu reißen, die lange Schatten über seinen Nacken wirft, doch er greift schnell an seine Kopfbedeckung und dreht sich nun ruckartig zu uns um, ein Blitzen in den dunklen Augen.

»Also …« Die Worte ersterben noch im selben Moment auf seiner Zunge. Das Blitzen verschwindet und weicht überrascht geweiteten Augen.

»Ist sie das?«, fragt er. Seine Stimme wird sanft gedämpft von einem dünnen Schal, den er bis über die Nase hochgezogen hat. Nur seine Augen kann ich erkennen, die an mir hoch und runter wandern. Er hebt die Brauen.

»Offensichtlich, ja.« Pin schnaubt. »Hat zwar ihre hübsche Maske nicht auf, aber ihre Hand hat sie nicht versteckt.«

Ich blicke kurz an mir runter, denke zuerst, sie meint die schwarzen Buchstaben, die langsam auf meiner Hand verblassen. Doch sie deutet auf die andere. Die Hand, an der eine Fingerkuppe fehlt. Daran hat sie mich erkannt? An meiner alten Verletzung? Das wäre schon ein gruseliger Zufall …

Sie starrt mich an, ich spüre es durch die Maske hindurch.

»Ich musste mich ja zu erkennen geben«, sage ich verteidigend. *Sei überzeugend!*, rauscht es durch meinen Kopf.

»Und warum bist du dann abgehauen?«

»Ich bin nicht ab-«

»Wenn du uns nur deinen Leuten ausliefern willst, sag es uns gleich. Dann können wir uns noch mal frisch machen, bevor wir uns in ihre Arme werfen. Vielleicht ein bisschen Parfum auflegen …« Sie versucht sarkastisch zu klingen, aber ihre Stimme schwankt ein bisschen zu sehr.

Q hört ihr überhaupt nicht zu.

»Sie ist tatsächlich hier«, sagt er mit geweitetem, gedankenverlorenem Blick und scheint Pins Zweifel dabei anscheinend völlig zu ignorieren.

»Schön, dass das auch zu dir langsam durchdringt«, knurrt Pin. Saugt Luft durch die Zähne ein. »Ich weiß ja, du nimmst die Dinge nicht so genau. Aber könntest du dich nicht einmal auf das Wesentliche konzentrieren?«

»Das Wesentliche?« Um seine Augen kräuseln sich kleine Lachfältchen.

»Dein Leben zum Beispiel«, zischt Pin mit zusammengezogenen Brauen, die fast hinter der gigantischen Maske verschwinden.

»Mein Leben ...« Er klingt belustigt.

»Ich habe für *drei* Minuten den Raum verlassen«, fährt Pin fort. »Hättest du dich nicht für drei Minuten konzentrieren können? Bei dem, um was es hier geht?«

»Hat doch alles geklappt«, sagt Q und schon wieder kräuseln sich seine Lachfältchen. Ich wüsste gern, wie das Grinsen unter seinem Halstuch aussieht.

»Es hat alles geklappt?«, fragt sie entgeistert. Ihre Augenbrauen heben sich über Ränder ihrer Maske.

Er zuckt mit den Schultern und lehnt sich in seinem Stuhl zurück.

»Ich hätte nicht gedacht, dass sie *überhaupt* hier auftaucht«, sagt er, als könnte ich ihn nicht hören. »Von daher können wir wohl schon von einem Erfolg sprechen.«

»Du denkst noch mit, ja? Erfolg? Sie ist hier und weiß jetzt, dass *wir* auch hier sind. Super. Sie ist fast wieder abgehauen. Weiß du, was das bedeuten könnte?«

»Wenn mich meine blutunterlaufenden Augen nicht täuschen, ist sie aber noch hier. Jetzt. Wie vereinbart«, sagt Q. »Weißt du, was *das* bedeutet?« Auch er hebt die Augenbrauen, doch Pin erwidert nichts. Sie verschränkt nur die Arme vor der schmalen Brust. »Als Glass von einer Lösung gefaselt hat, dachte ich, er halluziniert«, sagt Q. »Ich meine, man hofft ja auf Wunder, aber in diesem Fall ... Und jetzt ist sie wirklich hier.« Pin erwidert nichts. Während einiger Sekunden des Schweigens, lasse ich meinen Blick zwischen den beiden hin- und herwandern und die Situation auf mich wirken. Spule alles Gesagte, alles Gesehene wie auf einem Tonband noch einmal ab. Das sollen die Leute sein, die Timelines verändern? Hier unten, an einem Ort, an dem es keine Timelines gibt, dafür anscheinend die ultimative Paranoia? Ein Mädchen, das kaum älter sein kann als ich und ein junger Mann, dessen halbes Gesicht schon so ungesund aussieht, dass es mich nicht wundern würde, wenn er einfach vom Stuhl kippen würde? Für ein paar Sekunden fährt mein Gehirn seinen Überlebensmodus runter und macht Platz für die absolute Absurdität dieser Situation.

Pin durchbohrt mich durch ihre Maske mit ihren Blicken. Ihre vollen Lippen zucken ein wenig, als würde sich auf ihnen ihr Kampf mit sich selbst austragen, den sie innerlich wohl gerade ausficht.

»Setzt euch endlich hin. Ihr fallt auf«, sagt Q, ohne aufzuhören, mich anzusehen und nickt leicht in Richtung der anderen Tische. Wir fallen tatsächlich auf, ein paar Leute starren bereits zu uns herüber.

Ich ziehe einen Stuhl zu mir heran und setze mich. Pin verzieht gequält das Gesicht und setzt sich ebenfalls.

»Beschissener Haufen Verrückter«, murmelt sie. »Manchmal wundert es mich bei keinem von euch, dass ihr auf der Liste steht.«

Q prustet leicht in sein Halstuch.

»Vergiss nicht, dass du auch auf der Liste stehst, Liebes«, erwidert er.

Liste?

»Wenn sie uns alle ausgeliefert hat, muss ich wenigstens niemanden von euch mehr wiedersehen«, sagt sie mit einem Blick in meine Richtung.

»Ich liefere niemanden aus«, antworte ich. »Ich bin wegen des Deals hier und wegen nichts anderem. Ich halte mich daran.«

Mein Gehirn arbeitet derweil heftig an einer Strategie, wie ich überzeugend bleiben kann, bis ich zumindest weiß, ob ich hier bekommen kann, was ich will. Und eigentlich sollte ich gut in diesem Scheiß sein. Ich habe nicht lange genug unter Menschen verbracht, denen man sein halbes Leben vorspielen und es auch noch auf der Timeline wie auf einer Käseplatte präsentieren muss.

»Du willst uns sagen, dass du wirklich hier bist, um uns zu helfen?«, fragt Q.

»Sie kann uns doch viel erzählen«, schiebt Pin dazwischen. »Hier um uns zu helfen ... Witzig!«

Ich wechsele meinen Blick zwischen den beiden hin und her.

»Ihr formuliert das falsch«, sage ich dann. »Wir haben einen Deal. Nur deshalb bin ich hier. Ich verfolge nicht die Absicht, irgendjemanden auszuliefern, wenn ihr euren Part einhaltet.«

»Unser Part?«, fragt Pin und verzieht die Lippen. »Also ich werde einen Scheiß tun! Das ist wohl eher Glass' Part.«

Diesen Namen hat sie eben schon einmal benutzt. Ist das überhaupt ein Name? Glass?

»Das ist mir egal«, sage ich trocken und lehne mich in meinem Stuhl zurück als wäre es das wirklich. »Hauptsache, es passiert etwas.«

Wer auch immer dieser Glass ist, ich hoffe, er macht einen besseren Eindruck als diese zwei bizarren Gestalten.

»Glass ... Glass ...«, sagt Q und seufzt tief. »Wollte der nicht längst hier sein?«

Pin verzieht nur das Gesicht. Angespanntes Schweigen fällt über unsere seltsame, kleine Zusammenkunft.

»Worum geht es bei der Liste?«, fragt Pin dann plötzlich und ihre Frage trifft mich so unerwartet, dass mir die Sprache wegbleibt. Doch Q kommt mir ohnehin mit einer Antwort zuvor.

»Das weißt du doch selbst, Pin. Sagst du nicht immer, du wüsstest ganz genau, warum wir alle auf der Liste stehen?«

Von welcher Liste reden sie da?

»Natürlich. Jeder kann sich denken, worum es bei der Liste geht, Q«, sagt sie. »Jeder einzelne von uns kann sich seinen Teil denken. Aber bisher hatten wir immer nur Vermutungen«, sagt sie. »Aber *sie* muss wirklich wissen, was hinter der ganzen Sache steckt. Oder etwa nicht?«

Ihre Blicke scheinen mich zu durchbohren, kalter Schweiß setzt sich auf meine Haut. Drehe alles bisher Gehörte in meinem Kopf hin und her, suche nach Zusammenhängen.

»Ich will Antworten«, zischt Pin, als ich nicht reagiere.

»Ich bin nicht für Antworten hier«, sage ich ausweichend. »Sondern um zu tun, was ihr von mir verlangt. Für meinen Part des Deals.« Ich versuche, das Gespräch in eine nützliche Richtung zu lenken, doch vergeblich.

Q seufzt nur, löst die Hände hinter seinem Kopf und verschränkt sie wieder vor der Brust. Seine Stimme klingt plötzlich ein ganzes Stück ernster.

»Glaubst du wirklich, dass du von einer Person wie *ihr* eine einfache Antwort erwarten kannst?«

»Ich kann in dieser Drecksstadt überhaupt nichts erwarten«, erwidert Pin. »Aber im Gegensatz zu dir nehme ich diese Sache ernst.«

»Es wird dir auch nicht helfen, die Zusammenhänge zu verstehen. Wir sind hier gefangen, wir haben keine Macht über die Situation. Entspann dich Pin, genieß, was du noch hast.«

»Ich werde überhaupt nichts akzeptieren! Ich will wissen, um was es geht. Was mich erwartet.« Ihre Stimme ist weinerlich geworden und die Röte in ihrem schmalen Gesicht verstärkt sich noch.

Sie wendet sich wieder an mich. »Es ist ... wirklich wichtig. Sag mir, was du weißt! Sag mir endlich, was wirklich gespielt wird, sonst ...«

Ich presse die Lippen aufeinander. Schweige. Wechsele nur einen langen wortlosen Blick mit Pins verzweifelter Miene und den Augen, die ich hinter dieser Maske erahne.

»Du weißt es!«, spuckt Pin mir ins Gesicht. »Du weißt es ganz genau. Sag es mir! Sag mir ...«

»Komm runter, Pin«, fällt Q ihr ins Wort. Sein Tonfall ist beinahe gelangweilt.

Pins Lippen beginnen zu zittern. »Keine Ahnung, was du für Drogen in dich reinschaufelst, um *runterzukommen*, Q. Aber es ist nur ein paar Stunden her, dass ...« Sie ringt nach Luft. »Er ist tot! Kriegst du das in einen Kopf? Tot! Hier unten *sterben* Menschen«, knurrt sie atemlos. »Sie. Sterben. Und es wird nicht einfach aufhören. Nicht einfach so. Wenn sie nicht funktioniert, sind wir geliefert.«

Meine Gedanken erstarren. *Hier unten sterben Menschen.*

Er ist tot. Tot. Das hat einen so unangenehmen Widerhall, hoch und schrill und ...

Zum ersten Mal wird ihre Paranoia irgendwie greifbar. Und dieser Ort bekommt einen ganz neuen Beigeschmack. Die Erinnerung an den Mann im Fahrstuhl, seine Augen, die Angst in seinem Blick, wird wieder lebendig.

»Beruhig dich endlich!«, sagt Q. »Verlier nicht schon wieder die Nerven.« Pin zieht mit zusammengekniffenen Augen den Kopf in ihren hohen Stehkragen zurück. »Sie werden dich auch noch drankriegen, Q«, zischt sie durch zusammengebissene Zähne.

Q antwortet nicht.

Mein Blick wandert unruhig zwischen den beiden hin und her.

Zwei Irre, ein Deal, eine Verwechslung, irgendeine Liste. Tote.

Tote.

»Also, was ist der Plan?«, fragt Pin in das angespannte Schweigen. Ein paar klamme Sekunden lang hängt diese Frage bleischwer im Raum und ich habe das ungute Gefühl, sie nicht unbeantwortet lassen zu können. Wahrscheinlich sollte ich an diesem Punkt besser verschwinden. Ich habe kein Fundament, auf dem ich eine Geschichte aufbauen kann. Kein richtiges Brett, auf dem ich dieses Spiel spielen kann.

Ich zögere.

Pin öffnet schon den Mund, will anscheinend protestieren und wendet dann plötzlich den Blick von uns ab. Bleibt an etwas hängen, das hinter mir liegt. Ich drehe mich sofort um und blicke in die Richtung, in die auch sie sieht.

Jemand hat das Kasino betreten. Regenwasser tropft aus seinem vollgesogenen Mantel und von der Krempe seines Huts. Er nimmt ihn ab, fährt sich durch das nasse Haar und überstreckt seinen Nacken, sodass das Deckenlicht über seinem Gesicht schmilzt wie flüssiger Käse. Dann lässt er seinen Kopf wieder nach vorn fallen, zieht sein Gesicht aus dem gleißenden Lichtschleier und schaut durch den Raum. Schaut zu mir. Ein langer, forscher Blick, der mir trotz der Entfernung einen Schauer über den Rücken jagt.

»Da ist er«, höre ich Pin sagen. »Endlich.«

Die Gestalt setzt ihren Hut wieder auf und läuft mit federnden Schritten die Treppe hinab ins Kasino. Für einen Moment übertönt das Quietschen seiner nassen Sohlen die plärrende Musik.

»Endlich«, zischt Pin, als er unseren Tisch erreicht hat. »Wir haben ewig gewartet.«

Doch er ignoriert Pins Worte, begrüßt niemanden, nimmt auch nicht Platz, sondern sieht mich schweigend an. Sekundenlang. Mit zuckenden Mundwinkeln und angespanntem Gesicht.

Er ist eine drahtige Gestalt, hochaufgeschossen und schmalgesichtig, mit hohen Wangenknochen und ungleich sitzenden, blassen Augen. Die markanten Lippen stehen ein paar Millimeter zu weit aus seinem Gesicht.

Er hat nicht die Art Gesicht, für die man in Surface City sterben würde, aber die Art Gesicht, an der ich unweigerlich hängen bleibe.

In seinen Augen bildet sich ein Schleier verschiedenster Emotionen ab und ich kann keine davon zuordnen. Nur zurücksehen, gefangen von seinem Blick und unwissend, wie ich die Situation auflösen soll. Ist das Überraschung in seinen Augen? Zweifel? Erkennt *er*, dass ich nicht die bin, für die mich hier anscheinend jeder hält. Für einen Moment kommt es mir fast so vor.

Dann zerreißt er die Spannung.

»Da bist du also«, sagt er. Ein feiner Wassertropfen löst sich aus einer Haarsträhne und rollt über seine Schläfe, über seine Wange, über sein Kinn ...

Er blinzelt.

Ich blinzele.

»Ja ... da bin ich«, erwidere ich eine Spur zu leise.

Er nimmt wieder den Hut ab und fährt sich noch einmal durch das feuchte Haar. Es saß wohl einmal in einer Frisur, jetzt hängen ihm die nassen, dunkelblonden Strähnen in die Stirn.

Im Gegensatz zu allen anderen, die ich bisher gesehen habe, ist sein Gesicht nicht verhüllt. Kein hoher Kragen, der seine Züge mit Schatten überspielt. Keine Maske. Kein Tuch. Keine Handschuhe. Nur der lange, vollgesogene Mantel, den er nun abstreift und achtlos über den stoffbezogenen Tisch wirft.

Er sieht noch einmal durch den Raum, dann zu mir und setzt sich schließlich auf einen der freien Stühle.

»Hatten wir nicht einundzwanzig Uhr verabredet?«, fragt Pin und verschränkt wieder die Arme.

»Pin dachte schon, die Liste hätte dich verschlungen«, sagt Q mit einem leisen Lachen, das sein Tuch zum Kräuseln bringt.

Der junge Mann verzieht kurz das Gesicht und ich weiß nicht, ob er belustigt oder genervt ist. Als Q ihm ein Glas Alkohol rüberschiebt, das bisher neben ihm stand, winkt er nur wortlos ab.

»Ich hatte noch Sachen zu erledigen«, sagt er kühl.

»Es ist schön zu hören, wo du deine Prioritäten setzt«, erwidert Pin.

Glass lehnt sich wortlos zurück, lässt seinen ernsten Blick nachdenklich in die Ferne schweifen.

Ein angespanntes, unangenehmes Schweigen fällt über uns und ich zähle plötzlich die Sekunden. Beobachte den jungen Mann, wie sein Gesicht in der Überblendung der Deckenbeleuchtung zergeht. Beobachte Q und Pin, die ihn anstarren.

»Er weiß es noch nicht, Pin«, sagt Q plötzlich.

Glass' Blick erwacht sofort wieder zum Leben.

»Ich weiß was noch nicht?«, fragt er, ohne jemanden anzusehen. Eine nervöse Erregung durchzieht seine Stimme, die den kühlen Unterton bricht.

Die beiden wechseln einen langen, unruhigen Blick. Dann greift Pin nach ihrem Glas und nimmt einen tiefen Schluck.

»Dein Plan hat nicht funktioniert, Glass. Du warst zu langsam.« Sie macht eine kurze Pause und der Drink in ihrem Glas zittert fast so sehr wie ihre Stimme. »Er ist tot.«

Kaum hat sie das ausgesprochen, weiß ich genau, dass es um den Mann im Fahrstuhl geht. Dass ich tatsächlich Todesangst in seinem Blick gesehen habe.

Glass weiß es auch. Es dauert keine Sekunde, bis sichtbar wird, dass auch er das realisiert hat und das, obwohl sein Gesicht keine Regung zeigt. Die geschwungenen Lippen bleiben ruhig geschlossen; kein mahlender Kiefer; kein Zucken seiner Pupillen. Doch in seinen Augen kann ich verfolgen, wie ein Feuerwerk explodiert; es fliegt durch seine Augen, in einer Farbenvielfalt von Emotionen. Es sind nur zwei Lidschläge. Ein, zwei Lidschläge, dann ist das Feuerwerk in seinen Augen wieder verpufft.

»Ich habe mein Versprechen eingehalten«, sagt er dann ohne ein Zittern in der Stimme. Sie ist tief und kühl, nicht so brummend wie die von Q, sondern klar. »Mehr konnte ich nicht tun.«

»Aber es muss *jetzt* etwas passieren«, quält Pin weinerlich hervor. Sie langt über den Tisch nach dem Drink, der unbeachtet neben Glass steht. »Jetzt sofort.« Setzt ihn sich an die Lippen und kippt sich das Zeug in einem Zug hinter die Binde. Mit verzogenem Gesicht wischt sie sich über die Lippen. »Wann ist das alles endlich vorbei, Glass?«

Glass Augen wandern wieder zu mir. Wir tauschen lange Blicke. Blinzeln. Einmal. Zweimal. Seine Augen wandern an mir auf und ab.

Ob er die Gedankenzahnräder sehen kann, die hinter meiner Stirn rattern?

»Heute«, antwortet er schließlich auf Pins Frage und mein Herz setzt für eine Sekunde aus.

Farblos

Seit Stunden höre ich im Hintergrund das Ticken der Uhr. Es fällt von den Zeigern und prallt dann von Wänden und Böden ab, in jeder Sekunde aufs Neue. Ich zähle nicht mit, aber ich weiß trotzdem, wie viel Zeit vergangen ist.

Nur wo ich bin, das weiß ich nicht genau. Und auch nicht wer ich bin, man hat es mir nicht gesagt.

Ich halte meine Augen geschlossen, weil es mir zu hell ist in diesem Raum. Zu weiß. Mit geschlossenen Lidern schließe ich die Milchglaswände und weißen Laken aus, die mich umgeben und hülle mich selbst in die Farbe meines pulsierenden Blutes.

Meine anderen Sinne kann ich leider nicht abstellen. Den bitteren Zimmerpflanzengeruch, das bleierne Ticken der Uhr. Der widerlich süßliche Geschmack auf meiner Zunge.

In einem geistig umnachteten Moment habe ich daran gedacht zu schlafen, einfach alles hinter mir zu lassen, doch ich verbiete es mir. Ich muss darauf warten, dass etwas passiert. Ich muss mich erinnern.

Ein feines Glöckchen klingelt. Es ist nur ein leiser Ton, aber er wird durch meine Ohren in mein Gehirn getrieben, wie ein Pfahl.

Ich höre, wie eine Tür geöffnet wird. Weiche Schritte. Und wieder taucht das Gesicht über mir auf.

Dieses Mal nehme ich es bewusster wahr. Ein junger Mann. Schön. Er hat zarte Gesichtszüge, sehr symmetrisch. Weiche, rosafarbene Lippen. Veilchenblaue Augen.

Ich zittere.

Er kommt mit weichen Schritten auf mich zu und setzt sich zu mir an die Bettkante. Es federt ein bisschen und ich spüre die Verlagerung der Matratze in allen Knochen.

»Bald wird es dir besser gehen«, sagt er und lässt seine Fingerspitzen einen Moment lang über meiner Wange schweben, als wolle er sie berühren. Doch stattdessen greift er nach meiner Hand.

Er sieht mich sehr lange an, als würde er etwas suchen. Ich weiß nur nicht was.

Diese Lippen, diese Nase, diese weiche Haut ... Ich lasse seine Züge auf mich wirken, lasse den Anblick auf mich einprasseln. Kratzt da das warme Gefühl einer Erinnerung an meinen Schädelwänden? Ich kneife die Augen zusammen. Aber nein, da ist nichts. Ich kenne ihn nicht.

»Wer?«, bringe ich schließlich hervor. Er lächelt sanft und fast ein bisschen mitleidig, aber ich kann in seinen schönen Zügen nicht gut lesen. Sie sind wie eine Maske.

Meinte ich ihn mit der Frage, oder mich? Ich habe es schon wieder vergessen.

»Linux«, antwortet er und blinzelt mit den langen Wimpern. Sie werfen feine Schatten über seine Wangen.

Kapitel 5

Ich verlasse das Kasino gemeinsam mit Glass. Die anderen beiden Gestalten bleiben in der Spielhölle zurück.

Es hat aufgehört zu regnen und die vielen Lichter reflektieren auf der spiegelglatten Nässe der Straße. Er scheint den Dunst weggespült zu haben, der bisher in den Straßen hing. Nun ist die Sicht beinahe klar und ich kann den flimmernden Straßenzug hinuntersehen.

Wir schweigen. Keine Fragen, keine Erklärungen. Keine Möglichkeit herauszufinden, was mich erwartet. Wir gehen schnell und zügig und ich habe ein wenig Mühe, mit seinen langen Schritten mitzuhalten.

Ein unangenehmes Gefühl breitet sich in meinem Magen aus, auch wenn ich eisern versuche, es zu ignorieren. Streife ihn mit hektischen Seitenblicken, versuche ihm irgendeine Art von beruhigender Reaktion zu entlocken, doch er vergräbt die Hände in den Manteltaschen und sein Gesicht im Schatten des Hutes.

Ich kaue nervös auf der Innenseite meiner Wange, debattiere innerlich.

Bisher hat alles erschreckend gut geklappt. Sie kaufen mir mein Spiel ab, niemand scheint Zweifel zu haben, dass ich die bin, für die mich alle halten. Anscheinend habe ich eine echte Doppelgängerin, wo auch immer sie ist. Und sie scheinen auch keine andere Wahl zu haben, als mir zu vertrauen.

Trotzdem fühlt es sich an, als würde ich direkt ins offene Messer laufen.

»Was ist mit deiner berühmten Maske passiert?« Mit dieser Frage löst Glass plötzlich die Stille und reißt mich aus meinen Gedanken.

Ich zucke zusammen. Hatte eigentlich erwartet, dass er weiter schweigt. Er sieht aus wie jemand, der schweigt.

»Du trägst auch keine«, erwidere ich ausweichend.

Glass leckt sich über die markanten Lippen und sieht geradeaus. Im Gegenlicht der seitlich liegenden Schaufenster tritt sein Profil hervor.

»Richtig«, sagt er gedehnt.

Ich grabe panisch nach Fragen, die das Gespräch nicht gleich wieder absterben lassen, drehe und wende meine Möglichkeiten.

»Warum hast du ihnen nicht gesagt, was wir vorhaben?«, frage ich schließlich, in der Hoffnung, das Gespräch damit in die richtige Richtung zu lenken.

»Ich möchte sie da raushalten«, antwortet Glass. »Nicht, dass das mein Recht wäre, es betrifft sie genauso sehr wie mich. Aber ich will die Sache nicht komplizierter machen, als sie ist.«

Schweigen. Mir fällt nicht schnell genug eine neue Frage ein und die Stille klingelt in meinen Ohren.

Wir biegen schließlich in eine kleinere, schmalere Seitenstraße ab, in der sich kaum noch Lichter, sondern nur noch dunkle Fenster übereinander stapeln. Ich folge ihm, trotz unguten Kribbelns in meinem Magen.

Ein ganzes Stück laufen wir in die Gasse hinein und ich folge ihm, immer ein kleines bisschen auf Abstand, weil ich mit seinem langen Schritt nicht mithalten kann.

Ich lasse meinen Blick auf seinen Rücken geheftet, bis uns plötzlich etwas den Weg versperrt. Und ich muss dreimal hingucken, bis ich erkenne was es ist: ein Motorrad. Mattschwarz, tief liegende, gebogene Karosserie, messinggoldene Besätze, weit abstehende Räder.

Als Glass darauf zugeht, springt die große Lampe an, die ein Stück vor dem Lenker befestigt ist und wirft einen langen, gelbgoldenen Schein durch die Dunkelheit.

Meine Augen weiten sich. Außer Hochbahnen, elektrischen Rädern und winzigen Drohnentaxis sind in der Stadt keine Fahrzeuge erlaubt. Ein solches Gefährt habe ich noch nie gesehen.

»Deep Citys wenige Vorteile«, sagt Glass, als er meinen Blick bemerkt und im dunklen Licht schleicht sich zum ersten Mal, seit ich ihm begegnet bin, ein sehr blasses Lächeln auf seine Lippen.

»Deep City«, wiederholt mein Gehirn, ohne es richtig zu merken, weil mein Blick noch an der Maschine klebt.

Er wischt das Lächeln sofort wieder vom Gesicht und nickt kühl in die Richtung des Motorrads. Eine Aufforderung aufzusteigen.

Meine Brust beginnt zu kribbeln. Wie war das? Gesunder Menschenverstand wird völlig überbewertet? Ich setze mich schon in Bewegung, als er plötzlich einen Schritt auf mich zu macht und abwehrend die Hand hebt.

»Warte«, sagt er. Seine Stimme hallt halblaut durch die Gasse, prallt an den Häuserwänden ab und wird sofort wieder zurückgeworfen. Seine Lippen zucken ein paarmal, bevor er den Mund öffnet, um etwas zu sagen. »Eins möchte ich noch sagen, bevor wir losfahren.« Sein Blick flackert. »Ich werde dich nicht fragen, was dich zu deiner Entscheidung bewogen hat, Cullinan. Was dich zu diesem Anruf gebracht hat, oder dazu, mir diesen Deal anzubieten. Deine Motive interessieren mich nicht und ich möchte auch keine Erklärungen. Aber ich hoffe wirklich, dass du weißt, dass es hier um mehr geht, als um dich und mich, deine Timeline und eine Software.« Er verzieht die Lippen. »Dieser Deal ist mir sehr ernst. Ich habe etwas wiedergutzumachen und ich werde alles Nötige dafür tun. Ich brauche dich dazu.« Seine Stimme ist dunkel. »Ich vertraue dir nicht. Aber für mich geht es hier um alles. Und ich habe keine andere Wahl.«

Er beendet seinen plötzlichen Wortschwall, räuspert sich leise und streicht sich den Mantel glatt. Sein Blick weicht meinem aus.

»Solange du mir versprichst, dass die Sache mit meiner Timeline so einwandfrei funktioniert, wie versprochen, musst du dir keine Sorgen machen«, erwidere ich und beobachte dabei genau seinen Gesichtsausdruck. Er kneift die Augen zusammen und spannt die Lippen, als hätte irgendein Gedanke ihn gestochen, doch er nickt mit vor der Brust verschränkten Armen.

»Wenn ich dir etwas versprechen kann, dann das«, sagt er kühl. Damit schwingt er sich auf seine Maschine.

»Steig auf!«

Ich zögere noch ein paar Sekunden, kann mich aus irgendeinem Grund plötzlich nicht mehr überwinden. Im Moment meines Innehaltens treffen sich unsere Blicke und ich habe das plötzliche Gefühl, einen vertrauten Blick zu sehen. Einen vertrauten Blick mit lange aufgestauten, alten Emotionen. Da ist eine große Distanz, fast eine Art von Verachtung zum einen und etwas noch etwas anderes ...

Er wendet sich ab.

»Du brauchst einen Hut«, sagt er nachdenklich.

Als er den Blickwechsel zerreißt, steige ich endlich auf. Er nimmt sich den Hut vom Kopf, klemmt ihn zwischen seine linke Hand und das Lenkrad. Der Motor springt an und vibriert durch meinen Körper. Glass wartet noch einen Moment, bis ich meine Hände in den Stoff seines Mantels gekrallt habe und gibt dann Gas. Das Motorrad macht einen Satz und schießt in die Seitenstraße wie ein scheuendes Pferd. Ich ziehe reflexartig meine Beine an, aus Angst, meine Schenkel könnten die rauen Hauswände streifen.

Die scharfe Rechtskurve, als wir die Gasse verlassen, drückt mich zur Seite, der Fahrtwind treibt mir Tränen in die Augen. Ich grabe meine Hände noch tiefer in Glass' Mantel und schon rauschen die Lichter der

Straßen an mir vorbei, verzerren sich zu eigenartigen Gebilden aus Farbe, Hauswänden und Geschwindigkeit. Dieses Mal trennt mich keine Taxischeibe davon. Feine Tropfen, die die Räder von der nassen Straße aufwirbeln, fliegen mir in die Augen. Lichter ins Gesicht.

Deep City.

Alles ging so schnell, ich weiß nicht, was ich bis hierhin überhaupt realisiert habe.

Wo bin ich hier gelandet?

Mit halb geschlossenen Augen lege ich den Kopf in den Nacken und sehe aufwärts. Der Fahrtwind pustet mir die Haare aus der Stirn und macht mir den Blick auf unendliche Höhen und die unendliche Dunkelheit der Wolkenkratzer frei. Der Gedanke an das, was dort oben liegt, kommt mir plötzlich sehr unwirklich vor.

Ich kann nicht sagen, wie viel Zeit vergangen ist, als Glass wieder in eine winzige Seitenstraße einbiegt und sein Gefährt zum Stehen bringt. Der Motor verstummt mit einem leisen Brummen und ich steige wackelig ab. Trete fast in eine überdimensionale Pfütze, kann mich gerade noch abfangen und tänzele peinlich unelegant über den unebenen Asphalt.

Ich traue mich kaum, auf meine Schuhe zu sehen. Sie waren teuer, sie waren eines meiner letzten Geschenke und es fühlt sich nicht so an, als würden sie meinen Ausflug überleben.

Glass geht derweil an mir vorbei, im gleichen Tempo, wie vor der Fahrt. Keine Aufforderung mitzukommen, kein weiterer Blick. Ich schließe zügig zu ihm auf und laufe neben ihm her, muss dabei aussehen wie ein Idiot.

»Wir nehmen die Subway für den restlichen Weg«, sagt er, den Blick geradeaus gerichtet. »Mit dem Motorrad kann ich dort nicht aufkreuzen. Außerdem würde ich dem Wiki gerne noch einen Besuch abstatten, wenn das in Ordnung ist.« Er greift derweil in die Brusttasche seines Mantels und zieht eine flache Zigarettenschachtel heraus. Allerdings keine Tabakzigaretten, wie Pin sie im Kasino geraucht hat, sondern die typischen falschen Paradiser-Zigaretten, die nichts für dich tun, außer schön auszusehen. Mit einer schnellen Handbewegung steckt er sich eine an. Zieht daran und bläst hellblauen Dampf in die Luft, der in der Dunkelheit phosphoresziert und sich schon mit dem nächsten Windstoß in der Luft verliert. »Ich muss noch etwas sehen«, sagt er, wohl mehr zu sich selbst als zu mir. »In Ordnung?«, fragt er und wirft mir einen kurzen, prüfenden Seitenblick zu.

Das Wiki ... Was auch immer das ist.

»In Ordnung«, sage ich abwesend. Bin kurz gefangen vom bunten Qualm, der sich im aufsteigenden Dunst verliert.

Süßlicher Fruchtgeruch weht in meine Richtung.

Pulsierende Gedanken.

Ich ziehe an meiner Zigarette, puste den duftenden Qualm in die Luft. Strecke meine nackten Beine auf dem Sofa aus und lege den Kopf in den Nacken. Sehe zu, wie der Qualm in der Umgebung verschwindet.

Fühle mich weit entfernt von der Welt und weit entfernt von allem.

Sie beobachtet mich und ich beobachte den Zigarettenqualm. Wie die schimmernden Farben durch die Luft wabern ...

»Du hast dich wieder gefangen, was?«, fragt Glass unerwartet und weht den Gedankenfetzen fort.

Ich habe keine Ahnung, was er mit dieser Frage meint.

»Hmmm, ja«, meine ich ausweichend.

Glass lacht ein sehr leises Lachen. »Die große Cullinan«, murmelt er, sodass ich es kaum verstehen kann. Bläst wieder ein bisschen Qualm in die Luft und schiebt die freie Hand in seine Tasche.

Arglos

»Sie haben keine gute Arbeit gemacht«, sagt er ruhig, während seine Finger über meine nackte Kopfhaut fahren. Sie sind weich und fast unnatürlich kühl, betäuben das quälende Brennen und Pulsieren, das an meiner Kopfhaut reißt. Ich beobachte ihn im Spiegel. Seinen glatten Gesichtsausdruck, die Makellosigkeit.

Er salbt mir die suppenden Nähte ein, zweimal täglich, mit schmerzhafter Genauigkeit. Ich zähle die Tage nicht, sie ziehen einfach an mir vorbei, in ihrer ganzen langen, hellen, schmerzhaften Langsamkeit.

»Wer sind Sie?«, frage ich leise. Ich versuche mich noch immer an meine eigene Stimme zu erinnern.

Er sieht mir in die Augen. Blinzelt.

»Erinnerst du dich nicht?«, fragt er und seine Fingerspitzen folgen einer der Nähte. Der Berührung folgt ein brennendes Kribbeln, stechend und schmerzhaft. Ich verziehe das Gesicht, kneife die Augen zusammen.

»Nein«, flüstere ich. »Ich erinnere mich nicht. Ich ...«

Sein Gesicht verdunkelt sich. Es ist nur ein kurzes Zucken, eine kurze Abweichung, eine winzige Augenbewegung, dann wird sein Gesicht wieder ganz glatt.

»Was ist los?«, frage ich leise. Linux' Hände verharren bewegungslos auf meinem Hinterkopf.

»Du musst dich erinnern«, sagt er. »Du musst dich daran erinnern, was passiert ist. Wer du bist.«

»Ich erinnere mich nicht«, krächze ich heiser. »Ich ...«

Mein Blick wandert von Linux' makellosen Zügen zu meinen eigenen, meiner verfärbten Kopfhaut, den aufgesprungenen Lippen ... Ich weiß nicht, wer das ist. Ich weiß nicht ...

Unkontrollierbare Emotionen brechen sich Bahn, quälen sich plötzlich meinen Körper hinauf, irgendwo aus einem sehr tiefliegenden Kern, bluten in alle Richtungen aus, in meine Adern, meine Muskeln, meine brennenden Augen. Überschwemmen meine Pupillen.

Mein zerschossenes Gesicht verzerrt sich vor meinen Augen.

»Ich kann mich nicht erinnern«, schluchze ich. »Du musst es mir sagen, du musst ...«

»Schhh.« Mit dem Handrücken streicht mir Linux über die Wange. »Schhh, Puppengesicht. Du brauchst noch ein bisschen Zeit.«

Kapitel 6

Die Straße, auf die wir ausgespuckt werden, kommt mir erstaunlich bekannt vor. Ich bin mir ziemlich sicher, dass es sich um die *Main Road* handelt, von der ich auch gekommen bin.

Hier dominieren grelle Lichter und explosive Farben über das dumpfe Regengrau der Straßen und ein derart beißender Dunst, dass mir die Lunge brennt. Ich versuche, meinen Atem flach zu halten.

Glass schweigt. Die Lichter der Straße flackern über sein Gesicht, schlagen harte Schatten auf sein Profil.

Er wirkt auf eine bizarre Art weltvergessen, mit seinem blanken, nachdenklichen Gesicht im Strom der maskierten Menschen, die an uns vorbeiziehen. Den Blick geradeaus und weit in die Ferne gerichtet, während neben ihm all diese bizarren Schaufenster blinken. Wie die einzig lebendige Person in der surrealen Kulisse.

Wir folgen der Straße eine Weile, bis sie plötzlich zu enden scheint und stattdessen auf ein würfelförmiges

Gebäude zuläuft, das sich schwarz und glänzend in den Straßenzug duckt und das gleißend-bunte Licht der umliegenden Gebäude einfach verschluckt. Ein unheimlicher Anblick.

Die Menschen schwärmen wie Insekten darauf zu, verschwinden darin, surren darin, bilden kleine Trauben um die Eingänge. Und auch wir werden schließlich von der absorbierenden Dunkelheit des Würfels aufgesogen und einfach verschluckt.

Das Wiki.

Drinnen ist es taghell. Rauschende Ventilatoren verteilen stickige Luft, das Licht flackert. Die Menschen drängen sich, dicht an dicht, erzeugen eine beklemmende Hitze, die Schwindel in mir auslöst und eine ungewohnte Klaustrophobie.

Fast verliere ich Glass in den ersten Momenten, der keine Rücksicht auf mich nimmt und sich flink durch die Menge schiebt. Ich versuche, ihm zu folgen.

Erfasse dabei fast rauschhaft und in kurzen Blickfetzen meine Umgebung. Einzelne Menschen, einzelne Masken. Habe manche Details scharf im Fokus, andere ziehen verschwommen nach.

Das Innere des Würfels kleiden große holographische Projektionen aus, die über alle Wände flackern, aus dem Boden ragen, mitten im Raum hängen. Zeigen blasse, monochrome Bilder und Schriftzüge. Ich erhasche Zigarettenschachteln und Stadtkarten, Barinterieur, Masken und Revolver. Kasinochips und halbnackte Frauen. Fetzen geschwungener Werbeslogans.

Ich muss die Tränen aus meinen überreizten Augen blinzeln, die meine Umgebung in Unschärfe tauchen.

Als Glass plötzlich stehen bleibt, bin ich noch so gefangen von meiner Umgebung, dass ich es erst nicht bemerke. Allerdings beachtet er mich auch nicht. Er hat die Hände in die Hosentaschen geschoben und steht starr und angespannt mitten in der surrenden Menge, beide Füße fest auf dem Boden, und sieht nach vorn auf ein unbestimmtes Ziel. Er scheint auf etwas zu warten. Das rastlose Gewusel um mich herum treibt mir den Schweiß ins Gesicht. Werfe immer wieder Blicke auf Glass, der neben mir erstarrt ist und folge dann dem nächsten Detail.

Bilder, Bilder, Bilder.

Werbung für Zigaretten.

Werbung für die »echte Schießerfahrung«.

Werbung für ein Sexkino.

Werbung für eine Bar.

Werbung für einen »Fetisch-Stripclub«.

Werbung für *Lolita Town*.

Werbung, die das Gefühl entfacht, jemand hätte ein genaues Gegenteil von Surface City erschaffen wollen. Und die unbestimmte Zwielichtigkeit, die diese bizarre Stadt unter der Stadt ausstrahlt, bekommt plötzlich sehr reale Konturen.

Die Menschen um mich herum schwirren durch diesen Raum wie Insekten in fiebriger Rastlosigkeit, bleiben kurz stehen, surren weiter. Schuhe klappern und kratzen über den Boden. Es werden kurze Gespräche geführt. Ein Bild folgt dem nächsten. Und wieder. Und wieder. Flackernd, rasend schnell und mit einer so absurden Direktheit, dass es einem schon fast nicht mehr seltsam vorkommt.

Dieser ganze Ort verströmt die Atmosphäre einer absoluten Unverbindlichkeit, als könnte man hier jeder sein. Alles tun.

Wir führen Sie an den Ort Ihrer dunkelsten Träume. Daran bleibe ich einen Moment länger hängen. In der Sekunde, in der dieser Satz über seine Projektion flimmert, habe ich das Gefühl zu wissen, wo ich hier wirklich gelandet bin. Und stehe inmitten dieses Spektakels, von meinen Eindrücken erstarrt und weiß nicht genau, was ich denken soll.

Surreale, dunkelbunte Traumwelt.

Man hat keine Timeline hier. Man kann jeder sein.

Ich sehe wieder zu Glass, der neben mir auf der Stelle tritt. Er schiebt seinen Ärmel zurück, wirft einen kurzen Blick auf die goldene Uhr, die er trägt. Beißt nervös auf seiner Unterlippe herum. Legt dann plötzlich den Kopf leicht in den Nacken, schließt die Augen halb ...

Das Licht erlischt. Von einem Lidschlag zum nächsten erstickende Dunkelheit.

Fast erwarte ich Aufruhr. Schreie, aufgeregtes Gemurmel. Gerenne, Geschubse. Doch stattdessen fällt eine fast unheimliche Stille über die rastlose Menschenmenge.

Als sich meine Augen an die plötzliche Dunkelheit gewöhnt haben, sehe ich sie, die maskierten Menschen, wie sie erstarrt ins Leere blicken, wo eben noch helle Projektionen glommen.

Plötzlich glimmen sie wieder auf. Nur zeigen sie dieses Mal keine Werbebilder, keine Schriftzüge und animierten Tänzerinnen. Stattdessen lese ich überall dieselben Namen. Eine Liste von Namen. Eine Liste. Es dauert ein paar Sekunden, bis ich realisiert habe …

11 Ceylon Exapt

10 Pin Cluster

9 Vala Hal

»Die Liste wird uns alle noch drankriegen.«

4 Qore Lite

»Q, hier unten sterben Menschen.«

In diesem Moment verschwindet der elfte Name. Einfach so. Ohne Knall, ohne Effekte. Und ich bin mir plötzlich ziemlich sicher, was das bedeutet. Sehe wieder den Mann im Fahrstuhl ganz genau vor mir. Seinen Blick. Seine Angst. Mir wird ein bisschen schwindelig.

Wieder folgt mein Blick den Namen auf den Bildschirmen. Einmal von unten, wo es eben noch eine Nummer elf gab, bis zur Nummer eins.

1 Glass

Ich verdrehe meine Augen in seine Richtung, ein kaltes Kribbeln auf der Haut. Seine Haut wirkt blass in der Dunkelheit, fast eine Spur zu hell. Und es hat sich ein so gequälter Ausdruck in sein Gesicht gefressen. Es hat die Ruhe, die Kühle, die absolute Beherrschung verloren, die bisher darin lag. Nun zittert seine Unterlippe, seine Finger greifen haltlos nach dem Stoff seines Mantels. Er knirscht mit den Zähnen.

»Scheiße«, stößt er aus zittrigen Lippen aus.

Wie ein Insekt in der Fliegenfalle klebe ich an seinem Gesicht. Verloren, mit dem plötzlichen Bewusstsein für die Situation und den Zahnrädern, die in meinem Kopf plötzlich perfekt ineinandergreifen.

Ich muss beinahe anfangen zu lachen. Ein tief sitzendes, hysterisches Lachen, das aggressiv an meiner Kehle kratzt.

Wenn das hier nicht nur ein großer Scherz oder eine spektakuläre Show werden soll, dann haben sie hier unten eine Liste mit Menschen, von denen einer nach dem anderen ermordet wird.

Glass starrt noch immer starr und verloren auf die Projektionen um uns herum. »Schon wieder ... Zum sechsten Mal.« Er wendet seinen Blick ab und reibt sich mit der flachen Hand übers Gesicht. Kneift beinahe gequält die Augen zusammen und drückt die Fingerspitzen in die Augenhöhlen. Schüttelt den Kopf, wie ich es tue, wenn ich einen Gedanken nicht ertragen kann. »Wären wir einen Tag schneller gewesen ...«

Nun trifft mich wieder sein Blick, trüb und resigniert. »Heute hat das ein Ende«, sagt er bestimmt.

Und ich nicke, obwohl ich mir da nicht so sicher bin. Reibe meinen verstümmelten Finger, der in leisen Phantomschmerzen pocht.

Ich denke, jetzt wäre der Moment gekommen, in dem mir die ganze Geschichte ein bisschen zu abgedreht vorkommen und ich schnellstmöglich verschwinden sollte. Vielleicht sollte sich auch eine Art von Empathie oder Verantwortungsbewusstsein einstellen, für Menschen, die mir anscheinend ihr Leben in die Hände geben wollen. Aber ich war und bin ein skrupelloser, kleiner Parasit und der Gedanke an eine neue Timeline hallt zu hoffnungsvoll zwischen meinen Schädelwänden.

Noch bevor die Lichter wieder angehen – und das tun sie nur ein paar Sekunden später – dreht sich

Glass plötzlich in meine Richtung, legt mir eine Hand auf die Schulter und schiebt mich wortlos durch das Getümmel, ans Ende der Halle, wo mehrere lange Treppen in eine neonbeleuchtete Tiefe führen.

Ich werfe noch einen letzten Blick über die Schulter durch die Reihen von Menschen, die langsam wieder zum Leben erwachen und zu ihrem vorherigen Treiben zurückkehren.

Glass wartet nicht auf mich, sondern segelt mir voraus die Treppe hinab. Sein langer Mantel bauscht sich auf, fächert um seinen Körper wie flache Schwingen.

Ich hetze hinter ihm her, nehme mehrere Stufen im Sprung und stehe nur Sekunden später plötzlich auf einem kalt beleuchteten Bahnsteig. Ein schmaler Streifen Pflaster trennt die zwei Fahrspuren voneinander, die jeweils in tiefschwarzen Tunneln in der Wand verschwinden. Ein bläuliches Schild ragt in der Mitte aus dem Boden.

The Wiki.

Ein lautes Rauschen kündigt einen Zug an, der in den nächsten Sekunden in meinem Rücken in den Bahnhof donnert, röhrend und zischend, wie eine alte Dampflok.

Quietschend, scheppernd und keuchend kommt er zum Stehen. Öffnet seine Türen, die im Halblicht wirken wie riesige Augen, die er aufschlägt.

Ich spüre eine Hand im Rücken. Mit einem sanften Schubs schiebt Glass mich zwischen die sich öffnenden Türen der Bahn, die sich nur kurze Zeit später wieder schließen. Es ruckelt und das Gefährt setzt sich in Bewegung, bevor ich wirklich realisieren kann, wo ich bin.

Glass hat sich wieder gefasst und sieht so todernst und kontrolliert aus wie zuvor. Im dämmrigen Licht der Bahn treibt ein seltsames Schattenspiel sein Unwesen auf seinem Gesicht. Er sagt kein Wort.

Unruhig sehe ich mich im Wagon um. Masken, verschleierte Gesichter. Egal wo man hier ist, die Menschen wirken wie unheimliche Statisten in ihrer surrealen Kulisse. Alle und niemand scheinen mich anzusehen.

»Wo fahren wir hin?«, frage ich meinen Begleiter. Doch der legt nur einen Finger an die vollen Lippen.

Wir fahren einige Stationen ab und jedes Mal erscheint auf einer altmodischen Anzeige im Zug der Name, begleitet vom Surren der Türen und einer blechern klingenden Ansage. Die meisten sind nicht so glasklar benannt, wie *The Wiki* und tragen stattdessen kryptischere Namen:

The Rabbit Hole.

Ceshire-Station

Tea-Party-Station

Jeder der Namen provoziert ein Gefühl, ein Bild, das ich allerdings nie wirklich greifen kann.

Auf den Bahnsteigen blitzen die steifen Gesichter der maskierten Menschen auf, die darauf warten, dass der Zug einfährt. Überall spiegeln sich verhüllte Visagen. Ein bisschen komme ich mir hier unten vor, wie auf einem ewigen Maskenball. Und so, als wären diese Personen nur Mittel zum Zweck, um diesem Ort eine Art von Leben einzuhauchen. Als wäre nichts von all dem real.

»Wir steigen aus«, sagt Glass plötzlich und gleitet an mir vorbei auf den nächsten Bahnsteig. Die Anzeige sagt: *Place of Cards*

Ich springe ihm geistesgegenwärtig hinterher, während sich die Türen hinter mir auch schon wieder schließen.

Wir folgen dem schmalen Bahnsteig und einigen Treppen nach oben, bis uns der Untergrund wieder auf einer Straße ausspuckt.

»Wir sind gleich da«, sagt Glass.

Wieder herrscht minutenlange Stille, in der wir nur durch die Straße hetzen.

»Hast du noch eine Maske dabei?«, fragt er plötzlich mitten im Lauf.

»Meine Maske?«

Er schnaubt belustig. »*Eine* Maske«, wiederholt er betont.

Ich gerate ins Schwanken.

»Ich … Mich erkennt niemand ohne Maske«, erwidere ich. »Keine Maske, ist die beste Maske.«

Glass starrt mich von der Seite an, mit einer Mischung aus Verzweiflung und Entgeisterung im Blick.

»Du hast Nerven«, sagt er. »Ich weiß nicht, was du dir gedacht hast, oder was deine Pläne sind. Aber in diesem Fall … Es geht um unseren Deal und ich werde keine Risiken eingehen. Das kann ich mir hier nicht leisten.« Er kneift die Augen zusammen. »Du hast keine Maske?«

Ich schüttele den Kopf. »Nein.«

Er verzieht nur missbilligend das Gesicht.

Wir laufen weiter, biegen in Seitenstraßen und schmale Gänge ab. Der Nebel verdichtet sich wieder und auch das Straßenbild wird dunkler und ruhiger. Neonlichter, Menschentrauben und Ladenzeilen weichen kühlen, herrschaftlichen Gebäuden mit hohen Fenstern. Hinter manchen brennt Licht, aufgefangen von dicken Vorhängen. In kein einziges kann man hineinsehen. Sie wirken ein bisschen fehlplatziert an diesem Ort.

Vor einem der Häuser bleibt Glass schließlich stehen. Eine breite, steinerne Treppe führt hinauf zu einer Tür, die wahrscheinlich genauso protzig aussehen soll, wie sie es tut.

Goldgelbes Licht stürzt aus den großen Fenstern bis auf die Straße, nur aufgehalten von den hellen Vorhängen, die das Fenster vor Blicken von außen schützen.

»Da wären wir«, sagt er mit einer plötzlichen Unruhe in der Stimme, die ich bei ihm bisher noch gar nicht gehört habe. Er sieht kurz die Treppe hinauf, nur um sein Gesicht dann schnell wieder abzuwenden und seinen Blick über die lange Straße schweifen zu lassen. Schiebt die Hände noch weiter in seine Manteltaschen und der Hut scheint ihm plötzlich noch tiefer ins Gesicht zu rutschen. Auf einmal geht eine Nervosität von ihm aus, die vorher nicht spürbar war. Kalter Schweiß tritt auf meine Haut. Die verzweifelten Stimmen in meinem Kopf sagen mir, dass schon alles irgendwie gut wird. Es *muss* gut werden.

Glass betrachtet mich mit kritischem Blick von Kopf bis Fuß.

»Du brauchst einen Hut«, sagt er dann und setzt sich seinen ab. »Und ...«

Seine Hände zucken kurz nach meiner Stirn, als wolle er mich berühren. Er trifft meinen Blick, verfängt sich für einen kaum merkbar langen Augenblick darin und zieht seine Hände dann hastig wieder zurück. Stattdessen greift er sich selbst in die Haare und streicht die etwas wirren Ponysträhnen aus der Stirn. »So«, sagt er anweisend. »Damit sie unterm Hut verschwinden.«

Ich nehme den Hut entgegen und setze ihn auf. Er ist noch ein wenig feucht, passt mir sonst aber besser, als ich es erwartet hätte. Er rutscht mir nur ein bisschen zu tief in die Stirn.

»Gut so?«, frage ich.

Er nickt. Schweigt. Tritt ein paarmal auf der Stelle und scheint sich dann doch noch etwas sagen zu wollen. Zieht scharf Luft durch die Zähne, bewegt unruhig die Lippen, als wollte er jeden Moment zum Reden ansetzen und dann doch nicht die richtigen Worte finden.

»Hör zu«, wispert er dann, »das hier muss klappen.« Seine Stimme zittert plötzlich ein bisschen. »Wenn es nicht klappt ...« Er zieht wieder Luft durch die Zähne. Nimmt sich kurz den Hut vom Kopf und fährt sich durch die Haare.

Mittlerweile höre ich Schritte nahen und Glass verstummt für einen Moment. Der Asphalt schluckt sie dumpf, es ist mehr ein Quietschen und Knirschen, als ein Klackern. Die Schritte werden lauter, als die Person, der sie gehören, die Treppe hinaufläuft. Als sie die Tür öffnet, wird aus dem dumpfen, vibrierenden Bässen plötzlich richtige Musik. Sie stürzt für ein paar seltsame Sekunden lang auf die Straße wie Geräusche aus dem Tor zu einer anderen Welt – mit fiebrigen, dunklen Melodien. Dann schließt sich die Tür wieder.

Kurze Stille.

Glass' Nervosität verschwindet wieder aus seinem Gesicht und verbleibt nur als feiner, unruhiger Glanz in seinen Augen.

»Also«, sagt er. »Keine weitere Zeit verschwenden ...« Er holt tief Luft. »Folgendes musst du wissen: Wie du dir schon denken kannst, ist das hier eine der exklusiven Maskenpartys. Die Liga ist also da. Sie ist immer da. Sie werden sich unter die Leute mischen, du wirst sie nicht zwingend erkennen, aber sie werden da sein. Tu es ihnen nach, unterhalte dich, aber stell nicht zu direkte Fragen. Halte nach ihnen Ausschau, aber lass es nicht jeden wissen. Sprich mit niemandem über uns, schon gar nicht über mich. Und Fortran ist der, den du willst. Aber das weißt du ja selbst. Um reingelassen zu werden, sag, dass du eine Person namens Silico kennst. Verstanden?«

Das sollen die einzigen Informationen sein, die ich bekomme? Selbst wenn ich wüsste, was hier läuft, selbst wenn ich wüsste wer dieser Fortran ist, könnte ich damit nicht viel anfangen. Was ist eine Maskenparty? Was zum Teufel ist die Liga?

Er macht eine kurze Pause, leckt sich schnell über die Lippen und sieht über die Schulter. Dann wendet er sich wieder an mich. Seine Augen fixieren mich dabei noch fester an der Wand in meinem Rücken, durchstoßen mich fast.

»Ich stelle das jetzt noch einmal klar«, sagt er und dämpft seine Stimme. »Für diesen Moment und nur für diesen vertrauen wir dir. Ich habe dich hergebracht, wie abgemacht. Du wirst da reingehen und Fortran das geben, was er will, damit endlich Schluss ist mit der Liste. Wie abgemacht.«

Er fixiert mich mit seinem Blick und ich nicke langsam.

»Wie abgemacht«, wiederhole ich.

»Du kommst wieder zurück, wie abgemacht«, fährt Glass fort. »Wir treffen uns morgen um acht, abends, am Eingang zum *Golden Casino* in der *Main Street*. Und dann erfülle ich unseren Teil des Deals.«

»Wie abgemacht«, sage ich noch einmal. Glass nickt und wendet sich ab. »Warum begleitest du mich nicht?«, frage ich noch.

Er lacht kurz und heiser, als hätte ich einen dummen Witz gemacht.

»Bin ich verrückt?« Mit diesen Worten tippt er sich an den Hut, den er nicht mehr aufhat, und geht. Geht einfach und lässt mich stehen. Ohne weitere Erklärungen, ohne weitere Informationen. Und vor allem: ganz allein. Ich schlucke so schwer, dass es in meinem Rachen schmerzt.

Wieder läuft mir ein Schauer über die Haut, kalt und kribbelnd und unangenehm. Ein ganz bisschen fühle ich mich wie in den ersten zehn Minuten eines Horrorfilms. Wenn die Farben noch bunt und die Welt noch heil ist, aber die Musik bereits in eine dunklere Tonart wechselt. Aber ich schiebe diesen Gedanken schnell von mir.

Ich stehe nicht auf der Liste, mir trachtet hoffentlich niemand nach dem Leben. Nur bin ich jetzt ganz auf mich allein gestellt. Ohne konkreten Auftrag. Ohne ... alles.

»Was ist der Plan, Java?«, frage ich mich halblaut selbst und komme mir dabei fast so vor wie Paranoia-Pin.

Mein Gehirn arbeitet.

Reingehen. Zeit schinden. Herausfinden, was gespielt wird. Diesen Fortran ausfindig machen, erfahren, was er haben will. Das beschaffen. Glass seinen Job machen lassen.

Neues Leben anfangen.

»Neues Leben anfangen.«

Ich könnte schon wieder in hysterisches Lachen ausbrechen. Scheiße, wo bin ich angekommen?

Hier unten sterben Menschen.

Ich kann mir nicht zusammenreimen, was es mit dieser Liste wirklich auf sich hat, oder warum diese Menschen sterben. Und ich bin mir ziemlich sicher, dass ich es auch nicht wissen will.

Wohin Verzweiflung Menschen treiben kann.

Mit diesem Gedanken löse ich mich aus meiner Starre, gebe mir einen Ruck und tauche aus dem Schatten.

Schmerzlos

Linux streicht mir über die glühenden, geschwollenen Nähte. Versucht, den Schmerz zu lindern, der sie entflammt.

Sie sehen aus wie lange, schmale Münder; zu einem verkrusteten Zähnefletschen verzogen. Dunkelrot glänzend wie entzündetes Zahnfleisch und zum Aufplatzen geschwollen, quillen sie unter den schwarzen Nähten hervor. Drumherum Schattierungen von dunkelblau bis hellgelb.

Gequält sehe ich mir in die blutgeschwemmten Augen, eine hellrote Explosion feiner Äderchen.

»Was mache ich hier?«, flüstere ich.

»Du bist gefallen«, sagt Linux. »Und ich fange deinen Aufprall ab.«

Kapitel 7

Minutenlang stehe ich zögernd vor der Tür und erinnere mich daran, dass ich immer noch abhauen kann. Glass ist weg, Pin kann sich hier nicht auf mich stürzen wie eine Irre und wäre es nicht für meine eigene klägliche Situation, würde ich die ganze Geschichte genauso schnell vergessen, wie ich hier gelandet bin.

Ich hänge auf eine eigentlich ziemlich unberechtigte Art an meinem Leben, wie ein zäher, kleiner Parasit und es sind solche Momente, in denen das ziemlich mit meiner allgemeinen Verzweiflung korreliert.

Es wäre intelligent, umzudrehen, diesen Scheiß das sein zu lassen, was er ist und in mein verkorkstes Leben zurückzukehren; in meine entsetzlich deprimierende Wohnung mit entsetzlich viel deprimierendem Ärger und meinen kleinen Ausflug als seltsamen Zufall abzutun.

Ich werfe einen kurzen Blick auf die Uhr. Es ist halb zwölf. Bei den »Erziehungsmaßnahmen«, die mich zu dieser Uhrzeit erwarten, habe ich eigentlich nichts mehr zu verlieren. Vielleicht ist ein dramatisches Ableben doch keine so schlechte Option?

Ohne einen weiteren vernünftigen Gedanken lehne ich mich gegen die Tür. Sie gibt leichter nach, als ich es erwartet hätte und führt mich in eine Art pompöse Eingangshalle.

Hier ist die Musik mehr als nur wummernde Bässe. In gedämpftem Auf und Ab einer fiebrigen Melodie wummert sie gegen die deckenhohen Flügeltüren, die die Halle abgrenzen.

Zwei hochgewachsene Türsteher haben sich zu beiden Seiten aufgebaut.

Ich schiebe mir Glass' Hut noch ein bisschen tiefer ins Gesicht. Versuche, nicht mehr zu zögern.

In diesem Moment werden die Türen hinter mir plötzlich aufgerissen, ich schaue erschrocken über die Schulter und blicke in die starren Gesichter eines maskierten Pärchens, das Arm in Arm in die Eingangshalle tänzelt. Mich weltvergessen anstrahlt.

»Willkommen, willkommen«, ruft die Frau mir mit leicht verstellter Stimme zu, zieht den Mann dabei weiter durch die Eingangshalle. Raunt einem der beiden Türsteher etwas ins Ohr. Und nur Sekunden später öffnen sich die Flügeltüren für einen Moment, lassen die beiden hindurch und mir einen Blick auf das Spektakel, das sich dahinter aufbäumt.

Menschenmassen. Lichter. Explosionen.

Es ist kaum in Worte zu fassen.

Tosende Musik stürzt in die Eingangshalle, strudelnde Melodien, vibrierende Bässe, die mich schütteln. Ein akustischer Tsunami.

Die Frau springt mit langen, schwingenden Schritten in die Musikwellen. Mitten auf ihrer Strecke beginnt sie sich zu drehen, schlägt lange Pirouetten, die sie immer weiter ins Geschehen hinein saugen. Ihr lautes Lachen ertrinkt zwischen lärmenden Bässen.

Der Mann lächelt mich noch an, bevor er ihr in die Menge von tanzenden Menschen folgt, die sich hinter dem Türrahmen dem Rausch der Musik hingeben.

Und die Türen schließen sich wieder. Schließen die Musik aus.

Ich verharre in meiner Überwältigung, bemerke erst Augenblicke später, wie verloren ich dastehe, reiße mich gewaltsam aus meiner reizüberfluteten Starre und gehe hastig auf einen der beiden Türsteher zu.

Aus den dunkel verspiegelten Augen seiner Maske sehe ich mir selbst mit wirrem Blick ins Gesicht.

»Ich bin hier mit Silico«, sage ich wankend und taste dabei unruhig nach dem Hut auf meinem Kopf.

Der Türsteher bleibt wortlos. Nickt mir nur kühl zu, lässt die Tür aufschwingen und entlässt mich ins überwältigende Geschehen.

Die Halle dahinter ist gigantisch. Erstreckt sich über drei Stockwerke. Lange Bars ziehen sich zu beiden Seiten an den Wänden entlang. Ein riesiger Brunnen in der Mitte des Raumes spritzt meterhohe, leuchtende Fontänen in die Höhe und stäubt feinen Sprühnebel über die Gäste, die sich in ekstatischer Masse der Musik hingeben.

Überall verschwitzte Hände, die sich ziellos in die Höhe recken, wehende Fransenkleider, wippende Hüte.

Ich drehe mich einmal um mich selbst, mit fliehendem Blick, werfe meinen Kopf in den Nacken, sehe zur Decke, wo sich gigantische Ventilatoren zwischen Trapezkonstruktionen und überdimensionalen, vergoldeten Käfigen drehen. Tänzer in hautengen Tierkostümen, mit glänzend bemalten Gesichtern und riesigen Perücken räkeln sich darin, schwingen sich von einer Seite zur nächsten.

Einer der Käfige wird abgesenkt, sinkt in die tobende Menge, die ihre zitternden Hände nach dem halbnackten Mann darin ausstrecken. Nach seiner überdimensionalen Löwenmähne, nach seinen muskulösen Gliedmaßen, die er in den Gitterstäben verhakt, nach seinem durchscheinenden Kostüm ...

Die Menschen bewegen sich in einer nie von mir gesehenen Ekstase. Keiner von ihnen öffnet den Mund, niemand ruft, niemand jubelt, aber ihre Körper scheinen ganz mit der Musik verschmolzen. Keine Timelines, keine Gesichter. Niemand sieht zu, wie du tanzt, niemand denkt darüber nach, niemand analysiert es. Die Luft scheint völlig frei von Gedanken. Bässe und schwingende Rhythmen füllen sie so sehr aus, dass dafür kein Platz mehr ist.

Lichtblitze zucken durch den halbdunkeln Raum.

Ich bin wie in Trance. Alles dreht sich.

Ich war auf vielen Partys. Auf rauschenden Paradiser-Partys im Zeppelin, weit über den Dächern der Stadt, mit hunderten tanzenden Menschen und flackernden Timelines. Aber nichts davon erreicht das.

Aufregung, die tosende Musik, die Menschen, die Feuerwerkslichter, die Euphorie, die Panik ... In mir geht ein explosiver Gefühlscocktail hoch. Haltloses

Zittern läuft durch meinen Körper, löst mich aus meiner Starre.

Schließlich lasse ich mich von der Menge und den schwitzigen Händen mitreißen, die nach mir greifen. Bahne mich vorwärts. Versuche, den Schwindel zu ignorieren.

Ich habe Gänsehaut und mein Körper fühlt sich von der Vibration der Musik ganz taub an. Als ich einen Blick auf die Uhr werfe, verschwimmen die Zeiger. Dieser Ort muss zeitlos sein.

Zeitlos ...

Sie sitzt ganz allein in der Menge, mitten im Geschehen, entspannt in ihrem Ledersessel zurückgelehnt. Die schlanken Beine überschlagen, die Hände im Schoß gefaltet. Völlig weltfremd in ihrer dunklen Kleidung, zwischen all den hellen Anzügen.

Und ihr Blick folgt nur mir.

So viele Menschen um sie herum und sie beobachtet mich. Nur mich.

Alles ist verschwommen.

Für einen Augenblick klebe ich in einer zeitlosen Sekunde fest und da ist ein Gedanke, so klar ... Aber ich kann ihn nicht greifen. Mein Gehirn ist taub.

Ich schüttele den Kopf, schüttele den Gedankenfetzen dorthin zurück, wo er hergekommen ist.

Atmen. Konzentration.

Hier kann ich nicht bleiben. Ich muss mich mit jemandem unterhalten, mit jemandem, der etwas weiß. Am besten mit jemandem, der diesen ominösen Fortran kennt. Und hier werde ich diese Personen wohl kaum finden.

Ich kneife die Augen zusammen, arbeite mich weiter vorwärts, lasse mich dann von der Masse ausspucken und folge ziellos dem erstbesten Weg fort von der Tanzfläche und diesem übersteigerten Spektakel. Eine breite Treppe führt mich zwei Stockwerke aufwärts, wo die Musik etwas leiser wird.

Ich gelange in einen breiten, dämmrigen Flur, dem ich mit zügigen Schritten folge, blicke nach rechts und links, gegen geschlossene Türen.

Noch immer spüre ich die Vibration der Musik in meinen Füßen.

Das Ende des Flures führt mich vorbei an einem völlig ineinander verschlungenen Pärchen in einen kleineren, niedrigeren Raum, abgeschirmt von der Musik und durchzogen von einer langen, golden glänzenden Bar. Ein paar Menschen sitzen auf hohen Lederhockern am Tresen, hängen an ihren Gläsern. Manche unterhalten sich leise.

Er ist etwas kühler, weniger stickig und fiebrig und aufgewühlt. Ich glaube, hier bin ich richtig. Eine Bar ist immer eine gute Idee. Ich weiß zwar nicht, ob die Partys hier genauso funktionieren wie die in Surface City, aber Alkohol hat überall die gleiche Wirkung. Und wenn dieses Spektakel hier auch nur halb so exklusiv ist, wie Glass das hat durchklingen lassen, dann wird es hier auch Leute geben, die irgendetwas wissen.

Ich zögere nicht und laufe ich einmal quer durch den Raum und setze mich auf einen freien Lederhocker, den Rücken zum Tresen gerichtet. Lasse meinen Blick durch den Raum schweifen.

Er ist schlicht, im Vergleich zur pompösen Tanzfläche. Keine halbnackten Tänzer, kein Feuerwerk, kein Springbrunnen.

Lediglich ein etwas bizarrer, tanzender Roboter, ganz in Gold, dreht sich in monotonen choreographischen Mustern um eine dünne Metallstange in der Mitte des Raumes.

Fünfzehn oder zwanzig Menschen reihen sich an der Bar auf, manche von ihnen allein, manche in kleinen Gruppen. Sie fügen sich auf eine fast geplant wirkende Art in die Szenerie, dunkel gekleidet, dunkel maskiert. *Sie würde so seltsam gut hierher passen …*

Ein paar Minuten lang bleibe ich einfach so sitzen und beobachte das Geschehen. Zähle geleerte Gläser. Versuche herauszufinden, wen ich am besten in ein Gespräch verwickeln kann.

Ich brauche eine möglichst betrunkene Person, jemanden, dem ich ins wattierte Gehirn gucken kann, bevor er es bemerkt. Denn ich habe das ungute Gefühl, dass diese Themen weniger unverfänglich sind, als ich es mir wünschen würde.

Als ein Mann innerhalb von zehn Minuten zu seinem dritten Glas greift, stehe ich von meinem Hocker auf und gehe langsam auf ihn zu. Setze genau das Lächeln auf, das ich eine Zeit lang wie besessen vor dem Spiegel geübt habe.

»Hallo«, sage ich unbefangen und drücke meine Zunge in meinen Mund, dass es klingt, als würde die Wirkung von Alkohol sie beschweren. Einer betrunkenen Person kann man vielleicht nicht alles verzeihen, aber sie hat für alles eine Entschuldigung.

Der Mann sieht langsam von seinem Glas auf. Sein Gesicht ist nur zur Hälfte von einem dünnen Schal bedeckt und seine Augen darüber sind erschreckend leer.

»Hey«, lallt er zurück. Mir weht eine Alkoholfahne entgegen.

»Verrückte Party hier«, sage ich und lächele noch ein bisschen breiter.

»Mmh ...« Der Mann zwirbelt an seinen Haaren herum und kippt sich den Rest seines Getränks in den Rachen.

Ich fackele nicht lange. »Kennen Sie einen Mann namens Fortran?«, frage ich.

Der Mann zuckt zusammen, sieht mich plötzlich fest an. Eine von seinen geweiteten Augen getragene Sekunde lang glaube ich, dass er tatsächlich etwas zu sagen hat, doch als er den Mund öffnet, blubbert er nur schweres, unverständliches Gemurmel. Er schüttelt den Kopf und dreht das leere Glas in seinen Händen. »Keine Ahnung was ich dazu sagen soll«, nuschelt er. Wendet demonstrativ sein Gesicht ab.

Fehlversuch. Ohne ein weiteres Wort stehe ich auf und setze mich einen Platz weiter.

Bei der nächsten Person, bei der ich es versuche, bekomme ich einen Blick zurück, in dem so viele Fragezeichen schwimmen, dass ich erst gar nicht über meine erste Frage hinauskomme. Und Misstrauen. Misstrauisch zusammengekniffene Augen.

Die Frau, die ich danach anspreche, winkt beinahe aggressiv ab. »Dazu kann ich dir *nichts* sagen!«

Der Name Fortran löst bei jedem von ihnen ein nervöses Zucken aus, als würde ich meinen spitzen Zeigefinger direkt über ihrer offenen Wunde schweben lassen.

Mittlerweile komme ich mir seltsam vor, wie ich von einer Person zur anderen wandere, mit meiner Frage, die niemandem gefällt. Und die ganze Situation überfordert mich.

Ich kurbele an meiner Denkmechanik. Ich brauche jemanden, bei dem ich mir relativ sicher sein kann, dass er etwas weiß.

Als ich mit dem Blick wieder der Bar folge, fällt mir der Barkeeper ins Auge und es macht Klick. Wer ist näher dran am Geschehen als er? Wer überhört mehr Gespräche als er?

Als er in meine Richtung sieht, winke ich ihn spontan zu mir heran.

Er spricht mich nicht an, stellt keine Fragen. Kein Gruß, kein Small Talk. Nickt mir nur zu, mit einem kühlen Ausdruck in den maskierten Augen.

Ich bestelle einen *Haunted Paradise*, (Kodas, Wodka und zwei Eiswürfel aus Karamellsirup) und der Barkeeper knallt mir das Glas einfach wortlos auf den Tresen.

»Warten Sie!«, halte ich ihn plump zurück, bevor er sich wieder abwenden kann. Bin fast überrascht, als er sich tatsächlich zu mir umdreht. Sein Blick ist abweisend, aber ich ignoriere das geflissentlich.

Ich setze mein unwiderstehlichstes Lächeln auf, beuge mich weit über den Tresen, lege den Kopf schief. Beschließe, dieses Mal vorsichtiger an die ganze Sache heranzugehen.

»Was für eine Nacht«, blubbere ich, nur um ein Gespräch in Gang zu kriegen. Keine Antwort. Ich plaudere weiter: »So viele Leute ... Das muss stressig sein!«

Noch immer keine Erwiderung. Er hebt nur eine Braue, als müsse er mir auch noch mitteilen, wie unnötig meine Kommentare sind, und beginnt dann, einige Gläser zu polieren.

Ich hasse Menschen, die nicht auf Small Talk eingehen. Glauben sie wirklich, sie wären die Einzigen, denen inhaltsleeren Konversationsversuche am Arsch vorbeigehen? Dabei ist es Mittel zum Zweck, nicht mehr und nicht weniger.

Ich muss wohl doch direkter werden. »Ich habe eine Frage«, sage ich nach kurzem Zögern. »Können Sie mir die beantworten?«

»Kommt auf die Frage an«, sagt er endlich.

Ich räuspere mich. »Finde ich hier eventuell einen Mann namens Fortran?«

Kurz hebt er seine Augenbrauen, wirft mir einen seltsamen Blick zu, dreht sich dann einfach um und fährt mit seinen Gläsern fort.

»Kennen Sie ihn?«, füge ich hinzu. Bekomme noch immer keine Reaktion. »Mmh?«

»Warum interessiert dich das?«, fragt er schließlich und hält für einen Moment mit dem Polieren inne. Seine Stimme ist kühl, bohrend und auf eine beunruhigende Art unnachgiebig. Sie treibt mir die Hitze unter die kribbelige Stirn.

Ich zucke mit den Schultern, als wäre nichts dabei. Als wäre das nur eine unbestimmte Frage, die mir im angetrunkenen Hirn herumgeistert.

»Ach ... Ich muss noch eine Sache klären. Und ich bin hier auf der Suche nach ihm und kann ihn nicht finden.«

Er zuckt ein wenig.

»Was hast du gesagt?«

»Also ... Ich bin auf der Suche nach ihm. Nach Fortran«, wiederhole ich, obwohl ich weiß, dass er mich verstanden hat.

»Das ist sehr merkwürdig«, erwidert der Barkeeper kühl.

»Warum?«, frage ich unschuldig.

Mehrere unangenehme Sekunden verstreichen, in denen er seinen Drink fertig mixt, ohne mich anzusehen. Die dunklen Augen hinter seiner Maske gehen unruhig hin und her und ich glaube schon, dass ich wieder keine Antwort bekomme, bis er plötzlich innehält. Als hätte er sich anders überlegt.

»Fortran«, sagt er gedehnt, »existiert nicht.«

Mit diesen Worten macht er einen großen Schritt auf mich zu, sodass meine Arme von der Tresenplatte zurückzucken, knallt den Drink auf den Tisch, wirft noch eine Zitronenscheibe hinterher und gibt dem Glas dann einen so heftigen Stoß, dass es innerhalb von Sekunden über den gesamten Tresen rutscht. Ich sehe ihm hinterher, wie es wie von selbst über die glatte Oberfläche in die Hände des Bestellers segelt, während der Nachklang seiner Worte noch in den Getrieben meines Hirns pfeift.

Fortran existiert nicht.

Ich wische schnell die Entgeisterung von meinem Gesicht, bevor er sie bemerken kann. Verkneife mir die verwirrte Frage, die schon auf meiner Zungenspitze lauert und schlucke sie ganz schnell herunter.

Für diesen Moment bin ich so beschäftigt mit meiner Verwunderung über diese Aussage, dass ich die Frau beinahe nicht bemerke, die plötzlich auf dem Barhocker neben mir sitzt.

»Was erzählen Sie denn da?«, ruft sie entrüstet über den Tresen hinweg. »Fortran existiert nicht? Soll das ein schlechter Scherz sein?«

Sie hat die Beine überschlagen, die Ellenbogen aufgestützt, ganz so, als hätte sie schon ewig dort gesessen.

Der Barkeeper sieht nicht von seiner Arbeit auf.

»Er existiert nicht«, sagt er kühl.

»Lüge!«, ruft die Frau entrüstet.

»Wie Sie meinen«, erwidert der Barkeeper, kehrt uns den Rücken zu und verschwindet irgendwo am anderen Ende der Bar.

Ich starre die fremde Frau ein paar Sekunden lang nachdenklich an. Wie ihre roten Lippen angespannt nachbeben, als hätte er sie mitten im Satz abgewürgt. Als wäre es ihr unerträglich, diese Aussage einfach so stehenzulassen.

»Kennen Sie ihn?«, frage ich dann. Lächele. »Fortran, meine ich.« Mein Gehirn arbeitet.

Die Frau dreht ihren Kopf in meine Richtung, mustert mich kurz. Öffnet ihren Mund, schließt ihn wieder. Blinzelt.

»Also ... Na ja ... Aber ich meine, es ist doch absurd, zu behaupten, Fortran würde nicht existieren. Er könnte gleich sagen, die Liga der Masken ist nur ein großes Hirngespinst.« Sie lacht auf, wirft theatralisch den

Kopf in den Nacken. »Vielleicht existiert diese Party hier nicht einmal, vielleicht existiert keiner von uns.«

»Ja, das ist absurd«, erwidere ich.

»Ein Ort wie Deep City braucht jemanden, der die Fäden zieht«, sagt sie und sieht mir dabei eindringlich in die Augen. »Jemanden, der ein wenig für Ordnung sorgt. Auch wenn das den Leuten vielleicht nicht gefällt.«

»Richtig«, stimme ich ihr zu.

Die Frau lächelt. »Und du bist auf der Suche nach ihm? Das finde ich ja hochinteressant. Wirklich ... hochinteressant.«

Ich lächele zurück. Ich glaube, ich habe die Person gefunden, die ich suche. »Vielleicht«, erwidere ich geheimnisvoll. »Ich weiß zumindest, dass er hier ist.«

Sie hebt ihre Brauen, studiert mich eindringlich. Da ist plötzlich ein beängstigendes Glitzern in ihren Augen, eine haarsträubende Neugier.

»Oh, natürlich ist er das«, erwidert sie. Sieht einmal hin und her. »Kann er sich *das hier* entgehen lassen?«

»Es ist ein ziemliches Spektakel ...«

»Ach, jede Maskenparty ist ein Spektakel«, erwidert sie unbeeindruckt. »Immer wieder ein großer Rausch und viel Spaß. Alles hochexklusiv. Man kann sich ja wirklich nicht beschweren. Aber sie könnten *jeden* Tag solche Partys haben, wenn sie wollten. Vielleicht noch größer, noch spektakulärer. Ich meine, ich bin ständig auf Maskenpartys ... Es mag erschreckend klingen, aber sie werden einem fast langweilig mit der Zeit.« Sie wirft den Kopf in den Nacken, leckt sich mit widerlichem Genuss über die Lippen. »Aber heute ist etwas anders«, sagt sie und sieht mit affektiertem

Blick ins Licht. »Heute geht es um mehr. Ich glaube, heute sind eine ganze Menge Leute auf der Suche nach ihm.« Sie zwinkert mir zu. Lächelt. Unangenehm.

Sie macht eine längere Pause, lässt sich vom Barkeeper einen Drink bringen, badet offensichtlich in der Spannung, die sie selbst kreiert hat. Mustert mich immer wieder intensiv und ungeniert, als hätte sie noch nicht die Reaktion bekommen, die sie sich gewünscht hat.

Ich brenne mir mein süßliches Lächeln ins Gesicht und sehe ebenso ungeniert zurück, während meine Gedankenzahnräder leise im Hintergrund rattern.

»Ja, heute ist es anders.« Sie lächelt breit, lehnt sich ein Stück in meine Richtung. »Und ich denke, wir wissen beide, wieso.«

Ich habe durchaus eine Idee wieso, aber ich reagiere nicht. Hebe nur ganz leicht die Augenbrauen, verdrehe ein wenig den Blick. Sehe in ihr zuckendes Gesicht und warte. Eine Sekunde, zwei Sekunden, drei … Bis sie sich noch weiter in meine Richtung lehnt, die Augen aufgerissen, mit zuckender Unterlippe. Ihre Stimme vibriert in zittriger Erregung.

»Du weißt schon«, flüstert sie. »Wegen der Liste.«

Da haben wir es. Die Liste.

Mein Gesicht bleibt starr.

»Ist es nicht ironisch, dass sie ausgerechnet heute Nacht dieses obszöne Spektakel stattfinden lassen? Ausgerechnet *heute*?« Aus ihrer Stimme trieft schockierte Ablehnung, aber auf ihren dünnen Lippen schwebt ein fast groteskes Lächeln. »Sie haben jemanden ermordet und sie *feiern* es. Es liegt in der Luft. In der Atmosphäre. Wir *atmen* diesen Mord.«

Ich versuche zu verarbeiten, was sie sagt. »Schockierend«, sage ich. Frage mich, ob das bedeutet, dass diese ominöse Liga hinter dieser seltsamen Liste steht. Die Personen, die hier unten »die Fäden ziehen«.

»Es ist mehr als schockierend«, erwidert die Frau. »Es hat beinahe etwas Symbolisches. Wenn ich ehrlich bin, glaube ich, dass sie mit dieser Party eine ziemlich klare Sprache sprechen.« Sie durchdringt mich wieder mit ihrem Blick, lässt mich in einer langen Pause schweben. »Was könnte besser ihre Macht ausdrücken, als *das hier*? Ich meine ... Ein Mord ist hier unten nichts Besonderes. Manche treffen sich hier unten, um zu Morden, danach dreht sich niemand um. Du kannst einen Mord kaufen wenn du willst. Aber sie legen das ganze Wiki lahm, den Ausgangspunkt für jeden, der nach Deep City kommt. Gehen sicher, dass *jeder* sie zu irgendeinem Zeitpunkt sehen wird. Erschaffen diese Liste in aller Öffentlichkeit. Und alles wirkt so willkürlich, ganz Deep City ist plötzlich in Angst. Das ist ...« Ihr Gesicht leuchtet in perverser, voyeuristischer Freude, als könne ihr kein Thema größere Befriedigung verschaffen.

Mir kommt das Ganze so absurd vor, es ist fast schon wieder unterhaltsam. Konfrontiert mit diesen seltsamen Verschwörungstheorien aus Listen, gefeierten Morden, Angst und Schrecken an diesem bizarren Ort und schwanke noch dazwischen, sehr laut zu lachen oder sehr schnell zu verschwinden.

Die Frau sieht mich noch immer erwartungsvoll an. Ich will das Gespräch in Gang halten und ich glaube, ich weiß auch, welche Frage sie hören will.

Ich kneife die Augen zusammen, lasse sie für einen Moment in Anspannung verharren.

»Was wissen *Sie* über die Liste?«, frage ich dann, lege den Kopf schief und sehe sie an, mit einer forschen Dringlichkeit, der sie sich nicht entziehen kann. Sie errötet ein bisschen, sieht zur Seite.

»Ich weiß, dass die Liga hier unten die Strippen zieht«, sagt sie dann und lächelt verschwörerisch. »Und ich weiß, dass es hier eine Menge Leute gibt, die ihnen ein Dorn im Auge sind. Sie haben sich viel gefallen lassen in den letzten Jahren. Ich meine ...« Sie senkt ihre Stimme. »Warst du schon einmal im *Katharsis*?«

Ich schüttele den Kopf und sie lehnt sich wieder ein Stück weiter in meine Richtung. »Sie entführen timelinelose Menschen aus den Suburbs und vom Land, bringen sie dorthin, damit sie in aufwändigen Shows grausam ermordet werden können. Und die Leute *lieben* es. Das ist doch ...« Ihre Augen funkeln wieder im perversen Kontrast zu dem, was sie sagt. »Verstehst du? Es muss Grenzen geben, auch hier unten. Und manche Leute haben es einfach zu weit getrieben.«

»Sie meinen, die Liga will die Menschen auf der Liste bestrafen?«, frage ich.

»Strafe, Machtdemonstration ... Wie auch immer man es nennen will. Ich glaube, sie wollen die längst fällige Ordnung in diese Stadt zurückbringen und sie schrecken nicht vor solchen ... Methoden zurück.«

Ich hebe die Augenbrauen. Das klingt so entsetzlich absurd und überdramatisch. Entführte Menschen, längst fällige Ordnung ... Langsam beginne ich mir die Zusammenhänge zusammenzureimen und sie könnten auch Teil eines großen, merkwürdigen Scherzes sein, den ich noch nicht verstehe.

»Interessante Theorie«, sage ich und die Frau lächelt, als hätte sie gar nichts anderes erwartet. »Vor allem wenn man bedenkt, wer so auf der Liste steht ...«

Ihr Blick beginnt, unruhig zu flackern.

»Ja ... Also ...« Ihre Stimme wackelt. Sie kennt keinen von ihnen. »Namen sind hier unten ja ein heikles Thema. Aber da ist natürlich Glass ... Seinen Namen kennt hier unten jeder.«

Glass. Da haben wir ihn auch.

»Oh ja, Glass«, sage ich, als hätte ich Ahnung wovon ich rede.

»Eine unheimliche Person. Ist völlig aus dem Nichts aufgetaucht und auf einmal gibt es all diese Gerüchte.« Ihre Zunge badet ihre Lippen in fettigem Glanz. »Ich habe gehört, er soll Deep City niemals verlassen«, sagt sie und lehnt sich wieder ein bisschen in meine Richtung. Senkt ihre Stimme in diese fast widerliche Tonlage.

»Niemals?«, frage ich. Bin mir nicht ganz sicher was das bedeutet.

»Niemals.« Sie verzieht einen Mundwinkel in ein verkrampftes Lächeln. Ihr klebt Lippenstift an den Zähnen.

»Es ist nicht verwunderlich, dass er auf der Liste steht«, sage ich.

»Ich denke, darüber weißt du mehr als ich«, sagt sie. »Als jemand, der auf der Suche nach Fortran ist.«

Sie starrt mich an. Verharrt. Schiebt nichts nach. Ich fürchte ich habe ein schlechtes Thema angeschnitten, eines zu dem sie wenig sagen kann. Nun glänzen ihre

Augen feucht und erwartungsvoll, spielt am Strohhalm ihres Cocktails …

Sie hat all ihr kostbares Halbwissen auf mir abgeladen und erwartet eine ebenso schockierende Gegenleistung. Und es ist dabei fast ironisch, dass es ausgerechnet das Thema ist, zu dem ich wahrscheinlich sogar mehr sagen könnte, als sie, aber ich habe das Gefühl jedes Wort könnte ein schrecklicher Fehler sein.

»Nein, ich weiß nichts über ihn«, sage ich. »Absolut nichts.«

Das Glänzen verschwindet aus ihren Augen. Sie schürzt die Lippen.

»Aha.« Und unser Gespräch erstirbt für ein paar unendlich lange Sekunden, in denen sie wieder beginnt, ihren Strohhalm hin- und herzudrehen. Ich kann es in meiner Anspannung nicht mehr ertragen. Für einen Moment weicht mein Blick zur Seite aus, schweift kurz durch den Raum und in genau diesem Moment bemerke ich ihn. Den Beobachter.

Ein junger Mann; groß, schmale Statur, hellblond, bekleidet mit schwarzem Anzug und roter Fliege. Eine Erscheinung.

Zwischen zwei Lidschlägen treffen sich unsere Blicke und er sieht nicht weg.

»Ja … Rauschende Partys sind etwas Schönes«, sagt meine Gesprächspartnerin und zieht meinen Blick wieder zu sich zurück. »Aber es wird heute sicher nicht nur dabei bleiben.«

»Mhhh«, erwidere ich unruhig. Ich fühle mich plötzlich sehr unwohl in meiner Haut, habe das dringende Gefühl, verschwinden zu müssen. Jetzt.

Ein paar Sekunden lang zwinge ich mich, nicht zurückzusehen, nicht noch einmal nach ihm zu suchen, doch das paranoide Kribbeln bleibt und als ich mich wenige Augenblicke später doch noch einmal nach ihm umdrehe, sieht er mich immer noch an. Ungeniert. Und lächelt. Fast als würden wir uns kennen.

Ich sehe meiner Gesprächspartnerin fest ins Gesicht, mustere sie einen Moment lang. Eine feine Röte ist ihr in die Wangen gestiegen, ihr Blick flackert noch immer.

»Darf ich ihnen eine heikle Frage stellen?«, frage ich schließlich. »Wissen Sie, wo Fortran sich aufhält?«

Da lacht sie grell auf. »Oh, so direkt. Ich liebe es.« Sie strahlt mich an. »Aber nein, ich weiß es nicht. Und ich bin mir auch ziemlich sicher, dass ich es nicht wissen will.«

Verdammt.

Für ein paar Sekunden herrscht ein seltsames Schweigen. Sie nippt an ihrem Drink, sieht mich dabei über den Rand ihres Glases hinweg an. Mustert mich. Ich habe das Gefühl, den richtigen, unauffälligen Moment zum Gehen verpasst zu haben.

»Darf ich dir auch eine heikle Frage stellen?«, fragt sie dann plötzlich. »Wer bist du?«

Mein Magen zieht sich ein bisschen zusammen.

»Es kommt nicht allzu oft vor, dass sich die Leute hier über solche Themen unterhalten wollen«, fährt sie fort. »Ganz besonders zurzeit.« Ihr Blick ist forschend und durchdringend.

»Oh, ich bin nur ein Mädchen mit einem Hut«, sage ich mit einem Schulterzucken und versuche weiterzulächeln wie zuvor.

»Ein sehr schöner Hut«, sagt die Frau. Sie lächelt breit und ich sehe wieder diese Neugier in ihren Augen, die nun nur noch mich betrifft. Und in meinem Rücken kribbelt der Blick dieses Typs …

»Ich glaube, wir werden beobachtet«, sage ich, um sie von ihrer Frage abzulenken und verdrehe meinen Blick in Richtung meines Beobachters, der mich so unverändert ansieht, wie Minuten zuvor.

Tatsächlich zuckt sie ein wenig zusammen, verkrampft in ihrer Haltung, sieht an mir vorbei. Bemerkt ihn.

»Du hast recht«, flüstert sie. »Und jetzt kommt er auf uns zu.« Unruhig greift sie nach ihrem Drink.

Genau in diesem Moment steht er direkt vor uns, ein freundliches Lächeln auf dem Gesicht. »Was für eine Nacht«, sagt er beschwingt und setzt sich auf den freien Barhocker neben mich, als hätten wir ihn eigens dazu aufgefordert. »Nicht?«

Ich sehe ihn wortlos an.

Er trägt eine weiß-goldene Maske, die perfekt auf seinen hellen Hautton abgestimmt ist, aber fast nichts von seinem Gesicht verdeckt. Nicht, dass er es nötig hätte, denn er ist fast unwirklich schön.

Von Weitem hätte es auch das Licht sein können, die geschickt platzierte Maske oder meine leicht verschwommene Sicht, aber von Nahem ist es nur noch das perfekte Gesicht. Symmetrisch und androgyn, mit hohen Wangenknochen und weichen Lippen, die einen Bogen zeichnen, wie kleine Kinder fliegende Vögel malen. Über seiner glattgebügelten Stirn türmt sich ein Berg aus weichen Locken, die so voll und gut frisiert sind, dass sie auch aus Plastik sein könnten. Es ist der unpassendste Moment, um neidisch zu sein, aber man könnte ihm jede einzelne Komponente aus seinem Gesicht reißen, sie wäre für sich allein perfekt.

Es sind nur Sekunden, in denen ich von seiner Schönheit gefesselt bin, dann drehe ich mich wieder zu meiner Gesprächspartnerin um. Doch sie ist fort. Ihr halb ausgetrunkener Cocktail steht noch auf dem Tresen, als hätte er nie jemandem gehört.

»Da ist sie hin«, sagt er und lächelt. »Was ist los? Habe ich sie verschreckt?«

»Keine Ahnung«, erwidere ich ungelenk. Wische mir die feuchten Handflächen unauffällig an meinen Hosenbeinen ab.

»Sehr schade. Das war nicht mein Vorhaben«, sagt er, verzieht betrübt das Gesicht.

Seine Augen sind Veilchenblau. Sie sind perfekt geschminkt. Tiefdunkles Lila umschließt den Kranz seiner Wimpern und verläuft wenige Millimeter weiter in Schlieren auf seiner hellen Haut, bis es schließlich in die Maske übergeht.

»Warum hast du mich beobachtet?«, frage ich. Es gibt sehr offensichtliche Gründe, jemanden anzustarren, nur habe ich in diesem Fall das Gefühl, dass es keiner von ihnen ist. Ich erkenne das an der Art, mit der er mich angesehen hat. Ohne verdächtiges Glitzern in den Augen, ohne länger an meinem Körper hängen zu bleiben, ohne sichtbares Gefallen an meiner Erscheinung.

Er lächelt und senkt den Blick. »Ich gebe zu, das war unhöflich«, sagt er unter einem langen Augenaufschlag. »In Deep City vergisst man so leicht seine guten Manieren. Und jetzt habe ich mich noch nicht einmal vorgestellt.« Er streckt mir die Hand entgegen, was mich irgendwie irritiert. »Linux«, stellt er sich vor. Ganz zwanglos.

Ich nehme seine Hand mit Widerwillen entgegen. Da ist dieses unerklärliche Misstrauen, das ich bei der Frau zuvor ebenso wenig gespürt habe, wie bei Pin oder sogar Glass. In diesem Moment fühlt es sich so an, als hätte ich die Kontrolle über die Situation verloren. Als würden plötzlich Dinge ohne mein Wissen geschehen, die ich nicht mehr beeinflussen kann.

»Du hast unserem Gespräch zugehört«, sage ich unruhig. »Nicht wahr?«

Er antwortet nicht gleich, sondern gibt dem Barkeeper mit einem kurzen Handzeichen zu verstehen, dass er etwas bestellen will.

»So wie du das sagst, klingt das, als hätte ich gelauscht«, sagt er dann, in gespielter Entrüstung.

»Also nicht?«, frage ich, woraufhin er grinst.

Der Barkeeper stellt ihm seinen Drink auf den Tresen. Er bedankt sich kurz, ohne den Blick von mir zu wenden. Nippt an seinem Glas und sieht mich über den Rand hinweg an.

»Ich will ehrlich sein«, sagt er. »Ein paar Gesprächsfetzen habe ich aufgeschnappt.«

Mein Blick wandert unruhig durch sein Gesicht. »Bist du auch an Gerüchten interessiert?«

»Gerüchte?« Er lächelt. »Nein, eigentlich bin ich an dir interessiert.« Ich bin mir sehr sicher, dass er das nicht so meint, wie ich es im ersten Moment auffassen könnte.

»Ich bin ziemlich uninteressant«, erwidere ich ausweichend. Versuche, eine entspannte Haltung einzunehmen, was mir plötzlich unmöglich vorkommt.

»Wenn du das sagst«, meint er und reibt die vollen Lippen aufeinander. »Vielleicht.«

Wieder entsteht eine lange Pause, in der er sein Glas ein paarmal an die Lippen führt und wieder absetzt. Seine Hände fangen dabei meinen Blick. Lange, schlanke Hände mit perfekt gefeilten, unlackierten Nägeln. Und ein Ring. Ein ziemlich merkwürdiger Ring.

Er ist zweiteilig. Während mich von seinem Mittelfinger eine stilisierte Gasmaske aus ihren winzigen, hohlen Augen anstarrt, windet sich der Schlauch, der von ihr abgeht, um seinen kleinen Finger. Ich bin plötzlich ganz abgelenkt davon, muss ihn sekundenlang anstarren und gegen das seltsame Gefühl kämpfen, ihn anfassen zu wollen.

Linux lächelt, als wäre meine Reaktion genau das, was er wollte.

»Die Liste scheint dich zu interessieren«, sagt er dann und legt den Kopf schief.

»Wen interessiert sie nicht?«, frage ich.

»Na ja, viele hätten sich eigentlich nicht dafür zu interessieren«, erwidert er. »Aber es ist zu einem sehr allgemeinen Thema geworden, was durchaus verständlich ist, angesichts der ganzen Situation. Es wird schließlich jeder damit konfrontiert und plötzlich fühlt sich auch jeder irgendwie betroffen. Dabei glaube ich, dass kaum jemand weiß, um was es wirklich geht.« Er macht eine gedehnte Pause. »Ich denke, deine Bekanntschaft gehört auch zu diesen Leuten.«

»Aha?«

»Ihre Interpretation der Geschichte war jedenfalls nicht besonders originell.« Er setzt ein seltsames Lächeln auf.

Ich kneife die Augen zusammen. Die ganze Situation gefällt mir nicht. »Und du weißt, um was es geht?«

Er blinzelt. »Du nicht?«

Nein, ich bin hier reingestolpert und habe den Moment verpasst abzuhauen.

Linux rollt ein wenig mit den Augen, leckt sich die Lippen. Unerträglich langsam.

»Sie alle wissen von der Liste, aber niemand weiß von der Software«, sagt er. »Und Cullinan.« Er dehnt seine Worte. »Nicht wahr?«

Cullinan ... Das kommt mir bekannt vor. Hat Glass mich nicht so genannt?

Linux' Augen haben einen dunklen Glanz angenommen. Und ich weiß, dass ich die Gelegenheit nutzen sollte, dass ich die Informationen aus ihm herauspressen sollte, aber alles in mir sträubt sich dagegen. Ich will das Gespräch beenden.

»Ich weiß auch nichts darüber.«

Er kneift die Augen ein wenig zusammen. Für den Bruchteil einer Sekunde sehe ich eine seltsame Veränderung in seinem Gesicht, ein kurzes Blitzen, eine kurze Verdunklung. Dann blinzelt er sie fort.

»Dann kannst du ja froh sein«, sagt er. »Das alles ist ... keine schöne Sache.«

»Nein?«

Sein Blick durchdringt mich. »Nein.«

In diesem Moment entscheide ich mich anders. Will doch an ein paar Informationen kommen.

»Was für eine Software?«, frage ich.

Er hebt wieder die Brauen, seine Unterlippe flattert ein wenig. Seine Gesichtszüge bleiben alle, wie sie sind, perfekt geordnet, aber etwas dahinter scheint zu entgleisen. Seine Pupillen zucken. Meine Frage scheint ihn aus dem Konzept gebracht zu haben.

»Ich rede von der Software, wegen der dieses ganze Spektakel hier existiert. Die Liste, diese Partys ... Die Software, vor der Fortran so große Angst hat. Gehandelt von Cullinan, dem großen Schwarzmarktphantom und vielleicht der einzigen Person, die er niemals in die Finger gekriegt hat.«

Cullinan. Fortran. Software. Schwarzmarktphantom.

»Du siehst ihr übrigens beängstigend ähnlich«, sagt er und lacht leise. Ich greife mir noch im selben Moment an den Hut. »Selbst mit dem Hut«, fügt er hinzu. »Weißt du das?«

Ich antworte nicht. Es entsteht eine unruhige Pause.

»Es ist jedenfalls sehr mutig von dir, hierherzukommen«, sagt er dann. »Solche Fragen zu stellen ... Fast bewundernswert.«

»Aha? Ist es das?«

»Ich denke, das weißt du.«

Wir wechseln einen langen Blick. »Kann sein«, sage ich.

Linux lehnt sich auf seinem Hocker zurück, überschlägt die Beine, betrachtet seine ausgestreckten Finger und diesen deplatzierten, überdimensionalen Ring.

»Warum erzählst du mir das alles?«, frage ich schließlich.

Linux hebt die Augenbrauen. »Weil du es nicht weißt?«

»Das ist eine seltsame Antwort«, sage ich.

»Ach, ist es ...« Linux bricht mitten in seinem Satz ab und sieht über meine Schulter hinweg an mir vorbei. Ich drehe mich um und folge seinem Blick. Erstarre, als ich den Grund für sein Innehalten erkenne. Eine kleine Zeppelindrohne schwebt in den Raum. Sie fliegt etwa auf meiner Augenhöhe, ist nur knapp einen halben Meter lang, vollkommen verchromt und damit wie eine Miniatur der vielen Luftschiffe, die durch die Stadt über mir schweben.

Ich erzittere ein wenig. Wie ein Luftschiff ...

Finger. Sie fahren ihr über die Lippen, über die spitze Nase. Zwirbeln ihr im langen Haar. Ihr Blick ist gedankentrüb.

»Sieh, was haben wir denn da?«, fragt Linux und lacht leise auf. »So früh hätte ich das nicht erwartet.«

»Weißt du, woran ich in letzter Zeit häufig denke? Wie furchtbar weit oben wir hier sind.«

Finger fahren über ihre langen Wimpern. Sie sind gedankenschwer.

»Jeder will so weit oben sein«, erwidere ich. »Es ist das, wovon alle träumen. Der Sonne ganz nah ...«

»Aber blendet das Licht dich nicht manchmal?«

Die Erinnerung spukt nur beiläufig durch meinen Kopf, ich nehme sie kaum richtig wahr. Lasse sie nur untermalen, was ich sehe.

Als der Zeppelin sehr langsam die Mitte des Raumes erreicht hat, verharrt er plötzlich.

Kurz sehe ich zu Linux, der im Gegensatz zu jeder anderen Person in diesem Raum nicht das kleine Luftschiff ansieht, sondern mich. Und seine Lippen kräuseln sich zu einem blassen, schiefen Lächeln, das ein ganz merkwürdiges Gefühl unter meine Haut kriechen lässt. Kalt und kribbelnd und widerlich.

Wartet er auf etwas? Wartet er auf eine Reaktion von mir?

Da zwinkert mir Linux plötzlich zu, steht schwungvoll von seinem Barhocker auf und geht mit langen Schritten durch den Raum auf den Zeppelin zu. Krempelt auf seinem Weg die Ärmel hoch, bleibt dann wenige Zentimeter vor dem Luftschiff stehen und scheint es sich anzusehen.

Ich weiß in diesem Moment, dass etwas passieren wird. Nur weiß ich nicht, was es ist.

Bis es knallt.

Der tanzende Roboter ist das Erste, was in die Luft fliegt. Ohne erkennbaren Auslöser, ohne irgendeine Vorwarnung, knacken die Schrauben unter plötzlichem Höllendruck aus ihren Verankerungen, mitten in der Bewegung zerplatzt seine metallene Brust, splittert auf und zerreißt seinen dünnen Korpus in Fetzen. Und obwohl die Explosion seine Teile kaum einen halben Meter weit schleudert, ist der Knall ohrenbetäubend. So nah, so laut. Geht mir durch Mark und Bein, vibriert bis in meine Zehenspitzen und bringt meine Trommelfelle zum Schmelzen.

Die Roboterteile fliegen mir entgegen. Geistesgegenwärtig reiße ich die Hände in die Höhe, irgendwie ziellos, noch bevor ich irgendetwas gedacht, irgendetwas gefühlt, irgendetwas realisiert habe. Verkrampfe meine Lippen, kneife die Augen zusammen, drücke mein Gesicht in meine Armbeugen.

Die zweite Explosion folgt kaum Sekunden später, als die Gläser hinter der Bar zu explodieren beginnen.

Es sind nur Millisekunden, in denen ich sehe, wie die Regale Glassplitter speien. Millionen blitzender, knallbunter Glassplitter durchzogen von den Tropfen noch bunteren Alkohols.

Ein dumpfer, ungelöster Schrei kämpft sich durch meinen Mund, dann presse ich meine Lippen aufeinander, drücke mein Gesicht noch fester in meine Arme und zittere. Zittere. Zittere.

Es fühlt sich an als würde ein Traum implodieren. In sich zusammen fallen, wie Träume es manchmal tun, kurz bevor man aufwacht.

Es rauscht und klingelt und berstet.

»Schau mich an!« Es ist Linux' Stimme, die gegen meine schmerzenden Trommelfelle prallt. Sie klingt angekämpft, stumpf und falsch in meinen klirrenden Ohren. »Sieh auf! Schau mich an!« Ich weiß, dass er schreit, obwohl ich es nicht so wahrnehme.

Linux Gesicht ist leicht gerötet, seine Hände wedeln fahrig vor mir hin und her. Er packt mich am Arm, schleift mich mit sich noch bevor ich mich dagegen wehren kann. Verzweifelt versuche ich auf den hohen Schuhen das Gleichgewicht zu halten und den Glasscherben auf meinem Weg auszuweichen.

Der Flur, durch den ich gekommen bin, ist nun voll von Rauch, der sich im Sekundentakt gleißend erhellt.

Als wir die Treppe in die Haupthalle hinunterlaufen, zersplittern die Kronleuchter über uns. Glas prasselt auf uns nieder ... Die Tänzer fallen von der Decke, stoßen grelle Laute dabei aus, die beides sein könnten: Angstschreie oder Tierlaute. Sie vermischen sich mit den Schreien der Leute, mit ihren tosenden Schritten und drängenden Rufen.

Die Musik hat ihre Lautstärke bestimmt verdreifacht, plärrt nun mit explosiver Intensität durch das Gebäude, als wolle sie selbst es zum Einsturz bringen.

In all der Verschwommenheit sehe ich eine Gestalt im bunten Maskenparty-Vulkanausbruch. Eine Gestalt in geschmeidigem Anzug, mit langem Mantel, der sich an die Silhouette schmiegt. Mit Hut. Und mit Maske. Mit Gasmaske.

Fortran?, schießt es mir durch die vernebelten Gedanken, doch schon im nächsten Moment muss ich den Kopf einziehen und einen großen Satz machen, als einer der Leuchter nur etwa zwei Meter von mir entfernt zu Boden kracht.

Drei lange Schritte und es ist nicht mehr weit bis zum Ausgang ...

Doch als wir die Tür erreichen, schon im Inbegriff, mit einem letzten, weiten Sprung nach draußen zu hechten, bleibt Linux plötzlich abrupt stehen, packt mich an den Schultern und wirbelt mich zu sich herum, sodass wir uns gegenüber stehen.

Stillstand.

Funken, Papierfetzen und winzige Glaskristalle wirbeln auf mich nieder, zerstäubt durch die sich immer noch drehenden Ventilatoren. Für einen Moment stehen wir bewegungslos im Gewirr der Menschen, im Gewirr der Musik, im Gewirr einer explodierenden Party.

Und Linux greift nach meiner Hand, zieht mich fest zu sich heran, sodass wir fast Brust an Brust stehen. Er strahlt mehr Körperhitze aus, als ich gedacht hätte und seine Stimme klingt viel rauer. Viel echter.

»Ich weiß, wer du bist, Java!«, zischt er mir ins Ohr. »Selbst wenn du mich nicht erkennst. Ich weiß, wer du bist. Und ich weiß, was du tust.« Mir dreht eine kalte Hand den Magen um. »Sei vorsichtig. Du bist zerbrechlich. Du bist aus Glas.«

Endlich lässt er mich los.

Wieder knallt es, die Glassplitter zu meinen Füßen tanzen.

Und ich laufe. In der linken Hand einen feuchten Zettel mit einer Telefonnummer.

Schlaflos

Linux kümmert sich um meine Schmerzen. Salbt meine Wunden mit betäubenden Cremes ein, gibt mir Tabletten.

Aber nie genug, um den Schmerz ganz zu betäuben. Nie genug für eine ruhige Minute. Der Schmerz ist allgegenwärtig. Und das Einzige, was ihn wirklich abtöten kann, ist Schlaf. Tiefer, gefühlloser, tauber Schlaf.

Oft quäle ich mich stundenlang, bin kurz davor einzuschlafen, an der Schwelle, an der sich Traum und Realität schon miteinander vermischen und ein schmerzhafter Blitz zuckt durch meinen Kopf, setzt mein püriertes Gehirn unter Strom. Liege so stundenlang in fiebrigen, paranoiden Zwischenstufen, in etwas, das sich anfühlt wie ein anhaltender Fiebertraum. Gefangen in der Illusion des Einschlafens, so schwer, dass ich mich kaum rühren kann. Starre an die Decke und höre auf das Ticken der Uhr.

Nur wenn der Schmerz zu groß ist, meine Kopfhaut so sehr anschwillt, dass ich Angst habe, sie könnte aufbrechen, wenn die Nähte wieder anfangen zu eitern und zu bluten, wenn ich mich kaum rühren kann, aus Angst mich zu übergeben, dann versinke ich in der warmen Feuchtigkeit meines dünnen Kopfkissens und mein Körper fährt sich runter.

Kein Traum und kein Schmerz. Gefühllosigkeit.

Trotzdem würde ich lieber nicht schlafen. Wenn ich schlafe, verliere ich meine hart erkämpfte Kontrolle, das bisschen Orientierung, an dem ich mich festhalte. Und ich will es nicht verlieren. Zu wissen, wo sich die vier Wände des Raumes befinden. Zu wissen, wohin meine wenigen neuen Erinnerungen gehören. Eine Idee zu haben, was ungefähr passiert ist. Was der Schmerz bedeutet. Wenigstens das.

»Du musst schlafen, Puppengesicht.«

Linux' schmale Silhouette taucht in mein Gesichtsfeld. Er neigt den Kopf, sieht sekundenlang zu mir herab. Setzt sich dann an meine Bettkante und legt eine kühle Hand auf meinen Arm. Meine trägen Augen folgen ihm langsam.

»Ich will nicht«, läuft es mir aus dem Mund. »Ich ...«

»Du musst schlafen«, flüstert Linux und seine Finger schließen sich um meinen Arm, ein bisschen zu fest. »Du musst dich wieder zusammensetzen. Du musst dich erinnern.«

»Ich verliere ...«, krächze ich. Reiße die Augen auf. »Verliere die Orientierung.«

Linux senkt seinen Blick, sieht zu Boden. Seine Lippen zucken. Er schließt die Augen, zieht die Augenbrauen zusammen. Und hält plötzlich eine Spritze in der Hand, so plötzlich und unerwartet, ich kann kaum zucken. Kann mich nicht wehren ...

Eine Stimme reißt mich aus der tiefen, erstickten Gefühllosigkeit. Zerrt an mir, pulsiert in meinen Ohren. Es ist Linux, der spricht. Und ich höre alles ganz klar, nur sind meine Lider wie aufeinander geklebt und meine Lippen zu schwer, um sie zu bewegen. Ich bin paralysiert.

»Das ist sie«, höre ich ihn sagen. Ich versuche, meine Augen zu öffnen; zu blinzeln. Es gelingt mir nicht.

»Hat er die Software ausgelesen?« Eine fremde Stimme.

»Ich weiß es nicht«, sagt Linux. »Ich weiß nicht, was er getan hat. Ich weiß nicht ... Ich weiß nicht einmal, wie das hier passieren konnte.«

»Nun, diese Geschichte war immer für eine Überraschung gut.«

Linux schnaubt. »Jede Menge unangenehme Überraschungen.«

Ich höre ihn überdeutlich und viel zu laut. Dann ist seine Stimme wieder ganz weit weg, so weit entfernt, sie könnte auch nur ein Gedanke sein, ein kurzer Ausfall meines zerklüfteten Unterbewusstseins.

»Ich muss aufpassen, dass sie mir nicht wegstirbt«, sagt Linux nach einer längeren Pause. »Sie haben die Operation völlig überstürzt durchgeführt, es ist ein Wunder, dass sie das Ganze überlebt hat.«

»Tja, sieht aus, als hätten sie richtig beschissene Arbeit gemacht.«

Linux zieht Luft durch seine Zähne. »Sieh sie dir an, sie ist ein Wrack. Kann sich an nichts erinnern. Nicht einmal an ihren Namen.«

Ich versuche meine Lippen voneinander zu lösen, doch sie kleben aneinander, vertrocknet und verschorft. Kann meine bleiernen Lider nicht öffnen.

»Und was willst du jetzt tun?«

»Wenn ich mir diese Frage selbst beantworten könnte, hätte ich es schon getan«, zischt Linux. »Und du wärst nicht hier.«

Wieder herrscht eine lange Pause. Druck baut sich unter meiner Haut auf, der Versuch, diesem Zustand zu entfliehen, aber es gelingt mir nicht.

»Könntest du nicht jemanden finden, der sie kennt? Den sie vielleicht wiedererkennt?«

»Ich habe das Gefühl, die meisten Leute, die sie kannte, sind jetzt tot.«

»Oh, großartig.«

»Na ja. Ich war immer froh, wenn ein bisschen Dreck von Deep Citys Straßen verschwunden ist. Aber in diesem Fall ist es wirklich ... ungünstig.«

»Was ist mit dem Jungen?«

»Meinst du den Jungen, den sie ausgenommen hat? Der ist wohl der Toteste von allen.« Er lacht auf in seiner klaren, hellen Stimme. »Alle sind sie tot ...« Seine Stimme ist lauter geworden. »Alle!« Sein Atem geht scharf. »Zäher, kleiner Parasit«, spuckt er aus. »Ist es das Unwissen, was sie am Leben hält? Wenn sie wüsste, was sie angerichtet hat ...« Laute Schritte trommeln über den Zimmerboden, hallen dumpf in meinem gelähmten, vibrierenden Brustkorb wider.

»Beruhige dich, so kommst du nicht weiter!«

»Sei still!«

Kühle Stille legt sich über den Raum und ich entferne mich wieder. Bin kaum fähig, noch weiter gegen den

Schmerz und den Schlaf und diese erdrückende Schwere meines Geistes anzukämpfen.

Plötzlich legt sich eine kalte Hand auf meine Stirn. So kalt, sie schießt einen blitzenden Schmerz durch meinen Schädel, taucht die gelähmte Dämpfigkeit in gleißendes Licht.

Ich will schreien. Kann meine Lippen nicht voneinander lösen. Bin gefangen in meiner schläfrigen Lähmung.

»Sie muss sich erinnern«, sagt Linux und seine Stimme vervielfältigt sich in meinem Kopf, immer und immer wieder, zu einem explosiven Schrei, der meine Gehirnwindungen zerreißt.

Sie muss, sie muss, sie muss, sie muss sich erinnern ...

Kapitel 8

Erst ist der Morgen taub. Als grelles Tageslicht an meinen überspannten Augenlidern kratzt, durch meine geschlossenen Augen kriecht und mich in diesen verstörenden Zustand zwischen Wachen und Schlafen zwingt, in dem ich zwischen meinen eigenen Gedanken nicht unterscheiden kann. Unendlich viele diffuse Bilder treiben durch meinen Kopf.

Lichter, Masken, Häuser, blassblaue Augen.

Ich kann nichts zuordnen. Meine Erinnerungen sind so unscharf wie ein Buttermesser.

Mit aller Grausamkeit zu der ein lebloses Objekt fähig ist, rasselt mein Wecker plötzlich durch meine traumschwere Körperlosigkeit, treibt mir das Bewusstsein über meine Existenz durch die Gehörgänge.

Blind und mit rotierenden Gedanken lange ich nach der Glasoberfläche meines vibrierenden Nachtisches und es dauert ewig, bis die rasselnde Folter endlich verstummt. Stöhne. Presse mir die Fingerspitzen in die zusammengekniffenen Augen.

Scheiße.

Tatsächlich gehöre ich zu den glücklichen Menschen, die konstant so schlecht träumen, dass mir die Realität für die Sekunden nach dem Aufwachen, wenn ich meinem eigenen Unterbewusstsein entflohen bin, beinahe tröstlich vorkommt. Wenn ich realisiere, dass ich mich vor dem Inhalt meines eigenen Schädels mehr fürchte, als vor meinem Leben.

Heute bleibt dieses Gefühl aus. Und die Erinnerungen kommen zurück.

Lichter. Melodien, die noch in meinen Gehörgängen festkleben. Die selbst der Wecker nicht abtöten konnte.

Widerwillig quäle ich mich dazu, meine schmerzenden Augen zu öffnen. Löse meine schmierigen Wimpern voneinander, lasse Licht auf meine Netzhäute.

Mein Kopf dröhnt.

So viele Bilder. Gerüche. Die Bar.

Ich reibe mir die Schläfen.

Tänzerinnen. Ventilatoren. Goldene Getränke. Feuerwerke.

Befeuchte meine eingetrockneten Lippen.

Lichter. Linux. Eine Telefonnummer.

Es pocht und hämmert.

Explosion.

Ich sauge Luft durch meine Zähne und drehe mich mit einem Ruck auf die Seite. Mein verschwitztes Gesicht spiegelt sich in der Fensterscheibe neben meinem Bett. Dahinter schimmert die gläserne Stadt, ganz grau und überzogen von trübem Nebel, wie von einer Staubschicht.

Ich muss an den Regen in Deep City denken und wie er den Nebel dort fortgespült hat.

Ich war wirklich da. An diesem Ort.

Als ich das realisiere, kickt mein Körper einen Schwall Adrenalin in meine Venen.

Mit einem schmerzhaften Ruck setze ich mich auf, schwer atmend wie nach einem Fiebertraum, und sehe mich in meinem Zimmer um. Eine unerträgliche Unruhe packt mich – ich halte es plötzlich keine Sekunde länger in meinem Bett aus.

Als ich aufstehe, wird mir speiübel. Ein hohes Fiepen schießt in meine Ohren, die Welt beginnt sekundenlang zu rotieren, mir wird schwarz vor Augen ... Trotz Schwindel bemühe ich mich um einen geraden Gang und darum, nicht auszusehen, als müsste ich mich jeden Moment übergeben.

Ich habe meine Timeline wieder ... Eigentlich kann es nicht schlimmer werden.

In der Küche hole ich eine Dose *Kodas* aus dem Kühlschrank, löse eine Schmerztablette darin auf, lasse mich auf einen der Stühle fallen und vergrabe mein Gesicht zwischen meinen zittrigen, kalten Händen.

Was ist da letzte Nacht passiert?

Mein Magen verkrampft sich ein bisschen.

Sollte ich nicht heute schon als eine andere Person aufgewacht sein? Hatte ich mir das nicht so gedacht in meiner grenzenlosen Naivität? Habe ich überhaupt gedacht?

Fragen, für die ich zu müde bin.

Im Glas des Esstisches erscheint meine Timeline und ich betrachte sie kurz mit einer seltsamen Mischung aus Panik und Resignation und bin froh, dass sie sich die ganze letzte Nacht im Ruhezustand befunden hat, ganz so, als hätte ich brav in meinem Bett geschlafen. Nur die Zeit meiner Rückkehr ist hier genauso aufgezeichnet wie alles andere auch. Es ist ein seltsames Gefühl, fast so als hätte ich sie betrogen.

»Wo warst du heute Morgen?« Unfreiwillig zucke ich zusammen. Die Software hatte ich gerade überhaupt nicht mehr auf dem Schirm. Ihre Frage ist so freundlich gestellt, dass ich schon fast Ironie darin wittere.

Ich mache mich auf diverse Erziehungsmaßnahmen gefasst und es dauert ganze drei Sekunden heftigen Starrens auf meine Timeline, bis mir aufgeht, dass Ironie auch den sozialsten aller *Socialbots* verwehrt bleibt und sie nur das große Loch in meiner Timeline sieht. Sie denkt, ich habe geschlafen und interpretiert die Zeit meines Nachhausewegs als Ausflug, so unlogisch das auch ist. Würde sich mein Gesicht nicht so taub anfühlen, würde ich jetzt vielleicht sogar lachen müssen.

»War spazieren«, antworte ich knapp und kippe mir die aufgelöste Kopfschmerztablette in den Rachen. »Für den Kreislauf.« Es schmeckt so widerwertig und bitter, dass ich mich schon wieder fast übergeben muss. Kaffee-Energydrinks darf man nicht mit Medikamenten mischen und ich sollte eventuell anfangen, mich an diesen Vorsatz zu halten. Dann wiederum ...

»Wieder Kreislaufprobleme?«, fragt der Computer.

»Jaja ... Alles in Ordnung«, murmele ich, um das Gespräch schnell zu beenden. Ich würde mir ja wünschen, ich könnte mich der Illusion hingeben, dass mir ein Computerprogramm meine Einsamkeit nimmt, aber es ist mir nie gelungen. Für mich ist es unerträgliche Zeitverschwendung.

Vor meinem inneren Auge fliegen Lichter durch die Luft und Glassplitter über den Boden. Ich höre die Explosionen, höre die Stimmen ...

»Ich weiß, wer du bist.«

Das Seltsame ist: Der Gedanke an diese bizarre Unterwelt am Grunde der Stadt, ein anonymer Ort, an dem sich die Menschen unbeobachtet ausleben können, schockiert mich weniger als er es wahrscheinlich tun sollte. Es kommt mir fast so vor, als wäre er etwas, das ich immer wusste, nur nie bewusst gedacht habe. Ich habe niemals geglaubt, dass nur der kleinste Teil von Surface City echt ist. Es ist eine künstliche Stadt. Darin liegt ihre ganze Großartigkeit. Sie hat den Reiz der großen Illusion. Die Illusion von immerwährendem Glück, von Perfektion, von Schönheit, von Sicherheit.

Aber ich frage mich, welche Entscheidung ich treffen soll. Was es bedeutet Teil dieser hysterischen Absurdität zu werden und dieses Spiel mitzuspielen.

Eine Software. Eine Liste. Eine Liga. So viele Fragen.

Abwesend zerdrücke ich die Getränkedose in meiner Hand und starre in die Luft.

Und meine Doppelgängerin? Cullinan? Dieses Wort klingt überhaupt nicht nach einem richtigen Namen. Er klingt nicht einmal wie ein Spitzname, oder Deckname. Er klingt ... merkwürdig.

Ich hole mir eine weitere Dose *Kodas* aus dem Kühlschrank, setze mich wieder an den Küchentisch und tippe »Cullinan« in die Suchmaschine ein.

Cullinan-Diamant. Mehrere Millionen Treffer.

»Der Cullinan-Diamant ist der größte jemals gefundene Rohdiamant.«

Ich reibe mir die Schläfen. Mein Gesicht, mitsamt zerzaustem Haar und kilometertiefen Ringen unter den Augen, spiegelt sich diffus im Tischglas, auf dem die Suchergebnisse stehen.

Du siehst ihr beängstigend ähnlich …

Ich schüttele den Kopf, kneife die Augen zusammen. Mein Gehirn dreht sich.

Was dort unten letzte Nacht passiert ist, ist die eine Sache … Aber was wird passieren, wenn ich wieder nach Deep City zurückkehre? Kann ich zurückkehren? Will ich zurückkehren?

Schließlich stehe ich ächzend vom Küchentisch auf, lasse die zusammengedrückte Getränkedose stehen wo sie ist und streife ziellos durch die Wohnung. Stelle mich irgendwann unter meine winzige Dusche und lasse mir vom viel zu heißen Wasser die Haut verbrühen.

Danach liege ich eine halbe Stunde nackt und lethargisch auf meinem Bett, friere und versinke im Drehschwindel meiner Gedanken.

Ich will die Realität wieder in künstlicher Schönheit ersticken, will mich wieder an ihrer Oberflächlichkeit berauschen. Ich will wieder das Gefühl haben, in einem übersüßten Traum zu leben, an dem nichts real genug ist, dass es mich berühren kann. Ich will zurück in mein dunkelhelles Paradies.

Und ich will, dass man mich wieder liebt. Die Illusion von mir, die ich auch lieben kann. Das ist es, was mich am Leben hält.

Ich will das, was jeder in dieser Welt will. Das, wofür jeder diese Timelines hat. Und ich hätte es alles haben können.

Ich starre gegen die Zimmerdecke und ins schale Licht der Lampe.

In zwölf Stunden würde Glass auf mich warten ...

Ich könnte noch einmal versuchen, mit ihnen zu sprechen ... Irgendjemand muss verstehen ... Ein letzter Versuch, damit ich weiß, was meine Möglichkeiten sind.

Ich weiß, dass es falsch ist und dass ich dumm bin und naiv.

»Bin unterwegs«, rufe ich trotzdem in die Stille der Wohnung hinein, greife nach Schlüssel und Jacke und spanne meinen Regenschirm auf.

Hier oben *spürt* man die Höhe. Körperlich. Die viel zu dünne Luft, die unvergleichliche Kälte im gleißenden Sonnenlicht, den Wolkendunst. Man spürt, dass die Stadt abgehoben ist, dass sie weit über ihre Möglichkeiten hinaus wächst.

Und der Höhenrausch ist nicht zu unterschätzen. Wenn man über die Millionen von hellen Häuserdächern hinwegsieht und dieses merkwürdige Gefühl bekommt, leichter zu sein, als man eigentlich ist. Als hätte die Schwerkraft schon keinen Einfluss mehr.

»Sie ist süchtig danach. Sie lebt hier, in diesem gigantischen Haus, in einem Zeppelin und jeder weiß, dass ihr der Ausblick zu Kopf gestiegen ist. Der Ausblick und all das Geld ...«

Er sagt das, was alle denken, weil sie erreicht hat, was jeder in Surface City erreichen will. Sie lebt im Paradies, hoch über den Wolken. In der Welt, die sich alle ersehnen.

Aber ich weiß, dass es nicht so ist. Sie kennt keinen Höhenrausch. Sie ist nicht süchtig nach diesem Leben. Sie will etwas ganz anderes ...

Wenn ich von hier oben über die Straßen und Brücken blicke, habe ich das Gefühl zu wissen, warum Surface City überhaupt entstanden ist.

Ihr Haus – ein umgebauter ehemaliger Zeppelinclub – schwebt im sich langsam auflösenden Nebel vor mir. *Humminbird Club* steht noch immer in glänzenden Art-déco-Lettern auf seiner Außenfläche, zusammen mit dem stilisierten Kolibri-Logo.

Das ist der Ort, an dem ich sein müsste. Jetzt und in der Zukunft. Dort wäre alles richtig gewesen. Auf seine wunderschöne, künstliche Art richtig.

Irgendwie hatte ich letzte Nacht doch fast geglaubt, ich würde ihn nie wiedersehen.

Ich bemühe mich, nicht zu zittern, nicht die Arme um meinen Körper zu schlingen. Und nicht loszuheulen, wie ein Kleinkind. Allerdings wandert meine Selbstbeherrschung wieder langsam gen null.

Es war ein Fehler, hierherzukommen. Aber das wusste ich vorher und war trotzdem dumm genug.

Mit zusammengebissenen Zähnen drücke ich die Klingel. Warte.

Nach Sekunden schallt eine Stimme durch die Lautsprecher. »Ja?«

Ich trete unruhig von einem Fuß auf den anderen.

»Kann mich jemand reinlassen?«, frage ich. »Ich möchte reden.« Wie bescheuert es aussehen muss, dass ich hier stehe und um Einlass bettele.

Die Stimme am anderen Ende schweigt eine ganze unerträgliche Weile lang.

»Java?«

Ich sehe, wie das kleine Licht der Kamera angeht, die sich irgendwo neben der Klingel verbirgt.

»Ja«, antworte ich ungeduldig.

Wieder herrscht langes Schweigen und ich würde sehr gerne gegen den Marmorpfosten treten. An den Stäben des Tores rütteln. Aber einen solchen Ausbruch kann ich mir nicht erlauben. Nicht noch einmal.

»Also ...« Die Stimme klingt distanziert. Das Bild, das mir die andere Seite des Gesprächs zeigen sollte, rauscht dunkel vor sich hin. Es sieht aus, als würde jemand seinen Daumen darüber halten.

Ich bin mir nicht ganz sicher, wer das ist, mit dem ich da gerade spreche. Es ist nicht die Haushälterin, also wird es wohl eine von ihren Paradiser-Freundinnen sein.

Es kommt mir manchmal seltsam vor, welche Fixpunkte sie in ihrem Leben gewählt hat. All diese Menschen, immer in ihrem Haus. Dafür, was für ein Mensch sie war.

»Bitte, ich muss hier mit jemandem sprechen!«, sage ich ein wenig verzweifelt. Ich wollte nicht verzweifelt klingen, aber ich kann wohl nichts dagegen tun. Ich *bin* verzweifelt.

Nun schlinge ich doch meine Arme um den Körper und beiße mir fest auf die Unterlippe. *Nicht. Losheulen.* Wann, bei jedem stinkenden Burgerladen dieser Stadt, bin ich zu einer solchen Heulsuse mutiert?

»Hier ist niemand, mit dem du reden kannst«, kommt es zurück.

»Doch«, knurre ich. »Es muss -«, und verstumme, als die Leitung plötzlich unterbrochen wird. Ein leises Rauschen in ihr. Das verschwommene Bild auf dem Glasschirm verschwindet.

Ich drücke meine Faust gegen die Klingel, in größtmöglicher Selbstbeherrschung, nicht so fest gegen diesen beschissenen Pfosten zu treten, dass ich mir die Zehen breche.

Es dauert ewig, bis wieder jemand die Leitung öffnet. Ich lasse die Person nicht zu Wort kommen.

»Irgendjemand wird doch wohl mit mir sprechen wollen. *Irgendjemand*, bitte! Es ist wichtig, ich ...« Ich kann den Satz nicht beenden, vorher bleibt mir die Luft weg. *»Irgendjemand!«*

Wieder eine Pause.

»Nein. Niemand.«

Nun trete ich tatsächlich gegen den Pfosten. Schnaube. Gehe ein paar Schritte auf und ab.

Scheiße.

Ich will gerade wieder klingeln, denn nun bin ich schon hier, viel schlimmer kann es eigentlich nicht mehr werden, als ich plötzlich Stimmen hinter mir höre.

Langsam drehe ich mich um, sehe drei Leute, die auf mich zukommen. Drei mir durchaus wohlbekannte Leute.

Die Musik perlt am glitzernden Poolwasser ab, Zimmerpflanzen verschlucken uns. Wir tanzen.

Ich fühle mich benebelt, weit entfernt vom eigentlichen Geschehen, weit entfernt von meinen Gedanken.

Und sie sehen mich an, als wäre ich eine von ihnen. Das Leben fühlt sich so gut an in dieser Illusion. Wenn noch alles richtig wäre. Wenn nur noch alles richtig wäre ...

Ich schüttele die Bilder ab. Drücke meinen Rücken durch und hebe das Kinn. Als sie mich sehen, verlangsamt sich ihr Schritt.

»Hallo«, sage ich und gehe auf sie zu. Zwei oder drei Meter voneinander entfernt bleiben wir stehen. Sie mustern mich mit glatten Gesichtern.

Ceylon, Android und Unix. Es ist nicht lange her, da habe ich sie fast jeden Tag gesehen.

Es kommt nicht gleich etwas zurück.

»Hey.« Ceylon ist der Einzige, der nach unangenehmen Sekunden meine Begrüßung erwidert, die größtmögliche Distanz in der Stimme. Er nickt mir zu und rückt sich dann seine Sonnenbrille zurecht. Alle tragen ihre einstudierten, aufgesetzten Gesichter, die sich vor meinen Augen seltsam verzerren, als würde meine Matrix aufbrechen. Und ich suche nach irgendetwas in den Blicken der dreien, nach irgendeiner Emotion oder Regung oder Temperatur. Nach der Bestätigung, die ich dort mal gefunden habe. Doch ihre Augen verschwinden matt hinter ihren Brillengläsern und ich will mir nicht denken, was sie denken ...

»Kann ich mit reinkommen?«, frage ich mit beherrschter Stimme. »Mit euch sprechen? Ich weiß, es ist viel los, aber ...«

Ceylons glatte, geschwungene Lippen runzeln sich ein wenig, als ich das sage und er blickt kurz über seine Brille hinweg. Er lächelt, wie man einen Fremden anlächeln würde. Sieht mich an wie jemand, dem man gesagt hat, dass Augenkontakt, sehr, sehr wichtig ist.

Es macht mich so wütend, ich werde fast hysterisch.

Wie viel Zeit habe ich mit diesem Menschen verbracht? Wie oft haben wir miteinander gesprochen? Wie viele Momente teilen unseren Timelines?

»Ich denke, ein anderes Mal wäre es besser«, sagt er in scheißfreundlichem Ton und nimmt dabei tatsächlich die Sonnenbrille ab. Dreht das goldene Gestell in seinen Fingern hin und her. Sieht mich an, mit einem matten, ernsten Lächeln.

Die anderen beiden sehen nur so aus, als wollten sie die Situation möglichst unbeschmutzt überstehen. Ich könnte ein Kaugummi sein, das an ihrer Timeline kleben bleibt, oder ein zerquetschtes Insekt auf ihrer digitalen Selbstdarstellungs-Windschutzscheibe.

Es macht mich unglaublich wütend, wie leichtfertig und mühelos sie sich durch dieses Leben bewegen. Wie sie diese ganze Geschichte so unbeschadet überstanden haben, wie sie in der Aufmerksamkeit baden, in Beileidsbekundungen und großen Gesprächen. In der Aufruhr, die die ganze Sache in Surface City ausgelöst hat. Und ich fühle mich um ein Leben betrogen, für das ich alles ertragen habe, während sie es einfach aus der Luft greifen konnten.

Sie leben ihre perfekte, gläserne Illusion, innen wie außen und das Paradies gehört ihnen.

»Ich wäre ja nicht lange da«, sage ich. Unauffällig schiebe ich die geballten Fäuste in meine Manteltaschen. »Ich kann so viele Dinge erklären, ich ...«

Er lässt mich nicht ausreden. »Da gibt es nichts mehr zu erklären, Java«, sagt Ceylon, ohne sein Lächeln abzusetzen. Dafür setzt er sich die Brille wieder auf. Rückt seinen Hut zurecht. Seine Stimme ist erkaltet.

Damit ist alles gesagt und sie setzen sich wieder in Bewegung, gehen an mir vorbei mit ihren wichtigen, schwingenden Schritten. Ich schließe die Augen.

So tief bin ich also gefallen. Stehe hier. Mache mich zum Affen.

Sie ist schuld. Sie hat mich mitgerissen. Sie hat mich mit in die Tiefe gerissen. Ich hasse sie dafür. Und ich hasse es, dass ihre Stimme meinen Kopf nicht mehr verlässt.

»Wenn du gehst Java, wenn du gehst, dann ...«

Lange bleibe ich nicht mehr stehen. Lasse aggressiv-düstere Gedanken den Anflug von Wuttränen vertreiben, die sich in meinen Augen sammeln und gehe so schnell, dass der kalte Wind meine Wangen betäubt und die Schmerzen in meinen Füßen größer sind als der Krieg in meinem Kopf.

Während ich mit dem Fahrstuhl zurück auf meine Ebene fahre und die Zahl über dem Bedienungsfeld immer kleiner wird, spukt mir Deep City durch den Kopf. Ich sehe auf die Uhr. Neun Stunden.

Ein seltsames Gefühl überkommt mich. Ein Gefühl, als hätte ich gar keine wirkliche Macht über meine eigenen Entscheidungen. Als wären alle Entscheidungen längst gefallen. Angetrieben von meiner eigenen Besessenheit.

Ich hätte nicht zu diesem Haus zurückkehren müssen, um mir sicher zu sein, dass ich nicht in mein altes Leben zurückkehren kann. Dass alles verkorkst genug ist, um mich auf diese absurde Hysterie einzulassen.

Und wenn ich draufgehe – was habe ich dann verloren? Vielleicht habe ich vorher etwas zum Lachen.

Nahtlos

Mein Körper erholt sich. Er erholt sich langsam, aber er erholt sich.

Ich nehme weniger Schmerzmittel und kann wieder essen. Ich kann länger stehen. Ich kann Licht besser ertragen. Die Verfärbungen auf meiner Kopfhaut ziehen sich zurück, kriechen zurück in meine Poren und der Schmerz ist weiter in meinen Hinterkopf gewandert, hat an Präsenz verloren. An Deutlichkeit.

Vielleicht ist es auch nur das Zimmer, das mich betäubt. Das immer gleiche Zimmer.

Es lässt mich nicht wissen, ob es Tag oder Nacht ist, es lässt mich nicht wissen, was ich alles vergessen habe.

Ich glaube, es ist gut so. Vielleicht würde mich alles andere überwältigen und meinen zerfressenen Schädel endgültig zum Platzen bringen ...

Das Zimmer lässt mich nur wissen, wie viele Wände ein Zimmer braucht und wie sich ein Bett anfühlt und wie künstliches Licht fällt. Es gibt mir ein weit entferntes Gefühl blasser Vertrautheit, das Gefühl, eventuell irgendwann eine zerstörte Erinnerung von meiner gelöschten Festplatte kratzen zu können. Eventuell etwas neu zusammensetzen zu können.

Kapitel 9

Acht Uhr abends. Er steht schon dort, im gefärbten Halblicht der Neonröhren, gegen sein Motorrad gelehnt, ein Bein auf dem Boden abgestützt.

Keine Begrüßung. Keine Fragen. Nur ein langer, aufgeladener Blick.

Bunte Lichtpunkte fangen sich in seinen Augen, wie in den Schaufenstern der Straßen, geben seinem Blick eine verwirrende Tiefe. Während ich ihn ansehe wie einen Fremden, sieht er mich an wie jemanden, der eng mit seinem Leben verknüpft ist, dem ein Teil seiner Vergangenheit gehört.

Auf eine seltsame, ungreifbare Art wird mir bewusst, in welcher Rolle ich stecke und was ich hier tue, obwohl ich keinen Gedanken daran zu Ende denken kann.

Zwei, drei Sekunden vergehen, in denen ich mich nicht von der Stelle löse und verharre. Ein untergründiges Panikgefühl kriecht an meiner Wirbelsäule hoch.

Weiß er vielleicht schon, dass ich den Auftrag nicht erfüllt habe? Oder weiß er etwas ganz anderes?

Nun vergehen die Sekunden in unruhiger Schweigsamkeit.

Kurz zucken seine Lippen und ich glaube schon, dass er etwas sagen will, doch er muss es sich anders überlegen. Dreht den Kopf zur Seite und zerreißt unseren angespannten Blickstromkreis.

»Steig auf«, sagt er dann, unterdrückte Ungeduld in der Stimme. Schwingt sich auf sein Motorrad.

Er trägt keinen Hut. Ich weiß nicht, warum mir dieses Detail in diesem Moment so sehr ins Auge sticht, aber es erscheint mir plötzlich furchtbar wichtig.

»Willst du deinen Hut zurück?«, frage ich, noch während ich aufsteige. Doch er winkt grob ab, als wolle er nichts davon hören und fährt los, noch bevor ich mich richtig festhalten kann.

Ich umfasse fest seine Taille, den Hut zwischen zwei Fingern, drücke meine Oberschenkel ins Sitzleder und lehne mich in jede Kurve, während wir die düsteren Gassen hinter uns lassen.

Als Glass irgendwann unvermittelt und mit quietschenden Reifen anhält, verliere ich fast das Gleichgewicht. Werde ein Stück zurückgeworfen, grabe meine Hände tief in seine Seiten, um nicht von der Maschine zu fliegen. Ich kann ihn leise knurren hören.

Ohne lange zu fackeln, stellt er den Motor ab und ist abgestiegen, noch bevor ich mich orientiert habe. Ich muss nach Luft schnappen, bevor ich ihm schwindelnd folgen kann.

Hotel flackert in grüner Neonschrift über dem Gebäude, das er ansteuert. Seine Fenster sind schwarz abgeklebt, gasige Nebelschwaden füllen die Straße. Niemand geht ein oder aus.

Wir betreten die Lobby. Dort ist die Luft stickig und feucht, ein süßlich-muffiger Geruch steigt mir in die Nase. Ein paar ungesund aussehende Zimmerpflanzen kämpfen um ihr Überleben. Der Tresen ist unbesetzt. Dämmriges Licht besprenkelt eine sehr unglamouröse Sitzgruppe und die vier Gestalten, die dort sitzen.

Pin und Q erkenne ich sofort wieder, die beiden anderen hingegen sind mir fremd. Ein junges Mädchen – höchstens sechzehn – das mit überschlagenen Beinen rauchend und kaugummikauend in ihrem Sessel hängt. Neben ihr sitzt, sehr aufrecht, eine undefinierbare Person, mit silbriger Maske.

»Da ist sie ja wieder!« Qs Stimme zerreißt die angespannte Stille, sobald er mich sieht und klingt dabei sehr laut und sehr unnatürlich in diesem Raum. Sonst sagt niemand etwas. Auch ich nicht. Ich habe gleich noch genug zu sagen und ich weiß nicht, wie sie es aufnehmen werden.

Ich folge Glass, der über den ausgetretenen Teppich zu unseren Füßen durch die Lobby auf sie zugeht. Er setzt sich nicht.

»Du neigst dazu, dir wirklich ungewöhnliche Orte für unsere Zusammenkünfte auszuwählen, Glass«, sagt Q.

»Werden wir jetzt wählerisch?«, kommt ein sarkastischer Kommentar von dem anderen, fremden Mädchen. Sie spuckt ihre Wörter aus wie ausgeschlagene Zähne.

Alles an ihr ist ein bisschen verwischt. Das Make-up, der Glitzer auf ihren nackten Armen, die Ringe unter ihren Augen.

Ihr Blick streift mich nur kurz und ich bin mir nicht ganz sicher, ob es durch das grässliche Licht hier drinnen so wirkt, oder ob sie tatsächlich derart fertig aussieht.

Eine Weile lang herrscht angespanntes Schweigen. Glass' Blick geht unruhig zwischen mir und der Gruppe hin und her.

»Also, nur der Vollständigkeit halber: Das ist Chrome«, sagt Glass und deutet dabei auf die maskierte Person, die unnatürlich nickt, aber sonst keinen Ton von sich gibt. »Und Vala.« Damit zeigt seine Hand auf das qualmende Mädchen mit dem verschmierten Make-up, die sofort die Augen verdreht.

»Ist doch scheißegal«, sagt sie und richtet sich ein Stück in ihrem Sessel auf. Qualm blubbert aus ihren großen Lippen. Sie sieht mich an. »Und? Ist jetzt alles wieder im Reinen? Kann ich weiter meinen Scheiß machen, ohne dass mich jemand dabei abmurksen will?« Sie hebt die schmalen Brauen und zieht wieder an ihrer Zigarette.

Alle Blicke ruhen auf mir. Q, dessen Augen auf einmal ganz ernst wirken. Pin, der die Schweißperlen auf der Stirn stehen. Vala, die mir ihren Rauch ins Gesicht bläst. Chrome mit seinen glatten Maskenaugen. Und Glass. Sein Blick am allermeisten.

Ich erstarre. Meine Lippen frieren an meinen Zähnen fest, meine Zunge an meinem Gaumen. Sehe mich in diesem Moment, wie ich an einem Stuhl festgebunden vom Dach gestürzt werde.

Aber was soll ich tun?

»Ich hatte nicht genug Zeit«, schleudere ich einfach heraus. »Ich hatte keine Zeit, mit Fortran zu sprechen.«

Schweigen. Und die Stille im Raum vibriert.

»Du hast der Liste kein Ende gesetzt?«, fragt Q und seine Stimme klingt fast verstörend ernst.

Ich reibe die Lippen aufeinander.

»Nein«, sage ich dann. »Es lief alles nicht wie geplant.«

»Ich wusste es!« Pin springt auf, mit gefletschten Zähnen und verklärtem, schwimmenden Blick. Mit einem Satz durchquert sie die Sitzgruppe, hebt die Hände zum Würgegriff. Noch bevor Adrenalin in meine Blutbahnen schießt, noch bevor ich zurückweichen kann, hat sie sich schon fast auf mich gestürzt. Q springt in letzter Sekunde auf, packt sie so fest an den Schultern, dass ihr Körper vor und zurück federt und zieht sie mit sich in seinen Sessel. Sie quietscht, schlägt nach ihm, doch er hält sie so fest, dass sie sich nicht wehren kann.

Ich weiche zwei Schritte zurück, starre sie an.

»Sie betrügt uns«, kreischt Pin. »Ich wusste es doch, ich habe es gesagt. Sie wird uns umbringen!«

Wieder geht ein heftiger Ruck durch ihren Körper, sie bäumt sich gegen Qs Umklammerung auf, bis er sie wieder niederringt. »Widerlicher Parasit, ich habe es die ganze Zeit gewusst, die bringt uns alle um!«

Ich wende mein Gesicht von den Spucketropfen ab, die durch die Luft in meine Richtung fliegen. Gehe die richtigen Worte durch, die ich mir zurechtgelegt habe.

»Wäre ich hier, wenn ich euch hätte betrügen wollen?«, frage ich und verschränke die Arme vor der Brust. Meine Stimme knirscht. »Und die Liste wäre längst Geschichte, wäre alles nach Plan gelaufen. Aber Fortran war nicht so leicht zu finden, diese Party war unübersichtlich und die Masken nirgendwo zu finden. Und gegen zwei ist alles in die Luft geflogen.«

»Wie meinst du das denn?«, fragt Q, der der strampelnden Pin den Mund zuhält.

Ich halte eisern meine Stimme am Leben. »Sie haben die ganze Party hochgehen lassen. Wortwörtlich.« Ich befeuchte meine zittrigen Lippen. »Alles ist explodiert, als ein großes, inszeniertes ... Machtspiel der Liga der Masken.«

»Was ist explodiert?«, fragt Q und klingt wieder beinahe belustigt.

»Hauptsächlich die schicke Deko«, erwidere ich. »Sie ist in die Luft geflogen und danach war die Party natürlich vorbei, da war nichts mehr zu machen. Ich hätte der Liste sehr gerne ein Ende gesetzt, aber ...«

»Überraschung«, zischt Glass, bevor ich weiterreden kann. Ich habe es während meiner Erklärungsversuche die ganze Zeit nicht gewagt ihn anzusehen, nun drehe ich doch meinen Kopf langsam zur Seite und sein Blick trifft mich mit Wucht.

»Willst du wirklich sagen, du hättest das nicht geahnt? Du wusstest, was sie da abziehen würden, du wusstest, dass du hättest schnell sein müssen.«

Der untergründige Sarkasmus in seinem ernsten Ton ist fast beängstigend. Und meine Gedanken rattern. Quietschen, ächzen, knacken ...

»Ich konnte es ahnen, ja«, erwidere ich laut. »Aber das hätte nichts geändert, Fortran war nicht aufzufinden, ich hatte nicht genug Zeit ...« Ich gebe mir große Mühe, damit meine Stimme sich nicht überschlägt.

»Du hättest ihn finden *müssen*«, sagt Glass. »Verstehst du? Das war unser Deal! Deshalb haben wir diese ganze Sache ausgemacht, weil *du* ...«

»Ich halte mich an unseren Deal!«, unterbreche ich ihn laut. »Ich halte mich an unseren Deal, ganz wie ich es gesagt habe. Ich halte mich an alles, was wir vereinbart haben. Aber du musst mich noch einmal zu den Masken bringen. In einem Kontext, in dem mir nicht ein halber Wolkenkratzer um die Ohren fliegt.«

»Ich bringe dich nicht *noch mal* in die Nähe der verdammten Liga der Masken!«, sagt Glass, mit bedrohlichem Unterton.

Da schießt ganz unerwartet heißkalte Panik in meinen Bauch, Bilder explodieren in meinem Kopf und radioaktive Gedanken.

Ceylon, der Zeppelin, mein deprimierendes Zimmer, zerspringendes Glas ...

»Aber ihr habt keine Wahl!«, spucke ich aus, noch bevor ich die Wörter richtig gedacht habe. »Und ich kann alles wieder hinbiegen, ich kriege das hin. In ein paar Tagen seid ihr die Liste los! Ich brauche nur mehr Zeit! Bitte ...« Ich verstumme und Vala stößt ein kurzes, bitteres Lachen aus. Ich darf nicht anfangen zu betteln, das wirkt nicht besonders überzeugend.

»Woher willst du wissen, dass es noch einmal eine solche Gelegenheit gibt? Solche Partys steigen nicht alle drei Tage. Das hätte unsere letzte Gelegenheit sein können!«

»Ich weiß genau, dass du genug Kontakt zu den Masken hast, um mich noch einmal bei einer ihrer Veranstaltungen einzuschleusen!«, bluffe ich hart.

Sein Gesicht verzerrt sich, er zieht die Oberlippe ein paar Millimeter zurück, entblößt einen schmalen Streifen knirschender Zähne.

»Du kannst nicht erst zu Kreuze kriechen, mich regelrecht *anflehen*, dich zu den Masken bringen, damit du alles wieder *in Ordnung* bringen kannst!«, knurrt er unter mahlenden Kiefern. »Wir hatten eine Vereinbarung. Und du hast dich nicht daran gehalten. Du hast *nichts* in Ordnung gebracht. Nichts.«

»Die Party ist eskaliert, vielleicht hatte sie wirklich nicht genug Zeit, Glass«, sagt Q. »Lass sie mal ihr Ding weiter machen.« Ich kann an seiner Stimme nicht ablesen, ob er das ernst gemeint hat, oder wieder mit irgendeiner unverständlichen Ironie verschwimmt.

»Es sollte eine einmalige Sache sein«, sagt Glass. »Das war Teil unseres Deals. Dass es schnell geht.«

»Wir haben keine Zeit mehr«, wimmert Pin dazwischen, die sich aus Qs Umklammerung befreit hat. »Bald bringen sie uns alle um.«

Ihr unerträgliches Gejammer macht mich so nervös, ich könnte ihr an die Gurgel gehen. Ich muss mich konzentrieren.

»Sie werden niemanden umbringen«, erwidere ich und versuche Glass' Blick standzuhalten. »Ich habe niemanden betrogen und ich habe getan, was ich tun konnte.« Ich bleibe erstaunlich kühl, obwohl ein hysterischer Unterton an meinen Stimmbändern kratzt. »Ich brauche nur noch mehr Zeit, ich ... Ich habe euch heute noch nicht von der Liste befreit, das heißt nicht, dass ich es nicht tun werde!«

»Es ging um *heute*!«, presst Glass unter zusammengebissenen Zähnen hervor. »Es ging darum, diese Geschichte *heute* zu beenden! Und ich weiß nicht, was du auf dieser Party gemacht hast, aber niemand in diesem Raum vertraut dir und ich denke, du hast das Vertrauen letzte Nacht nicht unbedingt gesteigert. Was soll ich davon halten?«

Unser Blickkontakt vibriert.

Ich schlucke hart. Zeit, etwas drastischer zu werden.

»Und wer ist Plan B?«, frage ich. »Wer soll euch sonst helfen? Wollt ihr selbst zu Fortran gehen? Ich bezweifle, dass er *dann* irgendetwas ändern wird.«

Für ein paar Sekunden herrscht Stille. Röte pulsiert in seinem Gesicht, seine Pupillen zucken. Die Ader an seinem Hals tritt hervor und ich bin mir sicher, dass er mich anschreien wird. Doch er tut es nicht.

»Hast du einen Plan B?«, fragt er ruhig. Beherrschung in den Augen. »Hast du einen Plan B, wie du aus deiner Scheiße herauskommen wirst?«

Nun zittert meine Stimme doch ein bisschen. »Ich brauche keinen Plan B. Das nächste Mal seid ihr die Liste los, das nächste Mal ...«

»Es sollte aber kein nächstes Mal geben!« Seine Stimme vibriert unter ihrem unterdrückten Ton, die Adern an seinen Schläfen pulsieren unter blasser Haut.

»Glass, komm runter, sie hat recht, wir haben keinen Plan B«, wirft Q ein, der sich aus seinem Sessel aufrichtet. »Es hat keinen Sinn sich aufzuregen, das ändert doch nichts.«

»Ich halte mich an den Deal«, sage ich. »Soll ich das noch mal wiederholen? Ihr könnt mir vertrauen, ich werde alles tun, ich werde der Liste ein Ende setzen … Was macht ein Tag mehr oder weniger? Ihr seid alle noch am Leben, ihr …«

In diesem Moment fällt Glass mir ins Wort, während ihm Stimme und Gesichtszüge entgleiten, verzerrt zu einer wütenden, verkrampften Fratze.

»Darum geht es doch gar nicht!«, schreit er und nach der gedrückten Ruhe der letzten Minuten echot seine Stimme laut in meinen Ohren. »Es geht nicht darum, ob du es noch hinkriegst oder nicht, oder ob du dich an unseren verdammten Deal hältst. Es geht darum, dass es bedeutet, dass ich noch mindestens einen Tag länger deine Anwesenheit ertragen muss.«

Stille.

Glass klappt den Mund wieder zu, seine Augen wandern hin und her, seine geballten Fäuste reiben an den Seiten seiner Hose. Er sieht aus, als wolle er seinem Körper entfliehen.

Ich starre ihn an, mit dem Hall seiner Stimme und dem Hall meines eigenen Herzschlags in den Ohren. Weiß tatsächlich nicht, was ich erwidern soll.

Nach grässlichen Sekundenbruchteilen des Schweigens schüttelt er schließlich den Kopf, wendet sich ab und geht. Wortlos.

Ich schlucke einen harten Schwall Luft, der sich unangenehm in meinem Magen aufbläht, während ich dorthin starre, wo Glass bis eben stand. Habe seinen Blick noch ganz deutlich vor Augen und seine Stimme im Ohr.

Und es dauert ein paar Sekunden, bis ich mich aus meinem zähen Zustand der Fassungslosigkeit befreit habe. Bis zu mir durchgedrungen ist, was passiert ist und dass es nicht wirklich ich bin, den er angeschrien hat. Dass es wieder um Konflikte ging, von denen ich keine Ahnung habe.

»Was ist denn mit dem los?«, bricht Q die Stille. »Mit dem falschen Fuß aufgestanden?«

Niemand reagiert.

Stattdessen richtet Pin sich auf, das Gesicht rot geflutet und verschwindet ebenfalls. Ihre Haare wippen mit ihrem schnellen Gang.

Einige Sekunden lang sehe ich ihr noch nach.

»Was tue ich mir hier an?«, fragt Vala und steckt sich dabei kopfschüttelnd eine neue Zigarette an. Sie wirkt wie eine sehr groteske Figur in dieser Szenerie, mit dem verschmierten, fettig glänzenden Billig-Make-up.

»Die kriegen sich schon wieder ein«, sagt Q mit einem Augenrollen. Er hat sich in seinem Sessel zurückgelehnt, die Arme hinterm Kopf verschränkt, sodass die Ärmel seiner Jacke hochrutschen. Ein sehniger Unterarm ist entblößt, der andere mit einer weißen Binde verbunden.

»Ach, halt das Maul.« Vala saugt an ihrer Zigarette, bläst den Qualm in meine Richtung. »Ist eigentlich irgendeinem von euch mal aufgefallen, wie *bescheuert* dieser ganze Scheiß hier ist? Liste, Liga der Masken ... Findet *ihr* das witzig?« Ich bin mir nicht ganz sicher wen sie mit *ihr* genau meint. »Na ja, ich habe vor langer Zeit aufgehört zu versuchen, *eure* Welt zu verstehen«, fährt sie fort. Rollt mit den Augen und wirft ihren Kopf in den Nacken.

»Verstehst du deine eigene Welt?«, fragt Q und hebt die Brauen.

»Ich muss überhaupt nichts verstehen«, sagt sie. »Nur wäre es wirklich nett, wenn unsere Deep-City-Größen hier endlich ihren Scheiß geregelt kriegen könnten. Ich wandere nämlich immer weiter auf dieser Liste und irgendjemand muss der Nächste sein.«

»Wir wissen schon, wer der Nächste ist«, murmelt Q vielsagend. Sie übergeht das und wendet sich stattdessen wieder an mich.

»Also, kriegst du diese Sache noch hin? Ich meine, funktioniert dein komischer Plan wirklich, oder soll ich mich einfach darauf einstellen, irgendwann Blei in der Fresse zu haben?« Ihr blubbernder Lower-City-Dialekt verschlingt die Hälfte ihrer kaugummischmatzenden Silben. »Sei einfach ehrlich, ich mache mir eh keine besonders großen Hoffnungen.« Mit offenem Mund kauend, starrt sie mir ins Gesicht.

»Du kannst dir ruhig Hoffnungen machen, es wird funktionieren«, sage ich und das geht mir wirklich erstaunlich leicht über die Lippen.

»Gut«, sagt Vala und schiebt ihr Kaugummi dabei zwischen ihre Schneidezähne. »Ich bin nämlich nicht hier, weil ich sonst keine Erfüllung finde, oder so. Ich habe tatsächlich einen *guten* Grund hier zu sein.«

Q prustet leise in sein Halstuch. »Ich denke, jeder von uns hat seine ganz eigenen Gründe hier zu bleiben. Ich meine ... es wirkt doch fast so, als hätten sie sich ganz gezielt nur Menschen mit *Gründen* ausgesucht, meinst du nicht?«

»Eure Gründe würde ich mir wünschen, ehrlich«, erwidert Vala, wirft dabei ihre abgebrannte Zigarette auf den Boden und drückt sie mit dem dünnen Absatz ihrer Stiefel aus.

»Willst du jetzt diskutieren, wer die besten Gründe dafür hat, sich ermorden zu lassen?«, fragt Q und hebt seine Augenbrauen.

»Mit wem soll ich das diskutieren? Mit dir?« Sie lacht auf. »Sehr witzig *Uppie* ... *Du* bist der Letzte, der mir einen echten Grund nennen könnte.«

Q zuckt nur mit den Schultern und streicht sich die dicken Haare aus der Stirn.

»Ich weiß, dein Leben ist hart, Süße«, sagt er und zwinkert ihr zu.

Vala starrt ihn nur still an, mit geöffneten Lippen und ihre Zähne mahlen quietschend auf ihrem Kaugummi.

»Wisst ihr was, ich brauch 'ne Dusche«, sagt Vala dann plötzlich und quält sich aus ihrem Sessel.

»Viel Spaß«, sagt Q, während sie staksig den Raum durchquert.

Als die Tür zufällt, drehe ich mich zu Q um, der in derselben Position dasitzt wie zuvor.

»Da waren's nur noch zwei«, sagt er mit lächelnden Augen.

Was soll ich davon halten? Ich hänge in einer Art Vakuum, in dem ich nicht weiß, wie es weitergehen soll. Also verfallen wir in unangenehmes Schweigen, das Q recht schnell wieder bricht.

»Willst du dich nicht setzen?«

Ich zögere, einfach weil die Situation so unglaublich merkwürdig ist. Ich bin mir nicht ganz sicher, ob ich den ganzen Rest schon verarbeitet habe. Aber ich kann nicht in der Gegend rumstehen wie ein verlorenes Kind, also durchquere ich doch langsam die Sitzgruppe und setze mich ebenso langsam in den Sessel. Modriger Geruch steigt aus dem Leder auf, als hätte er über Jahre ein ganzes Repertoire aus stinkenden Dämpfen und Körperflüssigkeiten in sich aufgesogen.

»Ganz schön verdrehte Situation, was?«, fragt Q. »Zu lange darf man nicht darüber nachdenken.«

»Was soll ich dazu sagen?«, erwidere ich.

Die Haut um seine Augen kräuselt sich. Er sagt nichts und sieht mich nur unangenehm intensiv an.

Es irritiert mich, dass er dieses Tuch trägt, weil es seine Mimik verfälscht. Es lässt mich nur Augen sehen, die vieles andeuten, aber nichts aussprechen. Es ist nicht so, dass ich nicht wüsste, dass das der Sinn ist, aber es nimmt mir einen Teil der Kontrolle über die Situation. Immer wieder suchen meine Augen nach einer Timeline, ganz unbewusst, um zu verstehen, wer da vor mir sitzt. Es ist ein ziemlich unpassender Moment, in dem mir bewusst wird, wie abhängig ich von den digitalen Projektionen anderer Leute bin. Wie viel Kontrolle sie mir bisher gegeben haben.

»Sag mal, kommt Glass auch irgendwann zurück?«, frage ich und winde mich unter seinem Blick. »Er muss eine Verbindung zu den Masken herstellen, damit das wieder in die Gänge kommt.«

»Warum sollte er nicht zurückkommen? Er hat doch keine Wahl.« Qs Augen grinsen. »So funktioniert das Ganze hier doch, oder? Euer ominöser Deal ...«

»Mmh ...«

Q sieht auch nicht nach der Art von Person aus, die mich Zeit durch Small Talk überbrücken lässt. Dann wiederum muss ich mich entscheiden was besser ist:

Diese grässlich unangenehme Situation, oder draußen in der Kälte zu stehen und mir meine Schuhe endgültig zu ruinieren. Traurigerweise fällt meine Wahl tatsächlich auf Ersteres. Und das, obwohl Q mich mit seinen Blicken seziert wie ein Kind ein halbtotes Insekt. Ich wäre ja von meiner eigenen Oberflächlichkeit überrascht, aber dann wiederum ... warum bin ich noch mal hier?

Ich reibe die Hände auf meinen Oberschenkeln und hoffe, dass man mir meine Anspannung nicht allzu sehr ansieht. Lächele ungelenk.

Schweigen.

Qs verstrahlter Ausdruck wird nur vom gelegentlichen Blinzeln gebrochen, ansonsten wandert er nicht ab. Je länger ich das beobachte, zwischen meinen unglücklichen Versuchen diesem Blick auszuweichen, desto mehr fällt mir die wasserfeste Faszination auf, mit der er mich ansieht. Ein Dauerlächeln in den Augen, wie ein Schuljunge, der seiner Lieblingslehrerin beim Unterrichten zusieht; völlig gefangen von einer Person, die er so oft gesehen, von der er so viel gehört hat und von der er doch eigentlich überhaupt nichts weiß.

»Was läuft da zwischen Glass und dir?«, fragt er dann plötzlich. »Was hast du ihm angetan?« Er lacht leise.

Tatsächlich würde es mich fast interessieren, was diesen emotionalen Ausbruch ausgelöst hat. Aber in erster Linie interessiert mich hier nur eines: meine verdammte Timeline.

Q starrt mich noch immer an, den Kopf etwas schiefgelegt.

Erwartet er wirklich eine Antwort?

»Ist das wichtig?«, frage ich kühl.

»*Nichts* hier unten ist wichtig. Deshalb ist alles eine Frage der Perspektive. Und ich bin neugierig.«

»Dann genieß das Gefühl«, antworte ich, während sich ein selbstständiger Teil meines Gehirns seine eigenen Geschichten zusammenspinnt. »Das geht dich wirklich nichts an.«

»Ein großes Geheimnis also, ja?«

»Nichts, was dich etwas angeht«, wiederhole ich.

»Schade«, sagt er und wälzt sich tief in das Sesselpolster. Klingt dabei nicht ernsthaft enttäuscht oder beleidigt. Eher vibriert seine Stimme mit dieser Art von morbider Faszination, die mich vielleicht beunruhigen sollte. Haltlos und sehr analytisch fährt sein Blick über mein Gesicht und hält mich dabei zwischen verschwitzter Unruhe und dem Genuss des grenzenlosen Interesses für meine Person. Oder zumindest an der Person, die ich vorgebe zu sein.

»Aber du willst eine neue Timeline von ihm?«

Das klingt, als wolle ich mich von ihm schwängern lassen. Was in unserer Welt vielleicht nicht der allerschlechteste Vergleich ist.

Ich hebe zur Antwort nur meine Augenbrauen.

»Weißt du, er nennt es *neue Timeline* ... Aber es ist Identitätsdiebstahl. Keine moralischen Bedenken?«

Identitätsdiebstahl. Für einen sehr kurzen Moment hat dieses Wort einen seltsamen Nachgeschmack, dann hat es mein Unterbewusstsein auch schon wieder erfolgreich verdrängt. Moralische Bedenken sind mir ungefähr so fremd wie Tage, die ich nicht in literweise Energydrinks und Kopfschmerztabletten ertränken muss.

»Was soll die Fragerei? Lass uns doch einfach warten, bis Glass wiederkommt ...«

»Wie gesagt, ich bin nur neugierig«, erwidert Q.

»Und ich finde wir sollten hier ... eine gewisse Distanz wahren.«

Er lacht leise. Und zieht sich dann plötzlich das Tuch vom Gesicht. Lässt mich sein Lachen sehen. Ein unglaublich großes, helles Lachen unter weichen, leicht geschwungenen Lippen, die ein bisschen zu blass sind für sein Gesicht. Überraschend weiße Zähne. Die Haut um sein Kinn ist glatt und auch jetzt, wo ich ihn im Ganzen sehe, ist es schwierig, sein Alter zu schätzen. Er könnte siebzehn sein, oder zweiundzwanzig.

Ohne mit dem Grinsen aufzuhören, pustet er sich eine goldbraune Locke aus den Augen.

»Distanz? Den Begriff gibt es noch?«

Ich schürze die Lippen. »In Surface City sicher nicht«, erwidere ich. »Aber hier unten sind wir unvernetzt. Aus guten Gründen.«

Qs breites Lachen verschmilzt in ein kleineres Lächeln.

»Glaubst du nicht, dass der Mann mit der Maske der Erste sein wird, der dir alles über sich erzählt? Ist das nicht das Konzept von Deep City?« Er kichert leise. »Aber ich weiß, warum du Distanz wahren willst. Und ich kann es verstehen.« Er macht eine geladene Pause. »Du hast Angst«, sagt er dann. »Hier unten darf man nicht zu menschlich werden, wenn man eine Maske trägt, die jeder kennt. Aber mach dir mal keine großen Sorgen. Bin ich nicht in ein paar Wochen tot?« Schiefes Lächeln. »Und wenn nicht in ein paar Wochen … dann irgendwann anders.«

Wenn er in ein paar Wochen tot ist, habe ich noch weniger Gründe dieses unangenehm invasive Gespräch mit ihm zu führen, denn dann kann ich erst recht keinen Nutzen aus unserer Bekanntschaft ziehen. Das ist ein Risiko, das ich nicht eingehen muss. Ich versuche, nicht die Augen zu verdrehen.

Er lehnt sich wieder zurück und verschränkt die Arme hinterm Kopf. Pustet sich erneut eine seiner wüsten Haarsträhnen aus den Augen, die in Kombination mit den tiefen Augenringen und seiner zerschlissenen Jacke tatsächlich eine Art Look kreiert, der ihm steht. Beabsichtigt oder nicht.

»Du kannst mich fragen, was du willst, nichts davon geht dich etwas an«, sage ich kühl.

Statt zu antworten, greift Q in die große Innentasche seiner Jacke und holt eine mittelgroße Zeichenkladde mit zerfetztem Pappeinband heraus. Ein sterbender Bleistiftstummel hängt an einem Faden daran, den er nun geschickt zwischen Daumen und Zeigefinger klemmt und in die aufgeschlagen Kladde zu kritzeln beginnt. Ich recke meinen Blick, versuche zu sehen, was er da macht, doch ich kann es nicht erkennen.

»Nimm es mir nicht übel«, sagt er. »Weißt du, es ist nur so … faszinierend. Menschen wie du.« Er blinzelt mich an. Und zeichnet. Macht eine lange Pause. »Ich habe viel darüber nachgedacht in letzter Zeit … Ist es nicht unglaublich interessant zu sehen, was aus einem Menschen wird, wenn man ihm jede Sorge um sein Überleben nimmt? Wenn man ihn von allen seinen menschlichen Bedürfnissen mehr oder weniger gänzlich befreit? Wenn man ihm alles abnimmt, was ihm seine Biologie vorbestimmt? Wenn man so darüber nachdenkt, hat unsere Welt vollkommen die Perspektive verloren. Und wir drehen uns nur noch um Artifizielles. Pixelgebilde.« Seine Augen flimmern. »Und es fasziniert mich, was das für Menschen sind, die diese Welt machen.« Er sieht kurz auf. »Du weißt ... Menschen wie du.«

Was er da sagt, hat eine fast schmerzhafte Ironie. »In welches Extrem schlagen sie aus?«, fährt er fort. »Sind sie sich der Bedeutungslosigkeit des Ganzen bewusst, oder halten sie sich an der Illusion der Ernsthaftigkeit fest? Steigen sie auf, oder fallen sie in ein tiefes Loch?« Er zieht die Augenbrauen hoch, ohne den Blick vom Blatt zu lösen. »Und jetzt sitzt du vor mir. Eine Person, die *digitale* Produkte auf dem Schwarzmarkt in *Deep City* verkauft. Und ihre Timeline loswerden will. Ist es da nicht verständlich, dass ich mich frage, was hinter diesem Menschen steht?« Kurz wandert sein Blick über die Zeichenkladde hinweg, wieder in mein Gesicht. »Jeder will seine Timeline ein bisschen verändern, mal mehr, mal weniger, nicht wahr? Ein paar hundert Bilder loswerden, dieses eine Gespräch, das dir nach drei Jahren immer noch peinlich ist. Die unschöne Trennung, die dir wieder und wieder einen Stich versetzt ... Da ist normal. Aber niemand tut es, weil es kaum möglich ist. Nicht jeder wendet sich an Glass.« Nun grinst er wieder, als würde er sich noch einen ganzen Teil dazu denken. Ich kann mir denken, was es ist: Warum wende ich mich dazu an Glass, wenn wir uns anscheinend hassen? Warum gehen wir diesen Deal gemeinsam ein, wenn Konflikte aufgewühlt werden, die Glass anscheinend kaum länger als eine Nacht lang ertragen kann?

Plötzlich hält er den Block ein Stück vor seinem Gesicht in die Höhe. Kneift die Augen ein wenig zusammen, wobei sich seine dichten Brauen ebenfalls zusammenziehen und wandert mit den Pupillen ein paarmal hin und her.

»Ich würde nur gern wissen, was für ein Mensch hinter diesem Phantom steht«, sagt er, ohne die Kladde aus seinem Blickfeld zu nehmen. »Hinter der Maske.« Nun lässt er den Block auf seinen Schoß sinken, wo er unbeachtet liegen bleibt. Ich beuge mich ein klein wenig nach vorne, um sehen zu können, was er da gekritzelt hat.

Es ist eine Maske. Kopfüber. Tintenblau skizziert.

Große Augen, kleines Näschen, etwas zu stark definierte Lippen. Ich weiß nicht warum, aber das starre, perfekte Gesicht erinnert mich an jemanden. Irgendwie. Auf eine ganz seltsame und sehr weit entfernte Art, als wäre es eine Person aus einem Traum, oder … Ich habe plötzlich das seltsame Gefühl, ihm das Papier einfach entreißen und zerknüllen zu müssen.

»Ich hatte mir dich anders vorgestellt«, sagt Q. »Ich weiß nicht …« Seine Augen wandern hin und her, zwischen mir und seiner Zeichnung. »Irgendwie komplettierst du das Bild zu … gut. Verstehst du, was ich meine?« Er lächelt befangen. »Mir fehlt die überraschende Wendung, der große Moment, die Illusion.«

Ich sehe immer noch auf die Zeichnung. Ist das Cullinans Maske?

»Ich denke, um die Illusion musst du dir keine Sorgen machen«, sage ich.

Er öffnet schon wieder den Mund, um noch etwas zu sagen, als er plötzlich unterbrochen wird.

»Es tut mir leid.«

Ich zucke kurz zusammen, drehe mich um und sehe Glass. Er steht wieder mitten im Raum, als wäre er nie weg gewesen, mit schattigem Blick und im Mantel versenkten Händen. Sein Gesicht ist relativ entspannt und geflutet vom gleichen, kühlen Ausdruck wie zuvor.

Er sieht mich an und die Atmosphäre vibriert.

»Wir verzeihen dir«, sagt Q, bevor ich etwas sagen kann.

Glass grummelt etwas Unverständliches und blickt zu Boden.

Die Luft fühlt sich plötzlich noch dicker und stickiger an als bisher schon und eine leichte Übelkeit kriecht in meinen Magen.

»Kannst du mich noch einmal zu Fortran bringen?«, frage ich, als Glass sich nicht rührt.

»Ja, kann ich«, sagt er ohne zu zögern. Und tatsächlich verspüre ich eine seltsame Art von Erleichterung.

Q lacht leise. »Natürlich kann er das«, sagt er und lässt sich noch im selben Moment tief ins Polster sinken und schließt die Augen, als hätte er in dieser Sekunde entschieden, dass ihn die ganze Angelegenheit eigentlich doch schrecklich langweilt.

Glass' Kiefer mahlen. »In drei Tagen«, fährt er fort, ohne auf Q einzugehen. Sein Blick rutscht in andere Richtungen und ich meine, auch auf seiner Stirn Schweißperlen zu sehen. »Dann gibt es eine weitere Gelegenheit.«

»Gut«, sage ich.

»Unsere *letzte* Gelegenheit.«

Ich lächele. »Ich weiß.« Und habe keine Ahnung, was mein Plan sein wird.

»Dann ist ja … alles klar.« Glass wischt sich mit der flachen Hand über die Stirn, lockert seinen Kiefer.

»In drei Tagen also«, sage ich.

Einige Minuten später sind wir auf dem Weg nach draußen. Haben Q drinnen zurückgelassen, er wollte »noch für ein paar Minuten die Augen schließen«.

Ich bin froh, den stinkenden Ort hinter mir zu lassen, drehe mich aber trotzdem noch einmal um und blicke nach dem flackernden Schild und den vielen dunklen Fenstern. Vielleicht, um mich zu versichern, dass es tatsächlich deprimierendere Orte gibt als meine eigene Wohnung.

»Wer will hier eigentlich wohnen?«, murmele ich.

»Wer will überhaupt in Deep City wohnen?«, erwidert Glass mit ungefiltert bitterem Tonfall.

Wir gehen noch ein paar Schritte schweigend nebeneinander her, irgendwie ziellos. Als könnte keiner diesen Moment wirklich beenden.

Bis Glass plötzlich einfach stehen bleibt, sich schwungvoll in meine Richtung dreht und mich abrupt zum Halten bringt. Er steht direkt vor mir und lässt dabei kaum eine Handbreit Platz zwischen uns. Sein Atem weht mir ins Gesicht, zitroniger Zigarettenrauch und damit ein entferntes Gefühl von Surface City, im harten Kontrast zu seiner dunklen Erscheinung.

Und sein Gesicht läuft über. Es ist seltsam und kaum in Worte zu fassen, aber plötzlich zucken eine Millionen unausgesprochener Dinge über seine Mimik, unkontrollierbares Gedankengewicht auf den zittrigen Lippen.

»Vergiss, was ich vorhin gesagt habe«, quillt aus seinem Mund. »Vergiss diesen … unprofessionellen Ausbruch. Bitte.« Ich sehe zu ihm auf, meine Gedanken rotieren. Schatten fliehen über sein Gesicht.

»Du gibst mir eine zweite Chance, den Deal auf die Reihe zu kriegen«, antworte ich und verziehe ungelenk einen Mundwinkel. »Also tue ich dir den Gefallen.«

Glass' Augenbrauen ziehen sich zusammen. Noch immer stehen wir dicht voreinander und sein Blick geht hin und her, zuckt über mich hinweg, ohne einen Punkt zu finden, den er fixieren kann. Ich habe fast das Gefühl, er bemüht sich, mich *nicht* anzusehen, allem an mir auszuweichen und völlig daran zu scheitern.

»Hier geht es nicht um zweite Chancen«, sagt er kühl.

»Ich weiß«, sage ich.

Es entsteht eine lange Pause. »Als du mich angerufen hast«, sagt er dann, »aufgelöst vor Verzweiflung, mich angefleht hast … Als du gesagt hast, du könntest uns helfen … Ich weiß nicht, ob ich dir da tatsächlich geglaubt habe, oder ob ich nur nach dem einzigen Strohhalm gegriffen habe. Aber Tatsache ist, dass ich nicht gerade begeistert bin, wieder mit Menschen zu tun zu haben, die in diese ganze, grässliche Sache verwickelt sind.« Er sieht hin und her. »Weiß du, ich bin nicht der Typ für billige Drohungen, aber … Sieh das als Warnung. Händige Fortran das nächste Mal die verdammte Software aus und beende diesen Scheiß.«

Die Software ... Welche verdammte Software? »Ja«, sage ich.

»Gut.«

Wir sehen beide auf den Boden.

»Willst du deinen Hut zurück?«, frage ich schließlich, woraufhin er mich beinahe verwirrt ansieht. Es scheint einen Augenblick zu dauern, bis meine Frage zu ihm durchgedrungen ist.

»Nein«, sagt er. »Behalte ihn ruhig. In drei Tagen sehen wir uns wieder.«

Ich nicke. »Wo treffen wir uns?«

»Das Kasino«, antwortet er dann knapp.

Es herrscht noch einmal Stille und wir scheinen den richtigen Moment verpasst zu haben, uns zu verabschieden. Ich habe das Gefühl, dass er noch etwas sagen will, doch er bleibt still. Und sein Gesicht bleibt ruhig und kühl, aber auf diese kontrollierte Art, hinter der es immer zuckt und rauscht. Ich bin mir nicht ganz sicher, woran es liegt, aber ich bleibe immer eine Sekunde zu lang daran hängen.

Formlos

Ich fange an, meine Umwelt zu beobachten. Einzuordnen.

Sitze stundenlang auf dem Bett, versuche zu sehen, statt zu starren, versuche, das Ticken der Uhr zu hören, anstatt es zu zählen. Versuche zu denken, statt zu träumen.

Aber die Reichweite meiner Gedanken ist so begrenzt. Immer wieder scheitere ich daran, mir ein neues Gedankengebäude aufzubauen, schichte erst mühsam Formulierungen aufeinander, Bilder und Gedanken und versuche

zu verstehen. Gerate dann unweigerlich mit jedem Gedanken mehr an meine Grenzen, bis das Gebäude wieder
in sich zusammenstürzt und ich ganz am Anfang stehe.

Ich sitze wieder in meinem dämmrigen Raum, der mich
manchmal zu ersticken droht und starre gegen die Möbel-
stücke, gegen den kleinen, goldenen Ventilator und die
Zimmerpflanze und das Sofa und versuche, sie irgendwie
einzuordnen. Kratze meinen Kopf nach Anhaltspunkten
aus.

Warum bleibt meine Suche immer erfolglos?

Kapitel 10

Ich stehe noch lange an der Stelle, an der Glass mich zurückgelassen hat, die Arme fröstelnd um den Torso geschlungen und sehe in den dunstigen Straßennebel, mit dem seine Maschine und er verschmolzen sind.

Mir ist arschkalt. Während der Fahrt ist der Schweiß, den diese stickig-warme Hotellobby und die ganze verdammte Situation auf meine Haut getrieben haben, zu einem eisigen Film gefroren.

Ich blicke aufwärts, die dunkle Fassade hinauf. *Ein helles Köpfchen mit fauligen Füßen*, denke ich über die Stadt und stelle mir vor, wie das Gebäude irgendwo dort oben als heller, gläserner Turm an den Wolken leckt.

Ein Taxi bringt mich zurück zu den Fahrstühlen. Erst jetzt fange ich an, wirklich zu verarbeiten und das unruhige Klappern meiner Gedanken tritt unangenehm in den Vordergrund, während sich Gesprächsfetzen, Bilder, Gefühle und Fragen ineinander verhaken und die Mechanik meines Gehirns leise faucht

und zischt, ungehalten über meine Lage, meine Un-
wissenheit, meine unbeantworteten Fragen.

Zeit einige Dinge zu überdenken. Zeit für eine viel zu
heiße Dusche, eine ungesunde Anzahl an *Kodas*-Dosen
und eine Schlaftablette, wenn ich noch eine finden
kann.

Die Fahrstuhlhalle ist relativ leer, die Menschen gehen unauffällig ein und aus, mal verlässt ein Fahrstuhl dieses Stockwerk, dann kehrt ein anderer zurück. Mäntel und Schals fliegen an mir vorbei, während ich mich zwischen den Säulen hindurch auf
meinen eigenen Fahrstuhl zubewege.

Nur zum Einsteigen komme ich nicht mehr.

»Bleib stehen! Du kommst mit uns!« Eine Stimme
schräg von vorn. Gedämpft. Aber so nah, dass ich sofort weiß, dass ich gemeint bin.

Stocksteif bleibe ich stehen, starre mit weitem, ein-
gefrorenem Blick auf die Personen, die sich plötzlich
um mich herum gruppiert haben. Ganz unauffällig, als
würden sie zufällig so stehen, dabei ist mir genau bewusst, dass sie mich gerade eingekesselt haben.

Ich will schon meinen Schritt beschleunigen, einfach an ihnen vorbeihechten, in den sich gerade öffnenden Fahrstuhl springen und fliehen, doch eine der
Gestalten hält plötzlich eine Pistole in der Hand, den
Finger am Abzug.

Scheiße.

Ich sehe noch panisch nach rechts und links, suche
nach Blicken der anderen Leute, suche nach irgendjemandem, der mich aus dieser Situation retten kann.
Sinnloses Unterfangen.

»Mitkommen!«, sagt der Mann von schräg vorn. »Jetzt!« Ich kann sehen, wie sein Finger über den Abzug zuckt.

Noch bevor ich mich rühren kann, werde ich von den anderen vier zur Seite und in Richtung Ausgang gedrängt, bis ich plötzlich wieder auf der Straße lande. Werde weitergezogen.

Was wird das hier? Eine Entführung?

Mein Gehirn ist plötzlich in eine ziemlich ungünstige Starre gefallen, produziert nur noch Müll.

Ein paar Meter weiter wartet ein dampfendes Auto auf uns.

»Einsteigen!«, befiehlt man mir. Völlig neben mir, falle ich auf den Rücksitz des Wagens, zucke zusammen, als die Tür mit einem Knall neben mir zufällt.

Sofort setzt sich das Auto in Bewegung.

Was passiert hier? Ich kann nicht atmen. Kann nicht denken.

»Dachtest du, wir erkennen dich nicht?«, fragt man mich in diesem Moment. Es ist der Mann mit der Pistole. Angespannt sitzt er auf dem Beifahrersitz, die geladene Pistole im Schoß.

Scheiße, Scheiße, Scheiße, die bringen mich um.

Im Rückspiegel sehe ich einen Teil seiner weißen Maske und ein Auge, das dunkel dahinter verschwindet.

»Hm?«, macht der Mann, weil ich ihm nicht antworte. »Du bist nämlich leicht zu erkennen, Puppengesicht.«

Als der Wagen hält, hänge ich in meinem Sitz wie in Leichenstarre. Steif und rührungslos, noch in die letzte Position verdreht, in die mich eine scharfe Kurve geworfen hat.

Die Tür wird aufgerissen.

»Aussteigen!«

Ich stolpere blind aus dem Auto, meine Pupillen drehen einmal einen Kreis, von unten, nach links, nach oben, nach rechts.

Grauere, stumpfere Gebäude. Sehr industriell. Über mir ziehen dichte Eisenstreben ihre Bahnen zwischen den engen Häuserschluchten, Gitterroste bilden neue Ebenen, zu denen schmale Treppen hinaufführen.

Ein kalter Wind pfeift durch den Straßenkanal, kracht hallend gegen die Metallstreben und lose-rostigen Leitern; weht die dunklen Mäntel meiner Entführer auf. Ich lasse mich stumm von ihnen mit-ziehen. Das bedrohliche Glitzern der geladenen Pistole habe ich immer im Augenwinkel.

Die Treppe quietscht unter meinen Füßen, gibt ge-fährlich nach. Gezwungenermaßen steige ich trotz-dem weiter, erst auf die erste, dann die zweite, dann die dritte Ebene und verlasse damit auch den dichtes-ten Teil des Nebels, der sich am Boden angesammelt hat. Lasse mich ein paar Meter auf einem klapprigen Vorsprung an einer Hauswand entlang drängen, bis sie mich schließlich durch eine Tür schieben.

Der Raum dahinter braucht einen Moment, bis er sich unter seinen Lichtverhältnissen entblättert.

Ich kann nicht sagen, was er mal war. Vielleicht ein Büro. Oder ein Wohnzimmer. Oder eine Drogenküche. Die Decken sind so niedrig, dass ich Angst habe, vom schlingernden Ventilator enthauptet zu werden,. Die Wände sind fleckig und feucht, ein Tisch steht unmo-

tiviert schief im Raum, ein paar Stühle drum herum.
Sonst nichts.

Ich verknote meine verkrampften Finger und presse
die Lippen gegeneinander, damit sie nicht zittern.

*Sie bringen dich um. Jetzt bringen sie dich um. Du bist
tot. Tot, tot, tot ...*

»Cullinan!«

Ein schmaler Mann sitzt in angespannter Haltung
am Tisch, dreht eine Pistole, die neben ihm auf dem
Tisch liegt. »Wo warst du?«

Schweißperlen brechen durch meine Poren. Ich verdrehe die Augen nach dem Eingang, während irgendein naiv-verzweifelter Teil von mir bangend hofft,
dass einfach irgendwer auftaucht und mich aus meiner misslichen Lage befreit.

Diese Geschichte war doch bisher für mehrere Überraschungen gut. Leider für keine einzige Positive.

Der Mann hört auf, seine Pistole zu drehen und lässt
sie links liegen. Eine ganze Weile lang noch dreht sie
sich weiter und ich kann nicht aufhören, sie anzustarren.

»Wo hast du gesteckt, Cullinan?«, fragt der Mann
noch einmal. Sein Klang ist forsch und hart und
durchzogen von einer gereizten Anspannung.

Ich bin unfähig, zu antworten.

Wer sind diese Leute? Was wollen sie von mir? Oder
ihr? Was sage ich? Wie komme ich hier raus?

»Willst du mich verarschen?«, fragt der Mann noch
einmal lauter, mit Betonung auf jedem einzelnen
Wort. »Wo warst du?«

»Wir haben sie im Fahrstuhlzentrum aufgegriffen«, sagt ein Mann hinter mir. »Es war nicht schwer, sie zu fassen zu kriegen.«

»Wir hatten eine Vereinbarung«, sagt der Mann und beginnt wieder seine Pistole zu drehen.

Noch eine Vereinbarung? Großartig.

»Du solltest hier sein, vor *einer* Woche. Hast mir tausendmal erzählt, dass es da sein würde. Dass alles glattgehen würde. Wo. Warst. Du?« Er kotzt seine Wörter aus, als hätten sie ihm einen Kater verursacht. »Ich will die verdammte Software! Wo ist die verdammte Software?«

Es dauert anderthalb Sekunden bis ich realisiere: Sie wollen etwas von mir. Sie können mich nicht einfach umbringen. Nicht, solange sie nicht haben, was sie wollen. Sie müssen mich jetzt am Leben lassen.

Der Druck auf meiner Kehle lockert sich etwas, macht beinahe Platz für ein hysterisches Kichern.

Sie haben keine Wahl.

Ich sauge Luft in meine Lungen, während meine Gedanken zwischen meinen Schädelwänden hin- und herspringen. Setze ein schiefes Lächeln auf.

»Wo warst du, Cullinan?«, schreit der Mann.

»Ich ... Ich wollte ja hier sein«, bringe ich irgendwie hervor.

»Lass dein Geschwafel und deine dürftigen Erklärungen stecken, ich will die Software! Wo ist sie?«

Spricht er von der gleichen Software, von der auch Linux und Glass gesprochen haben?

»Also ...« Mein Gehirn arbeitet auf Hochtouren an irgendeiner plausiblen Lüge, mit der ich mich aus der

Affäre ziehen kann, während ich versuche, die Umstände zu interpretieren.

Software, Software, Software. Was ist mit dieser Software?

»Cache, ich glaube nicht, dass sie den Deal wirklich durchziehen wollte«, sagt einer der Männer, die um mich herumstehen. »Sie war doch schon wieder auf dem Weg nach Surface City. Ich glaube eher, sie wollte dich bescheißen und abhauen.« Die beiden Männer sehen mich an. Die Pistole dreht sich.

»Ich wollte niemanden bescheißen!«, verteidige ich mich atemlos. Ich drehe innerlich die Puzzleteile in meinem Kopf.

»Warum warst du dann nicht hier? Wie es vereinbart war?«

Das ist die Frage. Wo *ist* die echte Cullinan?

»Es gab Probleme mit den Masken«, bluffe ich. »Ich musste mich bedeckt halten.«

»Und du hast darauf gewartet, dass Deep City Fortran endlich von innen heraus auffrisst, oder wie?«, erwidert Cache in seinem explosiven Tonfall. »Weißt du, die Masken interessieren mich momentan einen Dreck. Und ich bezweifle stark, dass sie dir wirklich etwas anhaben können.«

Ich lange nach dem Puzzleteil. Das heißt, die Masken haben nichts damit zu tun?

Cache schweigt für einen Moment und atmet tief gegen seine Maske. Ich höre das Rauschen seines Atems.

»Ich frage dich jetzt also noch einmal: Wo ist das verdammte Programm, Cullinan?«

»Die Masken ...«, beginne ich wieder lange Ausflüchte, da springt er plötzlich auf und ist mit drei langen

Schritten einmal quer durch den Raum. Nur eine Sekunde später habe ich einen kalten Pistolenlauf an der Schläfe und seinen heißen Atem im Ohr, der zischend durch seine zusammengebissenen Zähne geht.

»Ich gehe auf dem Zahnfleisch, Cullinan«, presst er hervor. »Ich *brauche* dieses Programm. Jetzt. Ich war bereit, viele Risiken dafür einzugehen und du warst eines davon. Große Geschäfte hier unten sind nie lustig. Ich hatte schlaflose Nächte und eine ganze Menge Ärger am Hals. Und du hast mir immer gesagt, es würde alles wunderbar laufen. Darauf habe ich mich verdammt noch mal verlassen. Und wenn du mir diese verdammte Software jetzt nicht geben kannst ...« Mein Ohr fühlt sich ganz feucht an. »Ich weiß ja, Skrupellosigkeit kriegt man hier unten gratis dazu. Aber eines solltest du wissen ... Was diese Sache angeht, ist mit mir nicht zu spaßen. Gib mir die Software!«

Meine Augen drehen sich hin und her, genau wie meine Gedanken. Ich habe keine Software für ihn. Natürlich nicht. Ich kann ihm nichts geben. Aber da sitzt eine Pistole an meiner Schläfe und ich habe keine Zeit, alle Lösungsmöglichkeiten durchzugehen, deshalb nehme ich die Erste, die mir spontan in den Kopf schießt, bevor die Kugel es kann.

»Ich habe das Programm nicht mehr!«, rufe ich aus.

Und es scheppert.

Die Pistole ist ihm plötzlich aus der Hand gerutscht und zu Boden gefallen.

Ich zucke zusammen.

Einer von Caches Begleitern ist sofort zur Stelle und klaubt sie vom Boden auf. Richtet ihren Lauf wieder auf mich.

Der ganze Raum vibriert in stillem Entsetzen.

»Was heißt, du hast es nicht mehr?«, krächzt Cache. Er klingt, als hätte er sich an meiner Aussage verschluckt. Weicht schwankend ein Stück zurück.

»Ich hatte einen Systemcrash«, sage ich, die erste logische Sache, die mir spontan in den Kopf kommt. Reden. Reden, reden, reden. Reden, Java. »Als ich die letzten kleinen Änderungen vorgenommen habe. Absturz. Alles weg«, blubbere ich. »Nicht mehr zu rekonstruieren. Mindestens die Hälfte ist einfach im virtuellen Nichts verpufft, ich ... Ich muss sie neu schreiben, sonst ist die Software nicht funktionstüchtig.«

»Ein Systemcrash? Bei *Citrus Inc.*?« Ich weiß nicht, ob sich Caches Stimme gerade in einem Lachen oder Weinen verliert. »Das kannst du mir nicht erzählen!«

»Muss ich ja wohl«, sage ich und spüre, wie mir das Blut aus dem Gesicht wandert, während das seltsame, aufgesetzte Lächeln auf meinen Lippen gefriert. Blicke mit geweiteten Augen in den Lauf der Pistole, in dem ein schneller Tot auf mich wartet. Ein Fingerzucken entfernt. Eine kleine Bewegung ...

»Du verarschst mich«, knurrt Cache.

»Ich kann es ja wieder zurückbringen«, spucke ich ihnen vor die Füße. »Ich kriege es wieder zurück! Es ist alles organisiert. Ich ersetze die fehlenden Stücke. Dann bekommt ihr es. Sofort.«

Cache schnauft laut gegen seine Maske. Für einige unerträgliche Sekunden sagt er gar nichts. Atmet nur ein und aus und scheint die ganze Luft in diesem winzigen Raum zu verbrauchen. Mir wird schlecht.

»Ich bezahle einen ganzen Haufen Geld für dieses bisschen digitale DNA«, zischt er dann. »Für etwas Programmierungskunst, die deinen Leuten anscheinend einfach aus den Fingern fließt. Aber ich habe für meine Summe absolute Diskretion und Zuverlässigkeit verlangt! Was ist daraus geworden?«

»Die Umstände waren eben schlecht«, erwidere ich und spüre sogleich den Pistolenlauf wieder fest an meiner Schläfe. Biege den Kopf so weit wie möglich zurück, um Cache irgendwie zu entfliehen. Scheiße, scheiße, scheiße, wie komme ich hier raus? »Ich mache dir einen besseren Preis! Fünf Prozent!«

Dünnes Eis. Ich habe keine Ahnung, um was für Summen es hier geht, oder mit was hier gehandelt wird. Keine Ahnung, wovon ich hier rede. Aber ich will auch kein Blei in meinem Schädel.

»Fünf Prozent«, wiederholt Cache meine Worte.

Ich schlucke schwer.

»Lass dich nicht darauf ein, Cache!«, kommt es von einem seiner Begleiter. »Sie versucht, sich aus der Affäre zu ziehen.« Doch Cache winkt mit einem groben Handschlag ab.

»Scht«, sagt er und legt einen Finger an die wohlgeformten Maskenlippen. »Ich muss mich konzentrieren.«

Der Begleiter lässt sich nicht abbringen und macht einen Schritt in Caches Richtung. »Sollten wir ihr wirklich noch vertrauen?«, fragt er leise. »Ich meine ... Fünf Prozent hin oder her, hier geht es um eine große Sache. Sie hat sich schon einmal nicht an unsere

Deadline gehalten, was, wenn es noch einmal passiert?«

Cache sieht auf und durchbohrt den Mann mit seinem Blick. Die Sehnen an seinem Hals spannen sich, spielen unter seiner blassen Haut hin und her.

»Ganz richtig, hier geht es um eine große Sache«, erwidert er gepresst. »Für *mich* ist das eine riesige Sache. Die kann ich nicht aufgeben«, sagt er. »Erst recht nicht für Cullinans Launen oder vermeintliche Systemabstürze.«

»Natürlich können wir dieses Geschäft nicht einfach so fallen lassen«, sagt der Begleiter. »Nur wissen wir nicht, ob sie immer noch loyal ist. Das ist ein Risiko, hier unten steht immer viel auf dem Spiel. Wir könnten große Verluste ...« Er sieht in meine Richtung, scheint zu realisieren, dass er in meiner Gegenwart keine Strategien und Risiken ausplaudern will.

Cache knetet seine Finger. Ich habe das Gefühl, die Nervosität, die grenzenlose Anspannung riechen zu können.

»Sagen Sie mir, seit wann ist man auf der Silk Road loyal?«, fragt er düster.

»Ich sage ja nur, wir sollten noch einmal über alles beraten«, erwidert der Begleiter. »Bevor wir eine Entscheidung treffen.«

Cache zieht hörbar Luft durch die Zähne.

»Die Entscheidung ist bereits getroffen«, sagt er dann laut und mit Nachdruck. »Wie lange brauchst du, um das Programm wiederzubeschaffen?«

Ich atme hörbar auf. »Kann ich nicht genau sagen«, erwidere ich kratzig.

Glass wird mich in drei Tagen wieder zu den Masken bringen. In drei Tagen bekomme ich meine zweite Chance, meinen Plan auf die Reihe zu kriegen und hier rauszukommen. Und auch wenn ich noch keine Ahnung habe, wie ich das bewerkstelligen soll, sollte in drei Tagen alles gelaufen sein.

Das ist utopisch, krächzt eine Stimme in meinem Hinterkopf. Gleichzeitig schießen mir wieder Burgerladengerüche und Lower-City-Wohnungen durch den Kopf. Aber allen voran meine Timeline. Meine ewig an mir klebende Timeline.

»In einer Woche habe ich es!«, sage ich fest. »Das kann ich schaffen. Ich arbeite dran!«

Cache fährt sich mit der flachen Hand über das Maskengesicht, kommt mir dann wieder näher und beugt sich zu mir runter. Zum ersten Mal fällt wirklich Licht in die Augen seiner Maske und ich kann dahintersehen. In graubraune Augen, umzogen von den leichten Fältchen eines Menschen, der seit Jahren zu hart arbeitet, aber immer eisern gegen die körperlichen Konsequenzen ankämpft.

»Auf Loyalität kann ich scheißen«, sagt er. »Aber man wird nicht wie du, wenn man nicht Geld über alles andere stellt. Also hoffe ich, dass das auch weiterhin so ist. Dass du dich nicht verändert hast.«

»Es wird alles da sein«, sage ich fest.

»Ich will es hoffen«, erwidert Cache.

Sie setzen mich an irgendeiner schattigen Straßenkreuzung wieder aus, mit einer groben Richtung für die Subway und einer ganzen Reihe eisiger Drohungen.

Während ich durch die Kälte eile, den Kragen meines Mantels hochgezogen, die Hände um den zittrigen Körper geschlungen, schwanke ich innerlich zwischen hysterischer Panik und leisem Stolz über meine eigene Gerissenheit.

Ich fasse noch einmal zusammen, was ich mittlerweile weiß. Die ominöse Liga der Masken, Strippenzieher und Machtträger, ihnen voran ihr ominöser Anführer Fortran, haben eine Liste von Leuten gemacht, die sie der Reihe nach umbringen. Gleichzeitig haben sie Angst vor dieser Software, mit der Cullinan wohl auf dem hiesigen Schwarzmarkt handeln muss. Einen potentiellen Geschäftspartner habe ich wohl gerade kennengelernt.

Aus welchen Gründen auch immer, Cullinan hat den Menschen auf der Liste ihre Hilfe angeboten. Hat sie sozusagen die Seiten gewechselt? Kann man überhaupt von Seiten sprechen?

Die ganze Geschichte ist völlig verworren.

Endlich sehe ich in näherer Entfernung den Abgang zu einer Subway-Station aus Dunst und Dunkelheit ragen. Beschleunige meinen Schritt und laufe dabei an zwei dieser Video-Münztelefone vorbei, die hier unten vereinzelt herumstehen. Kurz ziehen sie meine Aufmerksamkeit auf sich.

Ich glaube, wenn mir jemand wirklich sagen könnte, was hier vor sich geht, dann Cullinan selbst. Was ist mit dieser Person passiert? Sie scheint spurlos verschwunden und niemand hat es bemerkt. Die Masken müssen weiter ihre Macht demonstrieren, Cache versucht mir anscheinend für Unsummen dieses Programm abzukaufen und Glass und seine Anhänger von Todeskandidaten bauen weiter auf ihre Hilfe. Diese Verwechslungsgeschichte funktioniert so gut, dass sie eigentlich schon *zu* gut funktioniert.

Es gibt nur eine Person, die anscheinend nicht darauf reingefallen ist. Eine Person, die mir damit eine verdammte Angst eingejagt hat. Und er hat mir seine Nummer gegeben.

Sie sitzt zusammengeknüllt irgendwo in einer Ecke meiner Hosentasche.

»Ich weiß, wer du bist, Java.«

Mittlerweile habe ich fast die Subway-Station erreicht. Das Schild, das sie ausweist, glimmt unmotiviert, durchdringt die Dunkelheit nur schwach. Wieder rollt ein kalter Luftzug durch die Straße, weht meine Jacke auf und ein Kribbeln über meine Wangen. Ich balle die Hände in meinen Taschen zu Fäusten und sehe die dunkle Treppe hinab in den leeren Subway-Schacht. Keine Menschenseele zu sehen.

Was jetzt, Java?, frage ich mich selbst. *Was ist der Plan?*

Ich habe jetzt noch ein zusätzliches Problem an der Backe und gerate langsam wirklich in Bedrängnis. Ich habe eigentlich keine Wahl ...

Mit einem Ruck drehe ich mich um, gehe mit schnellen Schritten in die Richtung, aus der ich eben gekommen bin, bis ich etwas außer Atem bei den Münztelefonen ankomme, die dort stehen und rostig dem Fortgang der Technologie trotzen. Sie fressen mit ihren erleuchteten Bildschirmen und glimmenden Telefonhörern die Dunkelheit.

Ich stelle mich unter eines der kleinen Dächer, dicht an die Telefonsäule. Über mir schwebt eine große

Kameralinse, die sich schnurrend in meine Richtung dreht, als ich langsam den Hörer abnehme.

Einen Moment lang wiege ich ihn noch in der Hand. Dann klemme ich ihn mir zwischen Ohr und Schulter, umfasse mit der freien Hand die Säule, lasse die andere über der holographischen Wählscheibe schweben, während mein Herz dumpf gegen das Angstgefühl anschlägt, das in meinem Magen vor sich hin schwelt.

Ich wähle seine Nummer.

Timelinelos

Das Licht tastet mit langen, weißbunten Fingern über den Tisch, kratzt an meinen Fingern, die gefaltet darauf liegen. Ich muss die Augen zusammenkneifen, so überwältigend ist die Helligkeit außerhalb meines Zimmers. Ein schwacher Schmerz pocht in meinem Hinterkopf, ein stärkerer sticht direkt hinter meinen Augäpfeln.

Tage und Tage sind vergangen, Linux hat mich endlich aus meinem Zimmer geholt und nun sitze ich hier. Stumm und überfordert und aufgewühlt.

Linux lehnt an der Küchentheke, die langen Beine überschlagen. Nippt gelassen an einer Tasse Tee. Lässt seinen Blick durch den Raum schweifen.

Seine statuenhafte Silhouette ist völlig überstrahlt, das Licht weicht seine Gesichtszüge auf, verschmilzt sie mit seinen Haaren und den spiegelnden Türen der Küchentheke. Und auch sonst fügt er sich ein bisschen zu nahtlos in den Raum, mit dem Hemd, das sich mit der riesigen Zimmerpflanze deckt und der cremeweißen Stoffhose, passend zum hellen Kücheninterieur.

Paradiser, *spukt es mir durch den Kopf, ohne dass mein Gehirn diesem Gedanken folgen könnte. Es ist eines dieser Wörter, die einfach auftauchen und mich in eine unerklärliche Unruhe versetzen, ohne dass es irgendwo hinpasst. Wie so viele Wörter einfach auftauchen und dabei eigentlich namenlos sind. Ich sammele sie, schiebe sie hin und her, wenn ich nicht schlafen kann; versuche sie zu entschlüsseln. Reiße Silbe für Silbe auseinander, setze sie neu zusammen, murmele den Klang in mein leeres Zimmer. Und manchmal lösen sie das Gefühl einer Erinnerung aus, ein verschwommenes, weit entferntes Kribbeln.*

Ich sehe Linux an und warte darauf, dass er irgendeine Art von Erklärung abgibt, doch er bleibt still und trinkt weiter seinen Tee. Hin und wieder zieht er die Augenbrauen hoch, als würde er sich über einen seiner Gedanken amüsieren, ansonsten bleibt sein Gesicht so glatt, wie die rasierte Haut auf meinem Kopf.

Ich denke darüber nach, selbst etwas zu sagen, ihm eine Frage zu stellen, doch mein Gehirn ist so beschäftigt damit, die Helligkeit und diesen Raum zu verarbeiten, dass ich kaum einen richtigen Satz formen kann.

Also sauge ich einfach stumm weiter Eindrücke auf. Mit zu Schlitzen zusammengekniffenen Augen und starrem Körper. Sammele Wörter, die sich zwischen meinen Gedanken materialisieren und versuche, sie in einen Kontext zu bringen.

Irgendwann schweift mein Blick weiter zur langen Fensterfront, die sich über die gesamte Rückwand des Raumes zieht. Sie fängt mein blasses Spiegelbild ein, umgeben von hellgrünen Zimmerpflanzen und den blühenden Orchideen. Linux, wie er seinen Tee trinkt. Und dahinter: die Stadt. Gläserne Wolkenkratzer, sandweiße Fassaden, ver-

chromte Wasserspeier, die im dunstigen Sonnenlicht baden und alles erstrahlt in unwirklicher Helligkeit. Ich traue mich nicht, richtig hinzusehen. Die riesigen Häuser, sie implizieren eine Welt, die ich völlig verloren habe.

Es ist ein beängstigendes Panorama und sobald ich mich länger darin verliere, sobald ich der Bahn folge, die manchmal zwischen den Fassaden auftaucht oder eines der weißleuchtenden Logos näher betrachte, habe ich das seltsame Gefühl zu fallen. Zwischen den Fassaden hindurch, als unkontrollierbarer, schleudernder Körper. Wie alles an mir vorbeirauscht und ich verschluckt werde von meiner absoluten Erinnerungsdunkelheit …

Krampfhaft richte ich meinen Blick wieder zurück zum Tisch. Starre angestrengt auf meine Hände und zähle meine Finger, als wollte ich mich aus einem Albtraum aufwecken.

Mir fällt die Brille auf, die etwa eine Unterarmlänge von mir entfernt auf dem Tisch liegt. Sie wirkt irgendwie fehlplatziert. Einige Sekunden lang betrachte ich sie eingängig.

»Setz sie auf.«

Ich zucke zusammen. Linux hat plötzlich den Kopf gehoben und sieht mich an. Der Tee dampft aus seiner Tasse und er lächelt schal dahinter.

»Wieso?«, frage ich verunsichert und er nickt zur Antwort in Richtung der Brille.

»Du wirst es sehen«, erwidert er und seine Augen blitzen.

Also setze ich sie auf.

Die Brille ist viel leichter, als sie aussieht und die Gläser so hauchdünn geschliffen, dass ich sie kaum wahrnehme.

»Und?«, fragt er. Ich zucke mit den Schultern. Linux lächelt, stellt dann plötzlich seinen Tee ab und kommt auf mich zu.

»Du musst sie einschalten«, sagt er leise lachend, tritt dann hinter mich und beugt sich ein wenig nach vorne. Legt seine Zeigefinger an die Brillenbügel, übt leichten Druck auf sie aus.

»Erschreck dich nicht.«

Aber ich erschrecke mich. Denn mit seinen Worten erwacht eine zweite Welt innerhalb des Raumes. Durchscheinende Bilder falten sich plötzlich auf, schieben sich vor die Realität, verzerren mein Sichtfeld. Ordnen alles neu. Flimmernde, helle Hologramme, willkürlich im Raum verteilt. Sie kleben auf dem Tisch unter meinen Fingern (35,6° C), an den Fenstern (Aktuelle Wetterlage: 3° C, sonnig), hängen an Linux (»Trinkt Tee«) und an den Pflanzen (Feuchtigkeit: 85%, Nettofotosynthese: 70.2 ng/h) und am Kühlschrank (»Iss noch einen Apfel für ausreichende Vitaminzufuhr!«).

Zahlen und Wörter und Grafiken und kleine Animationen und Bilder und Bilder und ... Meine Lippen formen tonlos Wörter, die ich lese, aber ich kann mich an nichts festhalten. Ich verliere den Boden unter den Füßen.

Der Raum hat seine Statik verloren und seinen Halt. Nichts sitzt mehr in festen Angeln, alles bewegt und verzerrt sich, verschwimmt, ordnet sich vor meinen Augen neu.

Ich kann die Eindrücke nicht mehr verarbeiten, sie sprudeln über, fluten meine Gedanken und ein heftiger Drehschwindel packt mich; der Raum scheint sich auszudehnen. Ein unerträgliches Stechen schießt zwischen meine Schädelwände, ich reiße meine Hände hoch, presse mir alle Finger gegen die Schläfen.

»Es tut weh«, wimmere ich zwischen knirschenden Zähnen und habe das Gefühl, vom Stuhl zu fallen. Der winzige Kosmos, den ich mir so mühevoll erschlossen habe schwankt unter dem Gewicht flimmernder Pixelströme. Und nichts ist mehr, was es mal war, nichts ist so, wie ich es die ganze Zeit gesehen habe, alles muss ich in einem ganz neuen Kontext sehen.

Timeline, Timeline, Timeline.

Selbst Linux ist nicht mehr nur noch er selbst, er scheint sich um das Hundertfache seiner selbst erweitert zu haben, von allen Seiten kommentiert. Sein Puls schlägt vor meinen Augen.

Timeline.

Mein Blick wandert wieder zu Linux, der, verfolgt von seinem neuen Schatten, durch den Raum streift und mich beobachtet. Mit jeder seiner Bewegungen folgt ihm das Gebilde aus Pixeln, ganz natürlich und fast unbemerkt. Verlässt ihn nie, lässt ihn nie aus den Augen. Löst sich nie auf.

Schließlich bleibt er stehen und starrt mich. Eine zittrige Nervosität liegt auf seinem Gesicht, als würde er jeden Moment die Kontrolle über seinen Ausdruck verlieren.

»Erinnerst du dich?«, fragt er mich ungeduldig. »Erinnerst du dich an irgendwas?«

Ich kann ihm nicht antworten. Ich sehe ihn gar nicht mehr richtig, ich sehe nur noch das, was um ihn herum passiert.

»Du bist gläsern«, flüstere ich stattdessen, mit weit aufgerissenen Augen und ohne eine leise Ahnung zu haben, was ich damit meine.

Kapitel 11

Erst dauert es Minuten, bis die Verbindung sich aufgebaut hat, dann rasselt ewig ein monotones Hupen durch die Leitung. Ich warte. Kaue auf meiner Unterlippe, im Versuch, diese absurde Paranoia zu ersticken und beobachte mich dabei selbst auf dem Bildschirm. Ich muss es nicht beschönigen, ich sehe ziemlich scheiße aus.

Das Hupen reißt ab. Eine Stimme meldet sich am anderen Ende der Leitung.

»Ja?«

Ein dunkles, rauschendes Bild erscheint da, wo ich mich eben noch selbst gesehen habe, ein schemenhaftes Gesicht taucht aus den entsättigten Pixeln.

»Linux?«, frage ich, gerade so laut, dass er mich hören kann.

Es folgt eine unangebracht lange Pause, in der sich die Qualität des Bildes gerade so verbessert, dass seine Gesichtszüge erkennbar werden, scharf und wangenknochig, von harten Schlagschatten aufgebrochen.

»Ich wusste, du würdest anrufen, Java«, sagt er dann, in fast theatralischem Tonfall und schraubt ein Lächeln in sein Gesicht.

»Hör zu«, sage ich hölzern. »Ich vertraue dir nicht. Das vorweg.« Er lacht leise auf. Ich rede einfach weiter. »Ich weiß nicht, was deine Intention bei der ganzen Sache war, aber ... Ich habe kein sonderlich großes Interesse daran, mich hier in irgendwelche verdrehten Geschäfte einzumischen. Ich bin aus eigenen Interessen hier.«

Ein weiteres Lachen scheppert durch die Leitung, geisterhaft zerrissen von der schlechten Verbindung.

»Das kann ich mir denken«, antwortet er. »Trotzdem hast du mich angerufen.«

»Richtig«, sage ich, innerlich schwankend.

»Warum?«

Lange Pause. Dann flüstere ich in den Hörer: »Woher weißt du, wer ich bin?«

»Ich wundere mich, dass du mir diese Frage stellst«, erwidert er. »Weißt du nicht, wer *ich* bin?« Ich schweige. Er lächelt. Sekunden vergehen. »Nun gut, ich will es dir nicht übelnehmen«, sagt er dann. »Aber du brauchst meine Hilfe, deshalb rufst du an.«

Er sagt das mit erschreckender Selbstsicherheit, unüberwindbar ehrlich, als wäre es ganz selbstverständlich, dass wir uns kennen. Aber ich hatte immer ein überdurchschnittlich gutes Gedächtnis für Menschen und Gesichter. Ein automatisierter Prozess, in dem mein Gehirn analysiert, katalogisiert und speichert, immer abrufbar, immer verlässlich. Dazu die Timelines. Und er hat nicht einmal ein Allerweltsgesicht, mit dem er hätte untergehen können, zusammengeschmolzen im Gesichter-Potpourri jener durchschnittlichen Menschen, die mein statusbesessenes Gehirn zu niedrig priorisiert. Nein, er ist wirklich widerlich schön, selbst von gräulichen Pixeln zerrissen; er hätte sich eingebrannt. Aber: keine Erinnerung, nicht mal eine blasse Ahnung.

Ich zwinge meine nervös zitternden Lippen zur Ruhe. Suche nach einer passenden Antwort.

»Ich mache dir einen Vorschlag«, kommt Linux mir zuvor. »Wir arrangieren ein kleines Treffen. Ganz entspannt. Nichts Großes, nichts Auffälliges. Nur ein netter Abend in einem netten Etablissement. Und wir unterhalten uns mal ein bisschen.« Die Art wie er das sagt, in diesem betont unverbindlichen Tonfall, könnte nicht fragwürdiger klingen. Aber wie auch immer, ich habe angerufen, theoretisch habe ich diesen Vorschlag gemacht. »*Wonderlights.* Das Restaurant. Morgen«, fährt er fort. »Deal?«

»Deal«, sage ich trocken.

Wann bekommt man schon mal die Chance, die Dummheit seines Lebens zu begehen?

»Wunderbar«, sagt Linux zufrieden. Er blickt direkt in seine Kamera und für ein paar Sekunden entsteht die Illusion, ich würde ihm tatsächlich in die Augen sehen – ein langer, flimmernder Blick. Dann reißt die Verbindung ab.

Ich bleibe zurück, monotones Hupen im Ohr und fühle mich plötzlich vollkommen ausgelaugt. Muss mich an der Telefonsäule abstützen, für den Moment überrollt von der Realität der Ereignisse.

Ich glaube, wenn ich nicht ich wäre, besessen, überfokussiert und absolut verzweifelt, wäre das der Moment des Zusammenbruchs. Stattdessen fühle ich mich nur leer, erschöpft, aber nicht wirklich überwältigt.

Das Paradies ist immer noch schlimmer.

Ich kehre nach Surface City zurück, überspannt und aufgerieben und versuche meine gereizten Nerven unter der Dusche mit viel zu heißem Wasser zu betäuben. Als ich schließlich aus der Dusche steige, ist mir trotz des viel zu heißen Wassers kalt. Ich sollte endlich die Heizung in der Wohnung aufdrehen, auch wenn ich mich dazu nie überwinden kann. Auf eine Art würde ich mir damit eingestehen, dass das hier tatsächlich mein Zuhause ist.

In der Küche hole ich mir eine Dose *Kodas* aus dem Kühlschrank, setze mich damit auf mein Bett und sehe in fast resignierter Erschöpfung meiner Timeline bei ihren Aktualisierungen zu. Eingewickelt in meine Lichterwelt.

Wann immer ich eine Notifikation bekomme, glimmt der Chip unter meiner Haut, über meinem Bett fluoreszieren die aus Neonröhren geformten Rosen, sprenkeln meine nackte Haut mit schlierigen Farbspektren in rot und grün. Und durch die bodentiefen Fenster des Zimmers blinken die Lichter der Stadt. Rauschen durch den winzigen Raum, spielen sich auf zu einem technicolorierten Regenbogen, fließen auf den kalten Fliesen zusammen und zerren an der Dunkelheit. Ich folge ihnen, die Zähne klebrig vom Energydrink, *DigiGlasses* auf der Nase und fühle mich wie ein sehr organischer Teil dieser absoluten Künstlichkeit. Im vollen Bewusstsein ihrer zerstörerischen

Kraft und all dem Schaden, den sie mir zugefügt hat – nichts wärmt mich besser.

Lückenlos

Ich sitze auf meinem Bett, mit dem Rücken an die Wand gelehnt, die Knie bis an die Brust gezogen und sehe in eine Welt, die eigentlich keine ist.

Mein kleiner, kahler Raum ist ein ganzes Universum geworden, vollgestopft mit Unverständlichkeiten, die sich schon wieder erneuern, bevor ich angefangen habe, sie mir zu erschließen. Ein ganzes Universum auf Pixelebene, leuchtend und dynamisch und beängstigend bedeutungsvoll.

Ich kann das Wetter abrufen, oder Linux Puls. Den Puls jedes Menschen, wenn ich will. Ich kann Orte zu mir holen, die physisch unerreichbar oder nur wenige Meter entfernt sind. Ich kann mit jedem kommunizieren oder mit niemandem und trotzdem alles über ihn wissen. Und nie bin ich mir ganz sicher, ob das, was ich da sehe eine Abbildung der Realität ist, eine Parallelwelt, beides oder pure Fiktion.

Ich weiß nicht, was außerhalb meiner beschränkten, erinnerungslosen Welt passiert, außerhalb dieser Räume, aber ich habe das Gefühl, es auch nicht wissen zu müssen, wenn ich mich nur auf diese Welt konzentriere, die die direkt in meinem Raum stattfinden kann,. Ich habe das Gefühl, dass es viel wichtiger für mich ist, dieses virtuelle, parallele Universum zu verstehen, bevor ich alles andere verstehe. Auch wenn ich nicht sagen kann, dass ich mich leichter zurechtfinde, dass sie es mir leichter macht. Es ist viel mehr diese unbeschreibliche Unruhe, die mich packt, wenn ich die Projektionen beobachte, das Kribbeln hinter meiner Stirn. Die plötzlichen Schweißausbrüche und das Herzrasen. Das Klopfen und Krachen und Pochen nie zuvor gedachter Wörter. Ich bin mir so sicher, dass das etwas bedeuten muss, dass etwas mein Unterbewusstsein so sehr berührt, dass es sich erinnert ... Es erinnert sich. Und vielleicht erinnere ich mich auch, wenn ich auf die richtigen Gedanken stoße.

Timeline. Das Wort hat einen fast metallischen Klang. Kommt mit einer starken Synästhesie, mit Farben und Klängen und berührt mich so viel stärker als jedes andere Wort. Timeline.

»Sie zeichnet dein ganzes Leben digital auf«, hat Linux gesagt und irgendwie war das absolut keine neue Information für mich. Ich weiß, was eine Timeline tut, ich habe nur eine Weile lang nicht daran gedacht ... Eine Timeline zeichnet alles auf. Jeden Schritt und jedes Wort eines Menschen. Misst seine Körperfunktionen und seine Blutwerte. Bestimmt Meilensteine und Ziele und die tägliche Stimmung. Verarbeitet alles zu einer anschaulichen Darstellung, für jeden zugänglich. So aufbereitet, dass ein vollständiges Bild entsteht. Ich weiß das alles.

Gleichzeitig kommt es mir so absurd vor. Die Vorstellung, dass ein Leben mit seinen Erinnerungen zweimal existieren kann, während ich gar nicht zu existieren scheine. Denn eines ist mir längst aufgefallen: Ich selbst habe keine Timeline. Keine Timeline und keine Erinnerungen.

»Na? Kehrst du auch noch mal in die Realität zurück?« Linux steht plötzlich mitten im Raum. Sanft lächelnd. Ich zucke zusammen, ziehe meinen Blick aus der virtuellen

Welt. Kurz tasten meine Augen über sein glattes Gesicht, versuchen, sich an die feste, greifbare Wirklichkeit zu anzupassen, bevor sie einfach wieder abrutschen. Fast reflexartig gleiten sie weiter zu seinem zweiten Schatten, der ihn umgibt.

Zuerst fängt mich immer der Puls. Dum, Dum, Dum. Ein gleichmäßiges Pulsieren, visualisiert durch sanfte, rötliche Wellen, als würden Steine ins Wasser fallen.

Das scheint der einzige Part der Timelines zu sein, der sich mir sofort erschließt.

Dann geht meine Aufmerksamkeit zu den Einträgen über, die sich meinem Sichtfeld perfekt anpassen. Grafiken bauen sich neu auf, Symbole erscheinen ... Ein lebendiges, dynamisches Wesen, immer im Neuaufbau, immer anders ...

Linux wartet noch einen Moment vergeblich auf meine Reaktion, dann setzt er sich sehr vorsichtig auf meine Bettkante. Er faltet die Hände im Schoß, betrachtet mich eingehend.

»Geht es dir besser?«, fragt er nach einer Weile.

Mein Blick driftet zurück in sein Gesicht. Ich schlucke hart.

Ich will bejahen, weil das stimmt. Es stimmt, weil ich weniger Schmerzen habe. Weil ich wieder schlafen kann und essen. Weil ich anfange, mich sicherer zu fühlen und lebendiger.

Aber dann brechen immer wieder all diese Wörter aus der glatten Oberfläche meiner Gedanken, die mit kratzigem Widerhall gegen meine Schädelwände krachen, Tag und Nacht, seit ich diese Brille aufgesetzt habe. Wörter, die mir keine Ruhe lassen. Ich bin so unglaublich aufgewühlt, fast aufgewühlter als nach meinem Erwachen ...

»Ich weiß nicht«, flüstere ich. »Ich dachte ...« Ich kneife die Augen zusammen, schlinge die Arme noch fester um meine angezogenen Beine. »Es ist verwirrend«, sage ich und tippe mir dabei mit zwei Fingern gegen die Brille auf meiner Nase.

Linux schürzt die Lippen. Er scheint sich eine gute Antwort überlegen zu wollen.

»Es kann eine überfordernde Welt sein«, sagt er dann. »Ich denke, jeder verliert dabei ein wenig den Überblick.«

Ich lasse meinen Kopf wieder gegen die Wand sinken. »Jeder«, murmele ich und kaue auf der Innenseite meiner Wange. Ein dumpfer Schmerz pocht hinter meinen Schläfen, ich fühle mich müde. »Jeder hat eine Timeline, außer mir.«

Es vergehen Sekunden, in denen ich das angespannte Schweigen einatme. Keine Antwort.

Plötzlich legt Linux eine Hand auf meine Finger. Es ist ein seltsames Gefühl, unerwartet und kühl und schmerzhaft elektrisierend. Ich zucke zurück. Drehe meinen Kopf in seine Richtung und sehe ihm in die Augen.

»Wenn du dich erinnerst, wird dir alles klar«, sagt er sanft. »Versprochen.«

»Werde ich mich erinnern?«, frage ich.

»Sicher. Sicher wirst du dich erinnern. Es ist so unfassbar wichtig, dass du dich erinnerst.«

Kapitel 12

WONDERLIGHTS – Café und Restaurant.

Der Schriftzug, der über dem Eingang unseres Treffpunkts hängt, verschmilzt aus vielen kleinen Glühbirnen, die ein etwas ungleichmäßiges, grüngoldenes Licht absondern. Darüber hinaus macht das Äußere des Etablissements keine weitere Aussage über sein Innenleben und ich frage mich ob ich ihm das *»Café und Restaurant«* wirklich glauben soll. Es könnte sich genauso gut um ein Bordell handeln.

Ich bleibe kurz stehen, vergrabe die Hände in meinen Manteltaschen und lasse das Bild auf mich wirken. Ignoriere das drückende Unwohlsein, das sich in meinem Bauchraum ausbreitet.

Das Problem ist nicht, dass ich nicht weiß, ob ich Linux trauen kann. Ich bin mir absolut sicher, dass ich das nicht kann. Wieso sollte man hier unten jemandem seine Hilfe anbieten, den man höchstens aus der Ferne kennt? Wieso sollte man sich in Selbstlosigkeit üben, wenn niemand deinen Namen damit in Verbindung bringen wird? Wieso sollte man sich einfach *unterhalten* wollen? Niemand will sich einfach *unterhalten.*

Das Problem ist, dass ich keine andere Lösung finde.

Meinen Hut tief ins Gesicht geschoben, Mantelkragen aufgestellt, trete ich durch die Tür und kneife vorsichtshalber die Augen zusammen. Meine Netzhäute haben in den letzten Tagen schon mehr durchgemacht, als ich ihnen zumuten will. Tatsächlich sind die Lichtverhältnisse im Inneren des Lokals aber eher schwummrig. Was sicher nicht am Fehlen von Lichtquellen liegt, denn auf den ersten Blick sieht es aus, als hätte jemand eine ganze Reihe von Sternen aus ihren Verankerungen gerissen und in diesen Raum gezwängt. Sie hängen jetzt an schwarzen Kabeln von der Decke, hunderte von nackten Glühbirnen, in beinahe unzählbarer Anzahl, von unterschiedlichen Farben, Formen, Größen, manchmal mit kaum einem Viertelmeter Abstand. Manche hängen auf Brust-, manche auf Kopfhöhe, manche berühren beinahe den Boden. Dazwischen sind die einzelnen Tische aufgestellt.

Atmosphärische, kühle Musik plätschert durch das lauwarme Lichterspektakel.

Es ist schwierig, zwischen all den Glühbirnen, dem Gestrüpp aus Glas, Licht und Kabeln, einen einzelnen Menschen zu erfassen. Ein paar Tische sind besetzt, doch die Personen verlieren in dieser Umgebung ihre Konturen. Trotzdem halte ich Ausschau nach Linux, während ich mir langsam meinen Weg bahne.

Das Erste, was ich von ihm sehe, ist sein Lächeln, das restliche Gesicht in Lichtschwaden zerflossen. Sein starres, aber äußerst gut geformtes Lächeln, wie vor dem Spiegel aus seinem Gesicht gemeißelt. Einzigartig. Und dabei ist es ist nicht die Form seiner Lippen oder die kleinen Fältchen in den Mundwinkeln oder seine Zähne in Porzellanoptik. Es ist die Art, wie sich der Rest seines Gesichts überhaupt nicht mitbewegt. Als wäre es Teil einer Fotomontage.

»Pünktlich auf die Minute«, sagt er, als ich endlich vollständig aus dem Glühbirnendickicht auftauche und streckt mir eine Hand entgegen. Sie steckt in einem samtschwarzen Handschuh, der fast so glatt ist wie sein Gesichtsausdruck. Ich nehme sie und quäle mir dabei ein entspanntes Lächeln auf die Lippen. Fühle mich paranoid. Beobachtet und berechnet.

»Setz dich!«, fordert er mich auf und fährt dann gleich fort. »Ein hübscher Ort, was? Ich habe ihn vor ein paar Wochen erst entdeckt und bin seitdem fast schon Stammgast geworden.« Er lacht auf und sieht mich dabei unbefangen an wie eine sehr alte Bekannte.

»Mmh.« Ich wünschte, er würde gleich zur Sache kommen. Die Situation fühlt sich sehr unecht an und sehr unberechenbar und damit kann ich nur schlecht umgehen. Normalerweise bin ich weder leicht zu beeindrucken noch leicht zu verarschen, aber meine Situation ist kompliziert genug, um sie ausnutzen zu können und er erinnert mich auf eine gruselige Art an mich selbst. Einstudiertes Lächeln, perfekt angepasste Stimmlage, Meister des Small Talks. Und ich schaffe es nicht, länger als fünf quälende Sekunden seinem wissenden Blick standzuhalten. Starre stattdessen auf die in Messing eingefasste Glühbirne, die aus der Mitte unseres Tisches ragt. Ein holographisches: »Was wollen Sie bestellen?«, kreist um ihren glimmenden Körper.

»Ich meine ... Hier unten bekommen die Orte wirklich Charisma«, plaudert er weiter. »*Charakter*. Ich glaube, manche Menschen kommen nur hier runter, um ihre verrückten Ideen umzusetzen. Ich meine, diese Dekoration muss man ...«

»Sollen wir auch noch übers Wetter reden?«, unterbreche ich ihn. Lasse meine Fingerspitzen unruhig über die Tischplatze tanzen.

»Es gibt keinen Grund zur Ungeduld«, erwidert er leicht pikiert und kräuselt seine Lippen. »Was möchtest du trinken?«

Ohne eine Antwort abzuwarten, greift er nach der Glühbirne, die aus der Mitte des Tisches ragt und dreht sie in ihrer Messingfassung um 180 Grad. Eine digitale Getränkekarte erscheint, die er schwungvoll einmal auf und ab scrollt. Sein Blick löst sich nicht von mir. »Einen *Search Engine* vielleicht? Den hauseigenen *Wonderlight*? Sehr zu empfehlen übrigens, sie nutzen Rosmarin, sehr subtil und -«

»Wasser«, unterbreche ich ihn. Ich werde mich sicher nicht abfüllen lassen. Linux grinst amüsiert, tätigt aber ohne ein weiteres Wort die Bestellung. Verschränkt dann seine Unterarme auf dem Tisch und lehnt sich noch ein Stück weiter nach vorn in meine Richtung.

Er sieht mich an wie ein Hologramm. Ich komme mir unter seinem Blick sehr zweidimensional vor. Sehr durchschaubar.

»Wie geht es dir, Java?«, fragt er sanft. »Ich weiß, dass du in letzter Zeit eine Menge durchgemacht hast.«

Ich starre ihn an. Sein Blick, diese Frage, der Small Talk ... seine ganze Körperhaltung wirkt so dermaßen ... deplatziert.

»Was soll das?«, frage ich. »Was willst du? Warum sind wir hier?«

»Ich will dich kennenlernen«, antwortet er.

»Ich dachte, du kennst mich.«

»Tue ich das?« Er hebt seine Augenbrauen und streicht sich mit den Fingerspitzen über seine Kehle. Eine gut platzierte Geste der Verletzlichkeit. »Daran zweifele ich.«

»Aber du hast mich erkannt.« Ich lehne mich in meinem Stuhl zurück und verschränke die Arme vor der Brust. Linux seufzt leise und tut es mir gleich. »Ich kenne dich nicht.«

Er kräuselt seine Lippen. »Ich dachte, ich wäre jemand, der in Erinnerung bleibt«, sagt er.

»Linux, ich *kenne* dich nicht! Habe dich noch nie gesehen, nicht mal flüchtig! Wenn du es so genau weißt, dann sag es mir – woher sollen wir uns kennen? Warum sind wir hier? Was willst du von mir?«

Er macht eine längere, dramatische Pause. Leckt sich über die Lippen. Richtet sich wieder auf, faltet die Hände vor sich auf dem Tisch.

»Du musst mir nichts vormachen«, sagt er dann und seine Stimme ist plötzlich etwas ernster geworden. »Ich bin mir sehr sicher zu wissen, warum du hier bist und ich glaube, dass du in Schwierigkeiten steckst. Du bist in Deep City. Warst auf dieser heillos absurden mit ziemlich riskanten Fragen. Und bist jetzt hier, mit mir, einer Person, der du offensichtlich nicht vertraust, auch wenn du mich nicht kennen willst, von voreiligen Schlüssen will ich jetzt gar nicht reden. Daher die eigentliche Frage dieses Abends: Was willst *du* hier?«

Und ich schlucke hart. Diese Hintergrundmusik macht mich wahnsinnig.

»Ich bin auf der Suche«, sage ich vage.

In diesem Moment und bevor er etwas erwidern kann, taucht ein etwa tischhoher Roboter in Blechdosen-Optik zwischen den Glühbirnen auf, serviert unsere Getränke und verbreitet dabei eine so lächerlich sentimentale Retro-Romantik, perfekt auf die ganze überbordende Ästhetik abgestimmt, dass ich mir schon wieder komplett verarscht vorkomme. Linux lächelt breit, nimmt die Gläser von seinem Tablett und stellt mir mein Wasser vor die Nase. Schwenkt dann kurz sein eigenes Glas in meine Richtung, kreiert damit als Höhepunkt der Absurdität einen kurzen Candle-Light-Dinner-Moment, zwanglos und redselig, nickt mir zu und trinkt einen Schluck.

»Ich glaube, ich kann dir helfen«, sagt er. »Bei deiner *Suche*.«

Meine Finger umklammern mein Glas etwas zu fest, meine Knöchel treten weiß hervor.

»Und was willst du für deine Hilfe?«

»Habe mich da noch nicht entschieden«, sagt er. »Nichts Großes. Die ein oder andere Information vielleicht, ich weiß nicht. Vielleicht kannst du mir auch bei einer Suche helfen.«

»Suche nach was?«

»Etwas Persönlichem«, erwidert er. »Aber mach dir darum keine Gedanken, dazu kommen wir später.« Schweigen. Wir sehen uns an. »Du hast Fragen, Java. Frag mich, was du willst.«

Ich drehe mein Wasserglas, schwebe noch ein paar Sekunden in einer selbst kreierten Pause. »Wonach suche ich denn?«, frage ich dann und hebe die Augenbrauen.

»Wir haben auf der Party noch darüber gesprochen«, erwidert er. Wartet auf meine Reaktion.

Ich gebe ihm keine.

»Die Software?«, sagt er dann, als müsste er mich an etwas ganz Selbstverständliches erinnern. »Danach suchst du.«

»Das habe ich nie behauptet«, erwidere ich.

Linux den Kopf schief. »Gut. Aber ich gehe mal davon aus, dass du trotzdem genau weißt, wovon ich spreche«, sagt er.

Dieser Moment ist längst verloren, er ist in Kontrolle. Und ich spüre ein unkontrolliertes Zucken an den Rändern meiner Augenlider, ein nervöses Flackern in meinen Augen und ich sehe Linux bruchsekundenschnelle Analyse. Seine scharf zuckenden Mundwinkel, die springenden Pupillen. Er weiß: Ich habe keine Ahnung.

Und sein überkontrolliertes Mienenspiel bricht wieder auf – in einer kurzen, präzisen Bewegung – und verzieht sich zu einem echten Ausdruck. Kaum erkennbar, aber da. Ein knappes Blinzeln zu viel, atemlos unüberlegt, während seine langen Finger in nervöser Emotion nach seinem Hemdsärmel zucken und unkontrolliert daran zupfen. Rutschen dann sofort wieder in Position.

»Hast du schon einmal was von Gedankentechnologie gehört?«, fragt er ruhig. Er sieht mir noch ein bisschen fester in die Augen als zuvor, wie auf der Suche nach einer Reaktion.

»Nein«, antworte ich starr.

Ein leichtes Beben erfasst Linux Brustkorb, wie ein tonloses Lachen. Er trinkt einen großen Schluck, schüttelt leicht den Kopf. Was auch immer er mir damit sagen will.

»Hast du je den Wunsch verspürt, deine Gedanken mit der ganzen Welt zu teilen?«, fragt er.

»Nein, nicht wirklich.« Ich verziehe das Gesicht.

»Aber anscheinend eine Menge andere Menschen«, erwidert Linux. »Die großen Konzerne stecken seit *Jahren* Unsummen in Projekte dieser Art. Und einem davon ist die Entwicklung einer funktionstüchtigen Technologie nun endlich gelungen. Hardware und Software, eine fertige digitale DNA, bereit, den Menschen implantiert zu werden. Das größte Update unserer Zeit.« Dramatischer Blick.

»Ein Update«, wiederhole ich und hebe die Augenbrauen.

»Es zeichnet Gedanken auf«, sagt er und lässt diese Aussage für einen Moment einfach im Raum stehen. »Bildet sie ab.«

Meine Reaktion darauf ist absurd. Ich habe seine Worte noch nicht ganz verarbeitet, da taucht schon ein Bild auf, eine ganz spontane Assoziation. Das Bild einer Timeline, tumorbefallen und wuchernd. Schwarze Blasen, die auf ihrer Oberfläche blubbern und ein dunkler, giftiger Sumpf, der alle gut platzierten Aktionen und Worte und Handlungen verschlingt. Heißkalter Schweiß bricht in meinem Gesicht aus, es schüttelt mich ein wenig.

Linux nimmt seelenruhig einen Schluck, ehe er fortfährt. »Gedanken aus deinem Kopf, direkt auf deine Timeline. Dein Innenleben als Liveübertragung.« Er legt den Kopf ein bisschen schräg und scheint wieder darauf zu warten, dass sich eine Reaktion in meinem Gesicht abzeichnet.

Ich zwinge einen Schluck Wasser runter.

»*Deshalb* herrscht hier dieses ... Chaos? Wegen dieser Software? Deshalb diese seltsame Liste?«, frage ich. Das Glas zittert in meiner Hand, mein Hals fühlt sich dicht an und mein Kopf irgendwie seltsam. Ich weiß nicht, was ich denken soll. »Ein Programm, das Gedanken liest und sie auf die Timelines überträgt?«

»Es ist noch so viel mehr« sagt Linux. »Es ermöglicht endlich die Gedankensteuerung, auf die wir schon so lange warten. Keine Bewegung mehr, nicht einmal ein Wimpernschlag um uns in unserer heiß geliebten virtuellen Parallelwelt zu bewegen. Es ermöglicht die schnellste je dagewesene Form von Kommunikation, die schnellste Verbreitung von Ideen, Wissen, Informationen ... Es ermöglicht eine Personifizierung von Werbung, wie sie nie dagewesen war. Es ermöglicht Selbstkontrolle und Selbstverbesserung. Wir wären beinahe digitalisiert. Es ist das nächste Level. Das nächste Level zur vollständigen Timeline. Das nächste Level zur gläsernen Stadt. Zum gläsernen Menschen.« Er macht eine kurze Pause. »Nichts wird mehr vergessen, Java.« Blinzelt. »Auch Deep City nicht.«

Da wird mir seine Erklärung eigentlich erst bewusst und somit ihr ganzer Umfang. Das Ausmaß und die Zusammenhänge. Sie sind da, ganz plötzlich und ganz verständlich und mir geht ein Licht auf. »Also stecken die Masken tatsächlich hinter der Geschichte mit der Liste.«

»Wer sonst? Die Masken hängen an ihrer Unterwelt«, sagt er. »Und will man es ihnen übelnehmen? Hier verdienen sie einen Haufen Geld. Ziehen die Fäden. Haben das bisschen Gestaltungsmacht, nach dem sich manche Menschen so sehen. Vor allem aber sind sie tragische Idealisten. Der festen Überzeugung, dass nichts unsere surrende, wachsende und niemals schlafende Stadt so im Lot halten kann wie Deep City. Dass sie uns retten. Vor uns selbst und unserer Natur.«

Ich drehe das vom Schwitzwasser feuchte Glas in meinen zittrigen Händen und sehe hindurch auf Linux' Maskenring, der sich unter meinem Blick durchs Wasser verzerrt. Speise die Informationen in das Uhrwerk meiner Gedanken ein und bin für einen kurzen Moment befangen von der Distanz, mit der Linux von der Stadt spricht. Scheine unter seinem Blick zu einem Zahnrad in seiner surrenden Vision von Hyalopolis zu verkommen. »Vermutlich haben sie recht«, fährt er fort. »Wenn ich mir hier unten so umsehe, wenn ich an die Massen von Menschen denke, die hierherkommen, um ihren düsteren Fantasien zu frönen. Und an die perfekten, sauberen Timelines ...« Er leckt sich über die Lippen. »Die Software ist gefährlich, Java, es bringt Deep Citys Existenz in Gefahr. Verstehst du?«

Ich schwitze unter seinem bohrenden Blick. »Weil sich die Leute auch oben an Deep City erinnern würden«, stelle ich fest, versuche ruhig zu klingen und trinke noch einen Schluck Wasser. Meine Stirn pulsiert. »Es wäre kein Geheimnis mehr. Nicht mal ein offenes.«

»Richtig. Wer wäre schon in der Lage, seine Erinnerungen vollständig in Deep City zu lassen? Nichts von all den schönen, düsteren Fantasien und dem ganzen Schweinkram, den sie hier so veranstalten, mitzunehmen? Die Timelines mögen hier unten keinen Empfang haben, aber sobald man zurückkommt und auch nur einen weiteren Gedanken an die Stadt unter der Stadt verschwendet ... Niemand ist zu so viel Selbstkontrolle fähig.« Er lächelt breit. »Uns beide eingeschlossen. Oder etwa nicht?«

Ich zucke mit den Schultern. Kämpfe gegen wuchernde Paranoia und dieses Bild, das in meinen Gedanken Wurzeln schlägt.

»Ein winziger Trigger«, fährt er fort, »und schon hast du Deep City auf deiner Timeline. Musik, ein Telefonklingeln, ein bestimmter Geruch ...«

Das Telefon schrillt. Es schrillt und ...

»Das habe ich schon verstanden«, erwidere ich unruhig. Stelle mein Glas ab und drehe es auf dem Tisch weiter, bis ich mich wieder dazu zwingen kann, meine Finger auf dem Tisch zu falten.

»Auf jeden Fall kannst du dir sicher sein, dass die Liga der Maske nicht glücklich über diese Entwicklung ist. Und wahrscheinlich bereit ist alles zu tun, um sie zu stoppen. Es soll einen Datenträger mit dem finalen

Prototyp der Software geben. Und den sollte vermutlich irgendjemand finden, bevor alles ... eskaliert.«

Wieder entsteht eine lange Pause. Ich bin noch nicht ganz bei den Konsequenzen für meine momentane Situation angekommen, kann noch nicht weiterdenken, bin gedanklich noch bei dieser grotesken Vorstellung ... »Das ist es, was die Leute wollen?«, frage ich, im Bewusstsein, dass meine Frage nicht in diese Situation passt. »Ihre Gedanken auf der Timeline? Wirklich?«

»Das Gleiche hätten wir uns vor ein paar Jahren über die Timelines an sich fragen können«, antwortet er und leert sein Glas.

Es entsteht eine sehr lange Pause. Im Rhythmus der Hintergrundmusik tippt sein Finger gegen sein Glas.

»Es ist verrückt, nicht wahr?«, sagt er dann plötzlich. »Ein paar Zeilen Code, ein bisschen Technik und schon steht eine ganze Stadt auf dem Kopf.« Er leckt sich über die Lippen. »Bist du dir weiterhin sicher, dass du finden willst, wonach du suchst?

»Du weißt nicht, wonach ich suche«, sage ich.

Linux lehnt sich in seinem Stuhl zurück, verschränkt die Arme vor der Brust. Seine Stimme verliert etwas an Glätte.

»Ich will es nur gesagt haben. Diese Software ist eine ... komplexe Sache. Denk daran, was Cullinan passiert ist. Dem größten Phantom Deep Citys. Dem Genie unserer Zeit.«

Ich sehe auf.

»Was ist denn mit Cullinan passiert?«, frage ich.

Linux kneift die Augen zusammen und wieder zuckt seine Unterlippe. Ganz leicht. Dann zuckt er mit den Schultern. »Ich weiß nicht. Ich kannte sie nicht.«

Für einen Moment glaube ich, dass er noch etwas sagen wird, doch er tut es nicht. Stattdessen greift er in seine Manteltasche, legt ein kleines metallenes Notizbuch vor sich auf den Tisch, schreibt in schnellen, winzigen Bewegungen etwas hinein und reißt die Seite heraus.

»Einer von Cullinans wichtigsten Arbeitsplätzen«, erklärt er. »Vielleicht kannst du dich ja dort ein bisschen umsehen. Für uns beide. Ich kann mich dort leider nicht blicken lassen.«

»Wieso?«, frage ich. »Was solltest du dort wollen?«

»Etwas, das mich interessiert«, sagt er.

»Und du hast keinen Zugang?«

»Jeder hat Zugang zu allem«, erwidert er. »Ich könnte dort natürlich einbrechen. Aber man kann es doch so viel leichter haben. Und wo du sowieso auf der Suche bist ...«

»Ich bin nicht ...«

Er legt einen Finger an seine Lippen und zwinkert mir zu. »Psch«, sagt er und lässt mich verstummen. »Du musst dir den Schlüssel zum Zimmer an der Rezeption abholen. Der Rezeptzionist wird ihn niemandem überlassen, der nicht nach Cullinan aussieht. Alles sehr sicher, sehr vertraulich.«

»Ich verstehe«, sage ich.

Ich starre einige Sekunden lang auf den Zettel, der vor mir liegt. Mein Gehirn arbeitet ins Leere.

Wahrscheinlich stürze ich mich direkt in die Scheiße. Vielleicht finde ich diese seltsame Software. Ich weiß es nicht. Ich weiß nichts.

»Ein Besuch dieses Ortes liegt doch in deinem Interesse?«, fragt Linux nach. »Oder?«

Ich reagiere nicht. Nehme nur den Zettel in die Hand, falte ihn zusammen und lasse ihn in meiner Manteltasche verschwinden.

»Was willst du haben?«, frage ich. Linux lächelt wieder. Es ist faszinierend, wie er es schafft, immer auf dieselbe Art die Mundwinkel hochzuziehen und diesen perfekten Schwung in sein Gesicht zu meißeln, ohne sein restliches Gesicht um einen einzigen Millimeter zu verändern.

»Ich wusste, dass wir hier eine Win-Win-Situation haben«, sagt er. »Ich suche nach einem roten Ordner. Mit der Aufschrift XX35. Kannst du den für mich finden?«

»Ich werde mein Bestes geben«, sage ich starr.

»Großartig.«

Grenzenlos

Ich bewege mich nun durch das ganze Haus. Durch die Flure und Salons und Küchen und großen Räume, mit hellen Möbeln und Orchideen und bodentiefen Kristallfenstern.

Das Wort Paradies gerät dabei immer wieder zwischen meine Gedanken. Ansonsten fehlen mir die Worte. Dafür, wie riesig es ist.

Dieses Mal bin ich einfach auf der Suche nach Linux. Ein stechender Kopfschmerz hat mich aus dem Schlaf gerissen, mir ist schwindelig, ein bisschen übel. Er soll mir irgendein Schmerzmittel geben. Soll nach den Narben sehen. Soll mir das Gefühl geben, dass ich nicht vollkommen allein bin.

Ich finde ihn schließlich im Wintergarten in einem blassgrünen Sessel, die Beine übereinandergeschlagen. Telefonierend. Verkrampft hält er einen cremefarbenen Hörer an sein Ohr, nestelt dabei mit nervösen Fingern am Stoff seines Jacketts.

Er bemerkt mich nicht.

»Ich werde wahnsinnig mit ihr.« Pause. »Nein, ich kann absolut nichts tun.« Pause. »Wie ich schon sagte, sie erinnert sich nicht. Überhaupt nicht. Nichts. Verstehst du? Nichts! Und ich kann sie auch nicht überfordern.« Pause. »Du hast sie ja nicht gesehen ... Sie sieht mich an wie ein Kleinkind, mit weit aufgerissenen Augen, es ist ... tragisch. Beängstigend. Kriegt keinen geraden Satz zusammen.« Pause. »Sie müssen ihr wirklich das Gehirn püriert haben.« Pause. »Nun ja, ich habe ihr DigiGlasses besorgt. Und sie ist ganz besessen davon. Ich glaube, die Netsciety berührt sie unterbewusst, sie ist sehr aufgewühlt seitdem. Verbringt Stunden damit, sich wahllos durch Accounts zu ...« Pause. »Ja, das ist seltsam. Sie scheint damit umgehen zu können, ganz intuitiv.« Pause. »Nein, ich werde ihr keine neue Timeline aufsetzen lassen. Nicht jetzt.« Pause. »Ich weiß nicht einmal, ob das noch funktioniert. Wie viel Zerstörung dieses Ding angerichtet hat.« Pause. Er beißt unruhig auf seiner Unterlippe herum.

Ich weiß nicht, ob ich wieder umkehren sollte. Ich habe das Gefühl, dass ich Linux nicht stören sollte. Dann wiederum weiß ich, dass er über mich spricht. Und ich will nicht gehen.

»Ich werde mir bald etwas Neues überlegen müssen«, sagt Linux. Kratzt mit den langen Fingernägeln über den Telefonhörer. »So kann es nicht weitergehen.« Seine Stimme gerät in ungewohntes Zittern, seine eigenen Wor-

te scheinen ihn plötzlich sehr mitzunehmen. »Ich muss wissen, verstehst du? Ich kann nicht einfach so weitermachen, ich ... Er ...«

In diesem Moment dreht er seinen Kopf in meine Richtung. Sieht mich, weitet seine Augen, lässt den Hörer kurz sinken. Dann reißt er ihn fast hektisch wieder an sein Ohr, spuckt viel zu schnelle, gedämpfte Worte hinein.

»Ich rufe dich später zurück, jaja, genau, bis dann.« Mit einem unangenehm lauten Scheppern befördert er den Hörer zurück in seine Halterung.

Ich stehe noch immer an derselben Stelle, steif und angespannt. Kalter Schweiß bricht auf meiner Stirn aus, ich fühle mich plötzlich schwach und zittrig, im Nachhall von Linux Gespräch. Ich weiß, dass er es weiß. Er weiß, was passiert ist. Er weiß, warum ich jetzt hier bin. Er weiß, wer ich bin.

Sekundenlang starren wir uns nur an. Linux' Augen sind leicht gerötet, zarte Flecken ziehen sich über seine hellen Wangen.

»Was ist mit mir passiert?«, frage ich.

Es vergehen Sekunden, in denen er sich nicht bewegt.

»Das kann ich dir nicht sagen«, meint er dann.

»Warum?«

Er windet sich unter meiner Frage. Seine Kiefer mahlen, seine geöffneten Lippen zittern unter dem Gewicht einer unausgesprochenen Antwort.

»Weil du dich erinnern musst«, erwidert er gequält. »Das kann ich dir nicht abnehmen.«

»Man hat mir meine Timeline genommen, nicht wahr?«, frage ich.

Linux blinzelt. Presst die Lippen aufeinander. Dann nickt er.

Ich gehe quer durch den Raum, ziehe einen der Hocker zu mir heran, lasse mich fallen und den Kopf in meine aufgestützten Arme sinken.

Wenige Momente später spüre ich Linux' Hand auf meiner Schulter. Sie wiegt schwer.

»Wie viele Menschen haben eine Timeline?«, frage ich, selbst wenn ich mir die Antwort selbst geben könnte.

»Fast alle«, erwidert Linux nach einer langen Pause.

Ich kaue auf der Innenseite meiner Wange, lasse seine Worte an meinen Hirnwindungen kratzen, bis sie sich ganz verzerrt und unwirklich anhören.

Dann hebe ich den Kopf, weite die Augen, sehe ihn an.

»Warum?«

Wieder öffnet er die Lippen, ringt um Worte. Seufzt schließlich leise. »Wer weiß das an diesem Punkt schon noch so genau?«

Kapitel 13

Das Taxi hält. Durch die von einem Regenfilm überzogenen Scheiben dringt grüngelbes Neonlicht und die verwaschene Silhouette eines belebten Straßenzuges.

Ich zahle, steige aus, trete klappernd auf den feuchten Asphalt und blicke an einem gigantischen Hotelgebäude hinauf, das sich mit graubrauner Fassade und zahnloser Unauffälligkeit weit aufwärts in die Dunkelheit schraubt.

Hier soll sie ein und ausgegangen sein. Meine ominöse Doppelgängerin. Es ist eine seltsame Vorstellung, beunruhigend und unglaubwürdig zugleich. Und ich traue der ganzen Sache nicht.

Ich debattiere noch einen Moment lang mit mir selbst, dann gebe ich mir einen Ruck. Kaum ist die Tür hinter mir zugefallen, sind auch alle Straßengeräusche plötzlich ausgeschlossen und es folgt eine bizarre Stille, nur gebrochen vom Surren eines Ventilators.

Ich bleibe stehen. Sehe mich um.

Die Lobby sieht weniger abgewrackt aus als vieles, was ich in Deep City bisher gesehen habe und strahlt beinahe eine eigenwillige Seriosität aus. Rot gemusterte Teppiche, goldene Ventilatoren, teilverspiegelte Wände, eine Rezeption, hinter der ein Mann an der Wand lehnt. In einer Sitzgruppe hängt eine schlafende Person, die Maske halb aus dem Gesicht gerutscht. Sonst sehe ich niemanden.

Ich verdrehe die Augen nach meiner Reflexion, halb verzerrt vom alten Spiegelglas, betrachte mein mühevoll kreiertes Deep-City-Ich mit Hut, schwarzer Maske und langem Mantel, sämtliche Strähnen des platinblonden Haarhelms sorgfältig verborgen.

Es fehlen nur ein paar wenige Veränderungen und ich werde wieder zu meiner Doppelgängerin.

Ich nehme mir den Hut ab und schüttele meine Haare zurück in ihre perfekte scheitellose Form, wie sie mich sonst in Surface City ständig begleiten. Mache mich auf den Weg zum Rezeptionstresen und zupfe dabei demonstrativ meinen Handschuh zurecht.

Nun wird der Mann plötzlich wach. Mit einem Ruck gewinnt seine Haltung wieder an Spannung, er drückt sich von der Wand ab. Sein Blick weicht nicht von mir, bis ich den Tresen erreicht habe.

Er verwechselt mich. Wie jeder andere hier unten auch.

»Meinen Schlüssel, bitte!«, sage ich beiläufig.

Der Mann macht einen nervösen Eindruck. Auch wenn sich sein Gesicht hinter einer Maske verbirgt, kann ich seine Hände deutlich zittern sehen, während er einen großen, sehr altmodischen Schlüssel von der

Wand nimmt. Bevor er ihn mir überreicht, hebt er kurz seine Linke. Nickt in Richtung meiner Hände.

Ich verstehe sofort. Mit zwei Fingern ziehe ich mir den Handschuh ab und wackele mit allen vierdreiviertel Fingern.

Er lässt den Schlüssel einfach auf den Tresen fallen. Kein Wort. Keine Chance auf ein kurzes Gespräch, wie ich es mir erhofft hatte.

»Danke«, sage ich schlicht und gehe mit dem Schlüssel in Richtung der Fahrstühle.

Ich fahre in den fünften Stock, steige aus, betrete einen kalt beleuchteten Flur und finde mich in einer wesentlich hellhörigeren Atmosphäre wieder, als in der Lobby. Lautes Stöhnen von irgendwo, undefinierbar in Kontext, vermischt sich mit aggressiver Musik aus einem anderen Zimmer, einem lauten Streitgespräch und dem weit entfernten Ringen einer Telefonklingel.

Das Telefon schrillt. Es schrillt und schrillt und ... Ich versuche, die Akustik zu ignorieren.

Zimmer 546 liegt weit am Ende des Flurs. Bevor ich aufschließe, sehe ich ein, zwei Mal hin und her und lehne mich gegen die Tür. Horche.

Stille.

Ich schließe auf. Das Schloss knackt, die Tür löst sich schwer und ruckhaft.

Der Gestank ewig stillstehender Luft schlägt mir entgegen, aufgestiegen von muffig-alten Wänden. Ich verziehe das Gesicht, vergrabe meine Nase im Ärmel meines Mantels, blinzele in die Dunkelheit. Nur vereinzelte bunte Lichtstrahlen zwängen sich durch die Schlitze der heruntergelassenen Jalousie, bilden feine

Streifen auf dem Teppich, schlagen vage Umrisse aus dem Interieur. Als ich das Licht einschalte erleuchtet eine einzige, kalte Lampe den Raum.

Bis auf seine obligatorische Nummer an der Tür wurde Zimmer 546 allem beraubt, was ein Hotelzimmer ausmacht. Es gibt kein Bett, keine Nachttische, kein Spiegel. Keine Bilder, keine Dekoration. Der Grund dafür bietet einen nahezu grotesken Anblick: Das ganze Zimmer ist vollgestopft mit Dokumenten. Realen, analogen Dokumenten. Ordner, Zettel, Ringbücher, zerknickte Kartons auf Hüfthöhe aufgeschichtet, stapelweise Mappen und Papier. Und inmitten des Chaos, fast wie ein ironischer Kommentar, thront ein knallrotes Telefon mit Wählscheibe, auf einem schlichten Metalltisch, dem – zusammen mit einem Schrank – einzigen Möbelstück, das man dem Raum gelassen hat. Es wirkt gekonnt fehlplatziert, wie eine ganz bewusste, falsche Entscheidung.

Ich sehe hin und her. Der Raum ist mir ungreifbar unheimlich. Ich weiß nicht, was es ist, aber er kommt mir falsch vor. Er stinkt nach gerade erst aufgeräumtem Chaos. Nach schnell zusammengeklaubter Ordnung, die ich diesem Ort nicht abkaufe. Als wäre er bis vor Kurzem noch vollkommen verwüstet gewesen und jemand hätte versucht, zumindest den Anschein zu erwecken, als wäre hier alles wie immer. Diese Papierberge aufgetürmt und die Ordner zusammengestopft, ohne einmal darüber nachzudenken, wie sie vorher einmal standen.

Ich gehe ein paar unentschlossene Schritte durch das Zimmer, horche auf Geräusche, linse einmal durch die Jalousie auf die Straße, die weit unten in einem neblig bunten Dunst verschwimmt. Weiß nicht, wo ich anfangen soll.

Der einzige Hinweis auf Lebendigkeit in dieser kahlgeräumten Dokumentenwüste fällt mir erst auf, als ich den Tisch umrunde. Über der Stuhllehne hängt eine dünne Decke. Sie fängt für ein paar Sekunden meine volle Aufmerksamkeit, gibt mir ein merkwürdiges Gefühl von Nähe zu der Person, die diesen Raum bewohnt hat. Kurz strecke ich meine Hände danach aus, verharre, lasse dann in einer unkontrollierten Bewegung meine Fingerkuppen über den Stoff fahren. Bekomme dieses verstörend angenehme Gefühl in die Privatsphäre einer anderen Person einzudringen. Zucke wieder zurück.

Werde noch im selben Moment fast zu Tode erschreckt.

»Sehr geehrter Gast des Zimmers 546, Sie haben seit sechsundzwanzig Tagen nicht mehr gezahlt.«

Ich zucke zusammen, mache einen Satz rückwärts. Ganzer Körper in Anspannung. Brauche eine halbe Sekunde, bis ich den Ursprung der metallischen Stimme ausgemacht habe. Fluche.

»Scheiße!«

Auf dem Tisch, knapp neben dem Telefon ist ein kleines Hologramm mit einer Warnung aufgeleuchtet. »Ihre Mahngebühr beträgt nun ...«

Reflexartig trete ich einmal gegen den Tisch, fluche noch einmal. Knirsche mit den Zähnen, wische mir den kalten Schweiß von der Stirn. Meine Hände zittern.

Was mache ich hier?

Ich drehe noch eine weitere, angespannte Runde durch den Raum. Dann beginne ich einfach wahllos damit, den Papierkram zu durchwühlen. Reiße Ordner aus ihren Stapeln und Papierstapel auseinander. Öffne Mappen, aus denen mir lose Zettel entgegenkommen. Hetze meine Augen über Notizen und Ausdrucke. Vieles ist in winziger, unleserlicher Handschrift geschrieben, die ich kaum entziffern kann. Ich habe nie gelernt Handschrift zu schreiben oder zu lesen, bin nur mit digitaler Schrift vertraut.

Bei den meisten Dokumenten scheint es sich um Rechnungen zu handeln oder provisorische Verträge – wofür auch immer. Manche davon sind unterschrieben, andere nicht. Und alles ist verschlüsselt in einer fast unüberschaubaren Masse aus Kürzeln und seltsamen Namen, endlosen Zahlenkolonnen und offensichtlichen Passwörtern. Und nirgendwo irgendein Hinweis auf diese Software.

In einer der Kisten finde ich hunderte Datenträger, lose hineingeworfen. Manche Ordner sind einfach vollgestopft mit leerem Papier. Es ist frustrierend und unüberschaubar.

Linux' Ordner habe ich dagegen recht schnell gefunden. Die meisten Ordner und Mappen, die hier vor sich hingammeln, sind schwarz oder grau. Ein roter Ordner war fast nicht zu übersehen. Ich blättere eine ganze Weile darin, doch sein Inhalt erscheint mir nicht verständlicher oder besonderer als der Rest des unüberschaubaren Chaos.

Nach ein paar Minuten höre ich auf, die ganzen Zettel richtig anzusehen. Ich will diese Software finden und meine Frustrationstoleranz ist aktuell eher gering.

Ich reiße den Schrank auf. Weiche sofort wieder zurück. Alle Zettel vergessen.

»O Gott!«

Kodas-Dosen. Hunderte *Kodas*-Dosen. Vermutlich ein ganzer Jahresvorrat. Ein halber für mich vielleicht. Sie füllen den gesamten Schrank, von oben bis unten. Nichts anderes.

Kodas. Ausgerechnet *Kodas*.

Ich beginne zu schwanken.

Es wirkt, als führte ich ein geheimes Doppelleben in Deep City. Die Frisur, der Finger, die Sucht nach chemischen Energydrinks …

Ich verfalle in eine sekundenlange Starre, glotze die eingeschweißten blauweißen Dosen an, ungläubig und überfordert.

Dann knalle ich die Schranktür einfach wieder zu, als hätte ich nichts gesehen. Bleibe kurz stehen und schließe die Augen. Öffne sie wieder. Schüttele mich.

Atme.

Ich drehe mich zweimal im Zimmer um die eigene Achse, gehe hin und her. Verschränke die Arme hinter dem Kopf. Die Papierberge um ich herum beginnen leicht zu verschwimmen, ich schwitze.

Ich flüchte mich in das winzige Badezimmer, nur um meine fruchtlose Suche dort einfach fortzusetzen.

Auf dem Waschbecken verrottet noch eine gammelige Zahnbürste, vertrocknete Zahnpasta sprenkelt den Spiegel. Ich reiße den schmierigen Duschvorhang beiseite, sehe in die völlig verdreckte Duschwanne. Haare kleben im Abfluss, Seifenreste ziehen sich in gelbweißen Streifen über das sonst rußig schwarz verfärbte Porzellan. Es sieht aus, als wäre hier etwas verbrannt worden. Genauso im Waschbecken. Ich hebe mit spitzen Fingern den Abfluss an und suche nach Überresten. Werde natürlich nicht fündig.

Öffne klappernd das kleine Schränkchen hinter den Spiegeltüren, gehe ein paar halbleere Creme- und Seifenflaschen durch. Vor allem aber Pillendosen. Unglaublich viele Pillendosen. Kleine Fläschchen, größere Plastikbehälter. Etikettiert mit kryptischen Labels und winzigen Schriftzügen, undefinierbar in Zweck und Herkunft. Manche leer, manche halb voll. Aufputschmittel? Schmerzmittel? Schlaftabletten? Psychopharmaka?

Ich drehe eins der gläsernen Fläschchen noch einen Moment in meiner Hand hin und her und dann – ohne zu wissen warum – folge ich einem unkontrollierten Reflex, schütte mir ein paar der Pillen in die Hand und lasse sie in meiner Hosentasche verschwinden. Lasse die Türen zufallen und verlasse das Bad.

Genau in diesem Moment und gerade als ich das Schlafzimmer wieder betreten habe, schneidet ein greller, vernichtender Ton die Stille. Es ist nur eine Sekunde, eine Sekunde lauten, aggressiven Schrillens, kaum einen Meter von mir entfernt.

Es ist das Telefon. Es klingelt. Und meine mühsam aufrechterhaltene angespannte Haltung beginnt plötzlich gefährlich zu schwanken.

Dieses Geräusch ...

Reflexhaft schlage ich mir die Hände gegen die Ohren, kneife die Augen zusammen. Gedanken schwankend. Erinnerungen lodernd.

Der Schweiß tropft aus jeder Pore. Meine Welt schwankt.

»Java, du musst hier sein.« Ich schwitze mich selbst aus. Bald bin ich nur noch eine Pfütze. Eine schwarze, ölige Pfütze. »Java, wo bist du?«

Ich gehe nicht ans Telefon. Ich kann nicht.

Vielleicht sieht irgendwann irgendjemand meine Gedanken. Vielleicht sieht mich irgendjemand irgendwann. Vielleicht versteht man dann ...

»Java, sie wollte dich erreichen! Warum hast du nicht ...?«

Das Telefon schrillt.

»Was hast du getan?«

Das Telefon schrillt.

»Wenn du gehst ... Wenn ...«

Das Telefon schrillt.

Und ich beuge mich über ihr Gesicht, zerplatzt und verquollen, jede Schönheit dahin.

»Ich weiß, es ist schwer, aber wir müssen wissen ...«

Das Telefon schrillt.

Das Telefon ...

Ich presse mir die Hände auf die Ohren. Kneife die Augen zusammen. Atme. Atme. Atme. Würge einen Panikanfall runter. Wenn ich mich nicht sofort beruhige, werde ich explodieren.

Ich bin hier, ich bin hier, ich bin hier.

Tränen verwässern meine Sicht, meine Umgebung ertrinkt. Mir ist schwindelig.

»Reiß dich zusammen!«, zische ich zu mir selbst. »Reiß dich endlich zusammen.«

Ich atme, atme, atme.

Reiße mich zusammen.

Mit zusammengepressten Zähnen laufe ich auf das Telefon zu, das noch immer nicht aufgehört hat zu läuten und starre es an, in der Überlegung einfach den Hörer abzunehmen. Es erscheint mir fast wie eine gute Option, doch ein unbestimmtes Gefühl hält mich davon ab, minutenlang, in denen ich schwitzend unter seinem Klingeln leide und es einfach ansehe. Vollkommen erstarrt. Bis es dann doch endlich aufhört.

Ich ziehe die Nase hoch. Fluche.

Ich bin hier, in diesem unheimlichen Hotelzimmer, mache mir vor Angst in die Hose, im Versuch nach der einzigen Möglichkeit zu greifen, die ich noch habe und finde nichts. Nichts.

Ich gebe meiner Anspannung nach, lasse mich gegen die Wand in meinem Rücken fallen, rutsche an ihr entlang auf den fleckigen Teppichboden.

Für den Moment gebe ich mich ganz meiner Verzweiflung hin.

Was tue ich hier?

Frustriert trete ich gegen den Tisch, bringe damit den Telefonhörer zum Wackeln.

Wie blöd bin ich eigentlich? Wie unglaublich idiotisch und naiv und besessen und verzweifelt bin ich?

Dabei ist das Schlimme, dass ich in meiner grenzenlosen Idiotie genau weiß, was ich mir antue. Ich kann es nur nicht stoppen. Ich kann mich nicht stoppen. Ich gehe lieber drauf, als meine Illusionen aufzugeben.

Aber so ist es. Ich bin beschissen in so ziemlich allem, außer darin, hübsch auszusehen und mich selbst zu zerstören.

In diesem Moment höre ich gedämpfte Stimmen vom Flur her. Sie reißen mich aus meiner Minute des

Selbstmitleids. Ich springe auf, klemme mir Linux'
Ordner unter den Arm und verschwinde.

Feiner Nieselregen sprüht mir ins Gesicht, während
ich durch die Straßen eile. Ich bin mir nicht mehr
ganz sicher, in welche Richtung ich laufe, bin irgendwie ziellos.

Ein paar Blöcke weiter finde ich eine Telefonstation.
Ohne wirklich darüber nachzudenken, steuere ich sie
an, klemme den roten Ordner mit meiner Schulter
gegen den Pfeiler, drücke mir den eisigen Hörer etwas
zu fest auf mein Ohr und wähle Linux' Nummer. Mein
heißer Atem dampft im bunten Gegenlicht.

Es hupt gefühlt minutenlang, dann meldet er sich
endlich.

»Ja?«

Ich erkläre mich nicht. »Wie genau sollte mir dieses
Hotelzimmer weiterhelfen? Kannst du mir das sagen?
Was genau sollte ich in diesem Chaos finden?« Meine
Stimme ist zittrig. Es ist mir tatsächlich egal. Ich brauche jemanden zum Reden, auch wenn er die denkbar
schlechteste Wahl ist. »Wenn du nur jemanden suchst,
der dir irgendwelche Dokumente beschaffen kann, die
dir nicht gehören, bist du bei mir an der falschen Adresse.«

Am anderen Ende der Leitung herrscht einen Moment lang Ruhe.

»Da waren tatsächlich noch Sachen in diesem Hotelzimmer?«, fragt Linux. »Nun ... Das überrascht mich.«

»Es *überrascht* dich? Wie schön! Warum war ich
dann da?«

»Ich habe dir eine Adresse gegeben, nicht mehr und
nicht weniger«, erwidert er. »Keine Versprechen.« Ich

kann ihn lächeln sehen, auf seine grässliche, beunruhigend perfekte Art.

»Und jetzt?«, frage ich. »Was soll das Ganze?«

»Geduld Java! Geduld, Geduld. Du ...«

»Geduld kann ich mir nicht leisten«, unterbreche ich ihn.

»Richtig. Es sterben Menschen.« Sehr dramatisch.

»Schön, dass dir das aufgefallen ist.«

»Aber darum geht es dir doch nicht, Java«, erwidert er und klingt überraschend resigniert. Damit bringt er mich für einen Moment zum Schweigen. Es vergehen Sekunden.

»Wo ist diese verdammte Software?«, frage ich ruhig.

»Glaubst du wirklich, Cullinan würde es jemandem so leicht machen? Selbst dir?« Linux lacht.

Das lässt mich stocken.

»Warum gerade mir?«, frage ich.

Linux geht nicht mehr darauf ein. »Du hast den Ordner, nicht wahr?«, fragt er.

Ich knirsche mit den Zähnen, überlege, noch weiter zu fragen und gebe dann einfach auf. »Soll ich ihn dir irgendwo hinterlegen?«, frage ich.

»Nein, nein, du kannst ihn mir gerne persönlich überbringen.«

»Kein Interesse, ehrlich gesagt«, antworte ich und weiß noch im selben Moment, dass ich ihn wiedersehen werde.

»Ich würde dich eigentlich wirklich gerne wiedersehen«, sagt er. »Ich glaube, wir könnten ein paar sehr interessante Gespräche führen.« Er macht eine kurze Pause, in der ich seinen Atem durch den Hörer rasseln höre. »Und ich bin mir ehrlich gesagt sehr sicher, dass du mich auch wiedersehen willst.«

»Gut. Wann und wo?«, frage ich unter zusammengebissenen Zähnen. Ich mache es ihm nicht schwer, mich zu manipulieren, wenn das sein Plan ist. Aber was ist die Alternative?

»Wir treffen uns im gleichen Lokal wie das letzte Mal«, sagt er. »Morgen. Neun Uhr abends. In Ordnung?«

»In Ordnung«, sage ich starr.

»Dann sind wir uns ja einig.«

Die Verbindung bricht ab und schickt ein lautes Tuten durch die Leitung. Aufgelegt.

Ich pfeffere den Hörer zurück in seine Halterung. Presse meine Zähne aufeinander, dass es quietscht.

»Ich hasse es!«, zische ich in den Wind, der mir unter den Mantel pfeift.

Während ich hier so in der Kälte stehe, zittrig und müde und paranoid, kommt mir der Moment, als ich heulend im Fahrstuhl saß, plötzlich sehr, sehr fern vor. Und meine Verzweiflung holt mich wieder ein.

Mit kalttauben Fingern krame ich in meiner Manteltasche nach dem Zettel mit den Telefonnummern. Ich bin mir nicht ganz sicher, was ich mir davon erhoffe. Noch mehr anonyme, undurchschaubare Menschen, deren Motivationen ich nicht greifen kann? Im besten Fall wohl eine neue Spur von ihr und dieser unheimlichen Software.

Ich wähle nacheinander jede der fünf Nummern. Alle fünf gehen ins Leere.

Was mir bleibt, ist weißes Rauschen in der Leitung.

Ich fühle mich verkatert und ausgelaugt, spreche kein müdes Wort, als ich mich auf nackten Füßen durch den Flur meiner Wohnung quäle. Werde dabei von meiner Erzieherin über meinen Lebensstil belehrt und versuche, sie auszublenden.

In den gläsernen Türen spiegelt sich meine Timeline und verursacht mir Schmerzen. Mein Schädel dröhnt von all den Gedanken und meinen Versuchen, sie dazu zu bringen, endlich das Maul zu halten.

Auf dem Weg zur Küche wird dann plötzlich eine Nachricht abgespielt und von überall her surrt eine mir wohlbekannte Stimme durch die Wohnung.

»Java. Ich bin es wieder.« Pause. »Ich hasse es, nicht persönlich mit dir sprechen zu können, aber du bist nicht erreichbar und ich mache mir Sorgen ... Es gefällt mir nicht, was ich in den letzten Tagen gesehen habe. Dein Umgang mit dir selbst, dein ... Schlafverhalten. Bitte denk daran, dass wir nur versuchen, dir zu helfen. Niemand will dir etwas Böses.«

Ich beiße mir auf die Lippe. »Nein, ihr wollt mich auf euren schönen Hochglanzbroschüren abdrucken«, murmele ich tonlos.

»Du musst das alles endlich in den Griff kriegen. Dich selbst. Was ich damit meine, ist ... Du kannst dir Hilfe suchen. Ich hoffe so sehr, dass du dir mittlerweile ein paar Gedanken um deine Zukunft gemacht hast. Wir machen uns große Sorgen um dich, aber das weiß du. Bitte ruf zurück.« Ende der Nachricht.

Ich könnte kotzen.

Können sie nicht aufhören so zu tun, als hätten sie noch Interesse an mir? Niemand in dieser Gesellschaft hat noch ein ernsthaftes Interesse daran, was aus mir wird. Es ist zum Schreien lächerlich. Entweder naiv oder unglaublich scheinheilig. Glauben sie wirklich, dass sie mir helfen können? Glauben sie wirklich, dass sie aus mir noch jemanden machen werden?

Sehen sie nicht, was los ist?

Währenddessen beginnt die Erziehungssoftware wieder auf mich einzureden. Ich antworte kein einziges Mal. Stattdessen lasse ich ihre Stimme nur dumpf auf mich einprasseln. Trinke zwei Dosen *Kodas*. Kaue auf einer bitteren Kopfschmerztablette herum. Dusche. Lege mich ins Bett.

Irgendwann verliere ich die Kontrolle über meine Gedanken, drifte über in schwammige Überlegungen und träge Verwirrung, an der Kante zu einem sehr unruhigen Schlaf. Die Brille noch auf der Nase, schließe ich meine Augen und lasse alles vor dem Inneren meiner Lider weiter flimmern. Surface Citys Informationenflut, Deep Citys unlösbare Strukturen. Farben, Gesichter, Erinnerungen.

Kurz bevor ich in den Zustand übertrete, in dem sich meine Wahrnehmung und mein Gehirn trennen, taucht Glass zwischen all den Gedanken auf. Er steht inmitten des Timelinerauschens, mit melancholischem Gesichtsausdruck und echten Emotionen. Und alles prallt einfach an ihm ab.

Wolkenlos

Im Netzwerk der Timelines scheint der Mensch Bedeutung zu bekommen, ein messbares Gewicht und zählbare Wer-

te. Alles programmiert und kreiert, weit fernab vom Zu-
fall.

Und es wirkt so schmerzlos. Man könnte vollkommen in ihr aufgehen, nur noch in dieser Parallelwelt leben, omnipräsent und digital und unberührt.

Kapitel 14

Kaum ein paar Stunden später kehre ich schon wieder zurück nach Deep City, mit der Überlegung vielleicht doch noch einmal in das Hotelzimmer zu gehen, mir die Dokumente genauer anzusehen, gründlicher zu suchen, bevor ich Linux wiedersehen muss.

Bei meiner Ankunft erlebt die zentrale Fahrstuhlhalle gerade eine Stoßzeit. Beinahe im Sekundentakt spucken die Fahrstühle die maskierten Gestalten aus, die sich, dunkel gekleidet und verhüllt, wie lebendige Schatten aus der gleißenden Helligkeit der Fahrstühle losreißen und in insektenhafter Geschäftigkeit in die niemals endende Nacht verschwinden.

Und mittendrin: Glass. Vollkommen unerwartet.

Ich bleibe ruckartig stehen.

Er ist umhüllt von grüngrauem Licht und dem Flackern der sich öffnenden und schließenden Türen, sein Körper zu einer dunstigen Silhouette zusammengeschmolzen, aber ich erkenne ihn unmittelbar.

Sofort weiß ich, dass es kein Zufall ist. Dass er auf mich wartet. Und dass das nichts Gutes bedeuten kann.

Das wohlbekannte Gefühl greller Panik flackert auf, treibt einen kalten Schweißausbruch auf meine Haut und ein nervöses Flattern unter meine Augenlider. Ich brauche doch eigentlich noch Zeit.

In diesem Moment kommt er schon auf mich zu. Seine Konturen gewinnen dabei wieder an Klarheit, bis wir kaum eine Armlänge voneinander entfernt stehen. Die ersten paar Sekunden wortlos.

»Ich habe auf dich gewartet«, sagt er dann.

»Das dachte ich mir«, erwidere ich stumpf.

Er sieht hin und her. »Ich muss allein mit dir sprechen. Die anderen sind ja sonst nicht abzuschütteln.«

Kurz sehen wir uns in die Augen, ein schneller, seltsam aufgeladener Blickwechsel und ich sehe, wie trüb sein Blick ist. Augenringe zweifelhaften Ausmaßes, er wirkt ewig übernächtigt. Unruhig. Überspannt. Und die Art wie er das sagt, macht mich nervös. Es klingt nach schlechten Nachrichten.

»Ist was passiert?«, frage ich.

Glass reibt seine Lippen aufeinander. Sein Blick geht hin und her.

»Am besten ... wir gehen ein Stück«, erwidert er.

Gemeinsam verlassen wir die Halle und hetzen dann im unruhigen Schatten der angrenzenden Lokale nebeneinander her.

»Ich hätte eigentlich nicht hierherkommen sollen«, sagt er nach einigen Minuten und spricht dabei so gedämpft, dass ich ihn unter der Akustik der Straße kaum verstehen kann. »Aber anders konnte ich dich nicht erreichen.«

»Ist es so dringend?«, frage ich.

»Sehr dringend.«

Wir verfallen wieder in angespanntes Schweigen, eine merkwürdige Energie zwischen uns, hitzig und seltsam, greifbar, aber nicht zu beschreiben. Sein Gesichtsausdruck wie unter großem Druck in Form gepresst, seine Haltung gespannt. Und immer wieder flimmert sein Blick über mich hinweg, als müsste er sich regelrecht bemühen wegzusehen.

Wir biegen ab in grauere, dunklere Nebenstraßen. Schmale, dunstige Häuserschluchten, in denen der rauchige Nebel alle Konturen frisst und die rauschende Flut von Eindrücken an Glanz verliert. Ich schlage den Kragen meines Mantels auf und ziehe den Kopf ein.

»Keine Sorge, ich bringe dich nachher wieder zurück«, sagt Glass und bläst seinen Rauch in die kalte Luft, ein wabernder Auslöser zuckender Erinnerungen.

Die Musik stürzt träge in den Raum, elegisch und überbordend. Schwitzende Tänzer und erhitzte Gesichter und ihr kalkuliert-ausgelassener Libellagroove.

Sie sitzt mittendrin. Seelenruhig. Qualmt feine Figuren in die Luft, blau und rot und violett ... Chemisch glimmend. Das einzige bisschen Farbe an ihr.

Und ich lehne im Türrahmen, den Blick nur auf sie gerichtet und kann das Gewicht ihrer Gedanken spüren. Ihre ganze Stille und bizarre Omnipräsenz, in absoluter Einsamkeit.

Ich habe Angst.

Ein Schuss zerreißt die Geräuschkulisse, verdunstet meine Erinnerung mitten im Augenblick. Ich zucke zusammen, blicke hastig über meine Schulter, doch ich kann schon nichts mehr sehen. Der Straßenzug wird verwischt von einer regengetränkten Windböe.

Glass legt den Kopf in den Nacken und saugt einen Schwall Luft ein.

»Irgendwann wird diese Stadt in sich zusammenstürzen«, sagt er mit ruhiger Resignation.

Dieser Satz löst irgendetwas in mir aus, berührt mich.

Fast will ich ihm widersprechen, will meine eigenen Illusionen verteidigen, doch was er sagt, klingt so real, als wäre es bereits geschehen. Und ich denke daran, wie verletzlich Hyalopolis eigentlich ist, die gläserne Stadt. Wie zerbrechlich.

Glass' scheinbar ziellose Hatz durch Deep Citys Straßen endet schließlich in einer schummrigen, muffigen Bar. Halb gefüllt mit zusammengesunkenen Gestalten, die auf ihren Hockern hängen und sich betrinken. Ein depressiver Ort. Allerdings nicht auf eine stilvolle Art. Ich muss Linux lassen, dass er wesentlich mehr Geschmack bei der Auswahl seiner Lokalitäten bewiesen hat.

Wir setzen uns an einen winzigen Ecktisch und Glass entfacht die nächste Zigarette. Er scheint sich kaum losreißen zu können von seinem falschen Qualm; ein Kettenraucher der Illusion.

Wofür die Zigaretten?, will ich fragen und lasse es.

Er lässt Dampf aus seinen Lippen aufsteigen und taucht sein müdes Gesicht in Farbe. »Ich stecke in Schwierigkeiten«, sagt er dann. Nimmt sich den Hut ab und damit jeden verbleibenden Schatten von seinem Gesicht. »Und ich würde das nicht sagen, wenn es nicht wirklich ernst wäre.«

Es folgt ein langer, ernster Blickwechsel und ich kann mir denken, was er eigentlich sagen will.

»Und du glaubst, dass ich dir helfen kann«, meine ich.

»Ja. Vermutlich bist du die Einzige.«

Ich werde noch etwas unruhiger. »Aha?«

Er ringt mit den Worten. »Es ist kompliziert«, sagt er. Der erbärmliche Anfang eines Erklärungsversuchs. »Diese ganze Sache ... es ist ziemlich verdreht. Wie ...«

In diesem Moment kommt ein kleiner Roboter angefahren, der unsere Bestellungen aufnehmen soll. Glass unterbricht.

»Willst du etwas trinken?«, fragt er schwach.

»Wasser«, antworte ich. Scheint mein Standardgetränk hier unten zu werden, was beinahe ironisch ist. Da bin ich in Deep City und vielleicht nicht besser, als die kaputten Gestalten in dieser Bar; verwehre die Möglichkeit, mich volllaufen zu lassen und einfach alles zu vergessen.

Wir geben unsere Bestellung auf, der Roboter verschwindet und Glass fährt fort.

»Wie du dir ja sicher denken kannst, habe ich einen, sagen wir, Kontaktmann zur Liga der Masken.« Die Zigarette in seinen Fingern zittert leicht. Er räuspert sich. »Übermittelt mir Informationen, hauptsächlich. Informationen über die Liste, über Maskenpartys ...« Er blinzelt. »Und so ungern ich irgendwas mit diesen Menschen zu tun habe, so ungern ich ihre gasmaskierten Fratzen sehe ...« Er holt Luft, knirscht mit den Zähnen. Seine Stirn pulsiert. »So sehr sind wir im Moment darauf angewiesen.«

»Verstehe«, erwidere ich. Sein Gesichtsausdruck gefällt mir nicht. Dieses ganze Thema gefällt mir nicht.

»Ohne einen Kontakt zu den Masken können wir uns unsere Bemühungen im Prinzip auch sparen«, fährt er fort. »Und ich meine ... Ich war immer sehr vorsichtig. Aber es war unmöglich zu verhindern, dass er Dinge über mich weiß.«

»Dinge?«

»Das kann ich nicht näher erklären. Ist kompliziert.«

Er verstummt und wir wechseln einen langen, bedeutungsvollen Blick.

»Er erpresst dich«, stelle ich fest.

Seine Kieferknochen mahlen, Venen pulsieren. »Das ging schon viel zu lange und er wusste viel zu viel über mich. Und jetzt hat er sich eben gegen mich gewendet. Spontane Entscheidung. Ist ja alles nur ein großer Spaß.« Er lässt sich in seinem Stuhl zurückfallen und sinkt ein Stück in sich zusammen. »Ich hätte es sicher voraussehen können, aber angesichts der Situation ... Ich hatte eben keine Wahl. Du *musst* mir helfen.« Seine kühle Stimme ist etwas brüchig geworden. Ich habe das Gefühl, einen seiner verletzlichsten Momente erwischt zu haben. »Die anderen werden ungeduldig. Verständlicherweise. Und ich verliere immer mehr Zeit. Sie werden sie alle ermorden, wenn sie können und ich kann es nicht mehr verhindern. Ich weiß, es ist unangebracht. Und ich wende mich ungern an dich. Glaub mir.«

Meine Fingerspitzen brennen, ich habe das Gefühl, meinen eigenen, stinkenden Angstschweiß riechen zu können. »Schön«, sage ich nach einer kurzen Pause. »Und wie soll ich dir helfen?«

»Du wirst mir eine Information geben. Eine Information über ihn. Nenn es ein dunkles Geheimnis oder eine Leiche im Keller. Es ist mir egal, was es ist, die Geheimhaltung muss ihm nur so wichtig sein, dass ein Tauschgeschäft zustande kommt. Verstehst du?«

Ich nicke. »Und du hast keine Kontakte, über die du an eine solche Information rankommst?«

»Nein. Deshalb musst du mir helfen. Und du wirst.« Er sieht mich an, mit hartem, drängendem Ausdruck. Seine Fingerspitzen reiben auf der Tischplatte.

Eine seltsame Müdigkeit erfasst mich plötzlich, beschwert meine Gedanken. Lässt mir die Situation unlösbar anstrengend vorkommen. Ich will nicht mehr.

Es vergehen Sekunden, in denen ich keine Antwort formulieren kann.

»Ich fürchte, ich kann nicht«, sage ich dann. Ein billiger Versuch, mich einfach so aus der Affäre zu ziehen. Und ich bin dabei vermutlich zum ersten Mal in dieser Geschichte absolut ehrlich.

»Dir bleibt keine andere Wahl«, knurrt er. »Wir haben einen Deal.«

»Das habe ich nicht vergessen«, erwidere ich.

Schweigen. Wir wechseln einen langen, geladenen Blick.

»Aber ich weiß nicht, wie ich dir helfen soll. Ich kenne diesen Menschen nicht. Ich kenne die Situation nicht.«

»Du wirst endlich diese Liste verschwinden lassen, wie du es versprochen hast. Du wirst diesem ... grotesken Albtraum ein Ende setzen. Und ich weiß, wie verzweifelt du bist. Du zeigst es mir nicht mehr, aber ich weiß es. Du bist zu mir gekommen, hast mich um eine neue Identität angefleht und wer ist heutzutage noch verzweifelt genug, um sein ganzes, sorgfältig errichtetes digitales Selbst aufzugeben? Einzutauschen? Gerade du.« Ich erzittere innerlich. »Wir haben nicht mehr viel Zeit. Verstehst du? Sie werden sie alle ermorden und das kann ich nicht zulassen.«

Sein Ausdruck, seine Stimme, seine Gestik, alles läuft über mit ungeschminkten, unvermittelten Emotionen, die allesamt über mich hereinbrechen. Hart und verzweifelt, aber mit vollkommen undurchsichtiger Motivation. Warum ist es ihm so ungemein wichtig, dass diese Menschen am Leben bleiben? Sie wirken nicht nur völlig unbedeutend im größeren Rahmen, sie wirken auch völlig unbedeutend für ihn. Soweit ich es überblicken konnte, war das Einzige, was diese armselige Gruppe zusammengebracht hat, die gemeinsame Todesangst und selbst die hat sie wohl nicht sonderlich geeint. Für ihn wäre es so viel leichter, einfach seine Kontakte zu nutzen und zu verschwinden. Sich nur um sich selbst zu kümmern.

Ich glaube nicht an das Gute im Menschen. Oder an echte Moral. Erst recht nicht, wenn man anscheinend niemals das Tageslicht sieht und sich als Identitätsdieb in dieser wahnsinnigen Unterstadt verdingt. Und trotzdem scheint es, als müsse er fast zwanghaft seine schützende Hand über diese kümmerlichen Gestalten halten. In der Zeit, in der ich mit ihm verbracht habe, hat er kein einziges Mal von seinem eigenen Leben gesprochen. Immer ging es um die anderen.

»Sag, warum fühlst du dich eigentlich so verantwortlich für diese Leute?«, frage ich. »Was sind sie wert? Was sind sie *dir* wert? Kennst du sie überhaupt? Ich würde von den meisten erwarten, dass sie für ein paar dahergelaufene Gesichter nicht so viel auf sich nehmen würden.«

»Du glaubst, dass du verstehst«, erwidert er eisig und nimmt einen langen, gequälten Schluck seines Drinks. Er sieht überhitzt aus und verzweifelt. »Aber du kannst denken was du willst, ich glaube nicht, dass du möchtest, dass ich einfach von der Bildfläche verschwinde. Ich glaube, das möchtest du wirklich nicht.«

Wir wechseln einen langen Blick. Er sieht mich an, mit zusammengezogenen Brauen und hartem Ausdruck. Und ich sehe zurück, sehe ihn an und dann – angespannt von unserem Konflikt und seltsam erschöpft – bricht plötzlich jeder klare Gedanke einfach ab, mein erschöpftes Gehirn sucht sich seine Ablenkung und ich bin unangemessen gefesselt von seinem Gesicht. Ich weiß nicht, was es ist, aber es fasziniert mich. Und für ein paar Sekunden kann ich an nichts anderes denken. Vielleicht, weil es nicht so glattpoliert ist wie mein eigenes. Es lebt von seinen kleinen Asymmetrien. Dem unperfekten Lippenbogen, den ungleich sitzenden Augen, den bewegten Brauen. Von seinen scharfen Wangenknochen, die im schummrigen Licht stark hervortreten und den Venen, die unter seiner von Sonnenentzug kalkweißen Haut hervortreten. Und es ist so belebt. Zuckt und bebt und geht mit jedem seiner Worte mit, ganz natürlich, ganz unkalkuliert. In dieser Sekunde kommt er mir vor wie ein zu stark bearbeitetes Kunstwerk, und so echt. Als hätte ich nie zuvor ein echtes Gesicht gesehen. Es pulsiert. Es brennt. Es lebt.

Ihr Gesicht ist so perfekt unvollkommen. Es fehlt an Symmetrie, es fehlt an perfekten Komponenten, es fehlt an computergenierter Schönheit. Und trotzdem scheint mir jeder Schwung und jede Kontur durchdacht. Ein chaotisch schöner Zufall.

Er reißt mich aus meinen Gedanken. »Du fühlst dich für die anderen sicher nicht verantwortlich und sicher auch nicht für mich. Aber ich erinnere mich an eine Person, die mich tief in der Nacht angerufen hat. Die ihre Stimme kaum zusammenhalten konnte. Ich hab's versaut«, ahmt er das Gespräch am Telefon nach. »Ich habe alles versaut. Bitte, du musst mir helfen. Bitte, bitte, bitte.« Für einen Moment fühle ich mich nackt und entblößt, als wäre es tatsächlich ich gewesen, die mit ihm gesprochen hat.

»Ich glaube nicht, dass du das versauen willst«, flüstert er.

Nein, das will ich sicher nicht.

In diesem Moment kommt der kleine Serviceroboter angefahren, der uns unsere Getränke bringt. Ich nehme unsere Gläser entgegen und stelle ihm seines vor die Nase. Er starrt es an, als wüsste er plötzlich nicht mehr, was es ist.

»Ich werde sehen, was ich tun kann«, sage ich und trinke einen Schluck.

Glass stößt einen leisen Seufzer aus, schließt die Augen, biegt die Schultern nach hinten und lässt den Kopf in den Nacken fallen. Das Licht prallt direkt auf sein Gesicht und seinen überstreckten Hals, tropft wie trübgelbe Farbe über seine Wangenknochen. Die feinen Adern an seiner Kehle treten leicht bläulich hervor, wie ein eigenes, kalt beleuchtetes Straßennetz. In mir pulsiert plötzlich das kurze, unterbewusste Verlangen, die einzelnen nachzuzeichnen, Wege nachzumalen ...

Es regnet etwas stärker, die Straße ist teerschwarz und bedeckt von Pfützen, in denen sich eine leicht verzerrte, zweite Lichterwelt abbildet.

Zum ersten Mal fällt mir auf, was für eine Wirkung der unmaskierte Glass in den Menschenmengen hat. Er ist wie ein Fremdkörper, der die Strukturen von Deep Citys Unterwelt für einen Moment aufbricht. Die selbstvergessenen, zur Leblosigkeit maskierten Menschen zucken aus ihrer Trance und starren ihn an. Meist mehrere ungenierte Sekunden lang, drehen sich noch nach ihm um oder recken den Kopf nach ihm. Und für die Sekunden, in denen sie ihn ansehen, weicht ihre traumgestaltartige Anmutung und sie wirken fast real auf mich. Deep City kommt mir plötzlich echter vor und damit auch irgendwie dreckiger, trostloser und vulgärer.

Glass scheint davon unberührt.

Mein Blick schweift weiter über die vielen modellierten Plastikgesichter, die uns entgegenkommen. Sie ziehen vorbei. Und ziehen und ziehen und ziehen ... Schmelzen beinahe zusammen zu einem einzigen Schatten.

Plötzlich bleibe ich hängen.

Langer schwarzer Mantel. Verspielte, goldene Maske. Künstlich schimmerndes blondes Haar.

Perfektes Lächeln.

Kurzschlussreaktion.

Ohne einen klaren Gedanken reiße ich zur Seite aus, springe hinter den Vorsprung einer Treppe, drücke mich gegen die Wand. Rasender Puls. Rasselnder Atem. Ich presse meine zittrigen Finger gegen meine Schläfen, ziehe Luft durch die Zähne.

Nur Sekunden später spüre ich Glass' Hand an meinem Oberarm, seine Schulter an meiner. Seine Fingerspitzen bohren sich in meinen Arm. Vor seinem Gesicht tanzen kleine Sterne.

»Was ist?«, zischt er. Ich antworte nicht.

Aus dem Schatten hinter dem Vorsprung sehe ich den Mann vorbeilaufen, den ich für Linux gehalten habe. Er ist es nicht. Natürlich.

Als hätte man mit einem Mal alle Luft aus mir gelassen, geben meine Beine nach und ich gleite zu Boden auf die fruchtnasse Straße. Mir ist plötzlich sehr kalt und eine unkontrollierbare Welle von Hysterie bäumt sich in mir auf.

»Ich werde verrückt«, spucke ich aus und beginne plötzlich leise zu lachen. »Ich werde wirklich verrückt.«

Der Moment ist absoluter Kontrollverlust, aber er fühlt sich gut an. In dieser Sekunde fühlt er sich gut an. Ist ein Ventil für meine Anspannung. Meine Verzweiflung. Die Absurdität meiner Situation. Ich lache und lache und lache, auch wenn ich gerade jede Glaubwürdigkeit und jedes bisschen Selbstachtung einfach aufgebe.

Gefühlte Minuten später sehe ich auf und Glass steht immer noch dort. Sieht zu mir herab. Unsere Blicke verschränken sich. Er blinzelt. Ich blinzele.

Auf Glass Gesicht legt sich – sehr blass – ein Lächeln. Kein Bitteres, kein Verzweifeltes, kein Flehendes.

Nur ein Lächeln.

Endlos

Das Seltsamste an den Timelines – unter einer Vielzahl von Dingen – ist, dass sie dich einem Menschen beim Sterben zusehen lassen.

Es sollte makaber sein, aber tatsächlich fasziniert es mich sehr. Ich erwische mich immer wieder dabei, Momente nachzuvollziehen, in dem der Puls eines Menschen verpufft ist, die Herzschlagfrequenz auf null fällt und die Animationen erstarren. Ein Moment, in dem das dynamische Netzwerk zur Ruhe kommt, bewegungslos und gebannt.

Und dabei geht nichts verloren. Kein Moment der digitalen Identität verblasst jemals. Keine Erinnerung. Es ist virtuelle Ewigkeit.

Es lässt mich hinterfragen. Muss ich meinem Leben diese Art von Unsterblichkeit einhauchen?

Manchmal wird es fast unerträglich, darüber nachzudenken. Was ist mit mir in dieser Welt, in der man unsterblich sein kann und unwirklich? Was war mein digitales Erbe? Wo ist es jetzt?

Ich bin noch am Leben, aber bin ich es wirklich?

Kapitel 15

Am Chaos in Cullinans Hotelzimmer hat sich nichts geändert und die Hotelrechnung ist noch immer unbezahlt. Nicht einmal das Hotel selbst scheint sich die Mühe machen zu wollen, mal aufzuräumen. Nachzusehen, ob nicht irgendjemand hier oben das Zeitliche gesegnet hat. Fast, als würde man sich tunlichst von diesem Zimmer fernhalten, egal wie lange nicht bezahlt wurde und egal in welchem Chaos es versinkt.

Ich drücke den Lichtschalter, die jämmerliche Funzel an der Decke flackert auf und das künstliche Licht gefriert den Raum in seiner chaotischen Starre. Lässt ihn in kalten Blautönen schwimmen.

Ich gehe ziellos in den Raum hinein. Fühle mich dabei beobachtet wie immer. Nur macht es mir dieses Mal seltsamerweise fast nichts mehr aus. Die Nervosität ist in mir erstarrt und meine Paranoia der neue Status quo.

Ich kicke mit der Fußspitze gegen einen der Papierstapel. Wo anfangen, wenn man eigentlich gerade erst aufgehört hat?

Im trübkalten Flackerlicht der verstaubten Lampe, die vermutlich besser dazu geeignet ist, einen epileptischen Anfall auszulösen, als den Raum zu beleuchten, sehe ich mich um.

Ich öffne den Schrank, in dem Cullinan ihren *Kodas*-Vorrat gelagert hat, starre die penibel aufgeschichteten Dosen ein paar Sekunden lang an und gebe dann irgendeinem irrationalen Reflex nach, der mich eine Dose greifen lässt. Lasse sie schnalzend aufbrechen, leise zischend und fauchend.

Dann wähle ich den erstbesten Papierstapel aus, setze mich mit überschlagenen Beinen auf den Boden und sehe mir das Ganze etwas genauer an.

Den Papierkram einer Unterweltschwarzmarkthändlerin.

Rechnungen. Kopien. Kalkulationen.

Namen, Logos, endlose Zahlenkolonnen.

Sie hat nur mit digitaler Ware gehandelt. Mit Software, Passwörtern, Updates, Codefragmenten. Konzepten und Ideen. Das meiste hat mit Timelines zu tun. Und unendlich viele Programme. Nur scheint keines davon mit Gedanken zusammenzuhängen.

Mit der Zeit fällt mir auf, dass ich wohl mehr Ahnung von den Dingen habe, mit denen Cullinan gehandelt hat, als ich dachte. Auf manchen Seiten finde ich Logos, von denen ich sämtliche zuordnen kann und die meisten Namen kommen mir sehr bekannt vor. Alles sehr kommerzieller, sehr sauberer Surface-City-Kram.

Und sie hat Unsummen damit verdient. Hunderte und Tausende von Zahlenkolonnen. Unüberschaubare Geldsummen, ganz belanglos auf Papier.

Mit all dem Geld … Was für eine Person war sie wohl? Und warum hätte sie das hinter sich lassen wollen? All die Möglichkeiten? Was hat sie mit dem Geld gemacht?

Ich schwenke die fast ausgetrunkene *Kodas*-Dose in einer Hand hin und her. Das zischende Gasgeräusch beruhigt meine innere Beklemmung ein wenig. Erinnert mich an die Zeiten, als ich mir noch sehr sicher war, irgendwann am Überkonsum eines künstlich synthetisierten Energydrinks zu sterben. Dann leere ich mein Getränk und sehe über das ganze Chaos hinweg, in den unterkühlten Raum, mit seinem epileptischen Licht.

Was ist passiert? Wo ist sie?

In diesem Moment klingelt wieder das Telefon.

Ich zucke zusammen, zu Tode erschrocken, springe reflexartig auf. Die leere *Kodas*-Dose, die ich mit dem Fuß erwische, rollt scheppernd über den Boden in eine andere Ecke.

Ein paar Lidschläge lang liefere ich mir einen stummen Kampf. Mit mir selbst, meinen Erinnerungen. Und mit dem schrillenden Objekt, das mir so seltsam bedrohlich und lebendig vorkommt. Dann schiebe ich mich angespannt durch den Raum, das rasselnde Telefon immer im Blick. Und könnte die Erleichterung auskotzen, als es endlich aufhört zu Bimmeln.

Ich hätte ans Telefon gehen sollen, warum bin ich nicht rangegangen, warum, warum, warum …

Mit großer Mühe würge ich den aufkeimenden Erinnerungsschwall runter, lasse ihn zurück in meine Eingeweide kriechen, als dumpfes, verdrängtes, parasitäres Gefühl, das an meinem Unterbewusstsein saugt.

Ich flüchte ins Badezimmer, öffne planlos den Schrank hinter dem Spiegel, klopfe gegen die Rückwand. Ruckele schließlich am ganzen Schrank, der sich tatsächlich einfach von der Wand lösen lässt. Ein kleiner Stoffbeutel fällt plump ins Waschbecken. Fast bin ich enttäuscht, als ich ihn mit spitzen Fingern öffne und nur Geld darin finde. Praktisch. Aber nicht das was ich suche. Ich stopfe den Inhalt in meine Manteltaschen, bevor ich die Kacheln der Badewanne untersuche. Sie sitzen fest.

Und schon wieder klingelt das Telefon. Schallt durch die dünnen Wände, kaum abgedämpft und breitet sich auf beklemmende, vibrierende Art in meinem ganzen Körper aus. Löscht sofort jeden klaren Gedanken.

Verdammt.

Ich sollte rangehen, sollte ...

Stattdessen halte ich die Luft an und presse mir die schwitzenden Finger gegen die Schläfen, bis es endlich wieder aufhört. Stoße die angehaltene Luft keuchend wieder aus.

Mit dem Fuß trete ich gegen die Badewanne, deren Fliesen sich knackend beschweren und breche schließlich verzweifelt auf dem Wannenrand in mich zusammen.

Mir ist schlecht. Und ich weiß nicht mehr, wo ich anfangen oder aufhören soll.

»Du wirst dir das nicht verzeihen, Java! Du wirst nie, nie ...«

Wieder geht das Telefon.

Zu meiner erinnerungsgeladenen Panik mischt sich plötzlich eine fast atemlose Aggression, sie reißt mich hoch, treibt mich mit pulsierenden Schläfen und wirr verschwommenen Blick wieder ins Zimmer und bis ich es erreicht habe, weiß ich nicht, ob ich das Ding zerstöre, oder einfach rangehe.

Ich gehe ran.

»Ja?«, belle ich in den Hörer, in meinem Kopf kein einziger klarer Gedanke.

Die Person am anderen Ende lässt noch im gleichen Moment, und bevor ich mich irgendwie sammeln kann, einen ganzen Wortschwall auf mich los.

»Scheiße. Wieso erreiche ich dich nicht?« Eine Frauenstimme. Sie zittert atemlos, findet Halt an keinem Wort. »Wo bist du so lange gewesen? Was läuft hier falsch? Kannst du mir das sagen? Ich versuche, seit *Tagen*, seit ... Ach, egal ... Ich habe so viel Scheiße am Hals, ich *ertrinke* fast darin und ich habe keine Kraft mehr. Ich kann nicht mehr, ich bin fertig. Hörst du? Ich will nichts mehr damit zu tun haben.« Die Stimme hat einen fast weinerlichen, gepressten Tonfall angenommen. Laut und unkontrolliert, ich muss den Hörer ein paar Zentimeter von meinem Ohr weghalten. »Verstehst du? Ich will *nichts* mehr von der Sache wissen. Ich will, dass du deinen ... Leuten, oder wem auch immer, sagst, dass ich raus bin. Es reicht jetzt.« Atem. »Hörst du mich?«

Ich halte reflexartig den Atem an. Ich versuche, eine Entscheidung über meine Reaktion zu treffen, bevor der Moment verpasst ist.

»Hallo? Hörst du mich?« Atem. »Hallo? Antworte!«

»Ich glaube, ich bin nicht die, mit der Sie eigentlich sprechen wollen«, sage ich. Der Hörer zittert in meiner Hand.

Stille. Es knistert in der Leitung.

»Was?«

»Ich bin nicht Cullinan«, sage ich. »Mit der wollen Sie doch sprechen, denke ich?«

Wieder gibt es eine kurze Pause. »Was ist ... Wie soll ich das verstehen? Wer ist da?«

»Hören Sie zu, ich habe das Gefühl, dass ich Ihnen helfen kann ...«

»Wer ist da? Wo ist sie?«, quietscht die Anruferin.

»Das weiß ich nicht. Aber vielleicht kann ich Ihnen helfen ...«

Es knackt. Es tutet. Aufgelegt.

Mein Herz sinkt.

Aber – ich habe die Situation noch gar nicht richtig verarbeitet – es klingelt wieder. Ohne zu zögern, fische ich nach dem Hörer.

»Ja?«

»Rufen Sie mich ein anderes Mal an!« Dieselbe Anruferin. Ihre Stimme ist leise, getrieben und atemlos. Ohne Pause beginnt sie mir eine Telefonnummer zu diktieren. Hektisch greife ich nach einem Kugelschreiber, der irgendwo unter dem Tisch auf dem Boden liegt, klemme mir den Hörer zwischen Ohr und Schulter und schreibe mir die Zahlen auf den Unterarm.

»Aber mit *Thoughtspace* habe ich nichts mehr zu tun, verstanden?«, zischt sie, noch bevor ich die letzte Nummer geschrieben habe. Dann legt sie auf.

Leblos

»Du verbringst viel Zeit in der NetSciety«, *sagt Linux.*
  »Nennt man das so?«
  »Ein bisschen albern, nicht?« Er lehnt sich über den Tisch hinweg in meine Richtung und lächelt.
  »Was denkst du, wenn du sie siehst? Die Timelines? Die Menschen? Was siehst du darin?«
  Ich sage lange nichts.
  »Manchmal sehe ich gar nichts mehr«, sage ich dann.

Kapitel 16

Stechende Morgensonne flutet das Zeppelincafé, lässt die hellen Böden aufleuchten und tunkt die ganze Stadt in buttrige Helligkeit.

Ich habe kurz darüber nachgedacht nach Hause zu gehen, mich hinzulegen, doch ich weiß, dass ich nicht werde schlafen können.

Vor mir steht ein Kaffee, den ich nicht trinken will und aus purem Trotz trotzdem bestellt habe. Will dieses schlecht aufgebrühte Stück Normalität gewaltsam an mich reißen.

Mit drückendem Unwohlsein betrachte ich die Stelle an meinem Arm, an der ich mit einem großen Pflaster die Telefonnummer der Anruferin abgeklebt habe. Denke an Cache und die Pistole an meiner Schläfe und die wenigen Tage, die ich habe, bis sein Ultimatum abläuft. An Glass und die Verzweiflung in seinen Augen. An Linux.

Nun trinke ich doch einen Schluck Kaffee, ignoriere jeden Anflug von Übelkeit und lasse meinen Blick haltlos über die Bilder der *NetSciety* schweifen, über die unwirkliche Stadt dahinter und über mein eigenes Gesicht, das sich in den Fenstern spiegelt.

Mein Gesicht ist der Anfang von allem. Der Grund, warum ich überhaupt mit dieser Welt in Berührung gekommen bin, die mich dann nicht mehr losgelassen hat. Vielleicht wäre ich zufrieden mit einem bescheidenen Leben, wenn ich diese Welt niemals kennengelernt hätte.

Meine Schönheit war immer mein einziges Talent, mein ganzes Kapital. Traurig, aber wahr. Auch wenn ich kein reicher Paradiser über den Dächern von Hyalopolis war, ich sah immer aus wie einer.

In der Zeit von käuflicher Schönheit, hat natürliche Schönheit eine Art von Magie, der man sich nicht widersetzen kann.

Früher haben sie mich auf diese repräsentativen Galas geschickt, auf jede einzelne. Stand da nur rum, stundenlang mit vom Make-up ersticktem Gesicht in blütenweißer Kluft, zusammen mit Stipendiums-Anwärtern, Künstlern und Jungwissenschaftlern, und war hübsch. Ich war nichts, hatte nichts zu sagen, aber ich war hübsch. Sonst ein Ärgernis, aber ein Attraktives.

Verschwende dein hübsches Gesicht nicht so, Java!

Die ganzen Galas, die ganzen gaffenden Blicke, ich erinnere mich an alles.

Es wird eine sehr wichtige neue Sponsorin unserer Einrichtung kommen, haben sie gesagt.

Und sie stand dann vor mir, ganz in schwarz. Die Augen ungefiltert auf jedem Punkt meines Körpers. Hat mich den ganzen Abend über beobachtet.

»Wie heißt du?«

»Java.«

Mein Moment von Aufstieg und Fall in einem.

Kaum drei Tage später steht sie vor meiner Tür.

Sie lächelt.

»Hallo, Java.«

Und wir wissen beide, was wir tun, jeder auf seine Weise.

Ich schließe die Augen.

Mein Gesicht war immer der Anfang. Und noch immer warte ich auf den Tag, an dem meine Haut schwarze Blasen wirft, an dem meine Hülle so dünn geworden ist, dass sie mein Inneres nicht mehr halten kann.

Vielleicht wird das irgendwann eine Software für mich erledigen.

Gedankenlos

Ich soll aufstehen, sagt Linux. Ich soll aufstehen.

Ich hänge noch in unruhigem Traumschlaf – Blick verschwommen – und versuche, mich zu orientieren. Mein Bett ist zerwühlt, ich sitze halb aufrecht an der Wand, meine Beine hängen aus dem Bett. Die Brille sitzt noch halb auf meiner Nase, ein seltsam verschobenes Abbild meiner digitalen Obsession flackert vor meinen Augen, wie der Nachhall meiner wirren Träume.

»Steh auf!«, wiederholt Linux unnachgiebig. Seine hohe Gestalt hat sich über meinem Bett aufgebaut, bedrohlich und unausweichlich. Er erschreckt mich. Sein Gesicht ist fleckig, Schweiß glänzt auf seinem Nasenrücken. Das

Haar hängt ihm in groben Locken in die Augen. Seine Mundwinkel zucken unkontrolliert unter seiner Anspannung, geben ihm einen beinahe wahnsinnigen Ausdruck.

Ich komme nur schwankend auf die Beine, kämpfe gegen den Drehschwindel.

Er bringt mich unter leisem Gemurmel in die Küche und setzt mich dort auf einen Stuhl.

Ich friere. Der Nachtschweiß erkaltet auf meiner Haut, mein T-Shirt klebt an meinem Körper. Ich ziehe die Beine bis unters Kinn, klemme sie hinter die Tischkante.

»An was erinnerst du dich?«, fragt er.

»Nichts.«

»Du musst dich an etwas erinnern«, sagt er.

Ich schüttele den Kopf. Fühle mich sehr klein und sehr hilflos.

»Bist du ehrlich zu mir?«, fragt Linux und er klingt wirr dabei. Unkontrolliert. »Weißt du, was du sagst? Sei ehrlich zu mir!«

Ich antworte nicht.

»Erinnerst du dich daran?«, fragt er und legt einen Gegenstand in die Mitte des Tisches, gibt ihm einen kleinen Schubs, sodass er über die Tischplatte hinweg in meine Richtung rutscht. Es ist ein Parfümflakon.

Mein Blick wandert kurz hin und her, zwischen Linux und diesem Fläschchen. Sein Blick verängstigt mich und ich kämpfe plötzlich gegen aufkeimende Übelkeit.

»Los, nimm ihn!«

Ich greife zögerlich über den Tisch hinweg nach dem kleinen Gläschen, wiege es in meiner Hand.

Ich kann nicht viel darin sehen. Es ist schlicht, fast minimalistisch. Glatt und dickwandig, bauchig geformt, ohne jede Verzierung. Leer.

Linux starrt mich an, die knirschenden Zähne gebleckt. Das schale, künstliche Licht der Deckenlampe lässt sie scharf aufleuchten und zieht brutale Kanten in sein weiches Gesicht. Lässt ihn fremd und bedrohlich aussehen.

Ich beginne, den Flakon in meiner Hand zu drehen, fahre mit den Fingern über das Glas. Stoße schließlich auf eine Unebenheit am Boden der Flasche. Ein kleiner Diamant ist dort eingraviert, kaum größer als meine Daumenkuppe. Ich streiche darüber, kneife die Augen zusammen. Ein unfertiger Gedanke kribbelt in meinem Hinterkopf, schwammig und verformt. Und – unbewusst, wie gezwungen von einem schnellen Reflex – halte ich mir die leere Flasche unter die Nase. Sauge Luft ein.

Die Flasche ist leer, aber ich habe plötzlich einen ganz widerlichen Geruch in der Nase und noch einen widerlicheren Geschmack im Mund. Süßlich und bitter wie der Nachgeschmack kurzer Nächte.

Plötzlich fallen all meine Gedanken in sich zusammen.

Kollaps.

Schwindel.

Herzrasen.

Meine Hände suchen panisch Halt, ich schnappe erfolglos nach Luft. Ich ersticke. Ich ersticke.

Die Wände im Raum scheinen sich zusammenzuziehen, die Luft wird dünn und schwer und ich bin wie gelähmt, meinem aufgebäumten Unterbewusstsein völlig ausgeliefert.

Linux packt mich an beiden Schultern, schüttelt mich. »Erinnerst du dich? An was erinnerst du dich?«

Ich erinnere mich. Ich erinnere mich, aber ich kann ... kann nicht ... ich kann nichts ... ich bin ... ich ... ich ...

Tränen.

Ich ersticke. Ich ersticke.

Es dauert ungezählte Minuten, bis ich mich wieder beruhigt habe. Linux sitzt mir die gesamte Zeit gegenüber. Stocksteif. Ich kann ihn nicht ansehen. Kann nichts sagen.

Dann steht er plötzlich auf und zieht mich in seine Arme. Mein Gesicht drückt gegen seinen warmen Brustkorb, sein Herzschlag schlägt sich dumpf in meine Gehörgänge.

»Es tut mir leid«, flüstert er so leise, dass ich es kaum hören kann. Seine Hände streichen über meinen Kopf, über meine Wangen. »Es tut mir leid.«

So stehen wir. Ewig.

Seine Nähe beruhigt mich, tröstet mich. Ich klammere meine Arme um seinen Körper, zupfe mit hektischen Fingern an seiner Kleidung, sauge seinen Geruch auf.

Ich weiß nicht, ob er es ist oder nur der Gedanke von menschlicher Nähe, nach dem ich, kalt und ausgezehrt, greife, bevor etwas in mir abstirbt.

Kapitel 17

Rauschende Lichter, pompöses Interieur. Das Kasino, in dem ich Glass und sein armseliges Anhängsel treffen soll, ist riesig. Es herrscht ausgelassene Stimmung.

Auf zwei Etagen knallen bunte Lichter gegen die glitzernden Körper nackter Tänzerinnen, Livemusik mit hart unterlegten Bässen hämmert gegen das Stimmengewirr an. An den hohen Decken klimpern Kronleuchter, die Tische sind samtig bezogen. Kein Vergleich zu den zwielichtigen Kaschemmen, in denen wir uns sonst aufgehalten haben.

Ich finde die traurige Versammlung an einem Stehtisch in der Nähe der Bar. Keine Begrüßung. Vala verzieht nur das Gesicht und zieht die schmal gezupften Augenbrauen hoch. Sie lehnt, mit einem Ellenbogen aufgestützt, am Tisch, neben ihr Chrome, steif und mit verschränkten Armen. Q steht etwas abseits an der Bar, guckt weltvergessen in Richtung Bühne und scheint mich kaum zu bemerken. Zwischen ihnen steht Glass, unbewegt, mit angespannten Gesicht und wirkt eindimensional wie ein Hologramm.

Wir wechseln einen langen Blick. Es löst ein seltsames Gefühl in mir aus, ihn zu sehen. Ein bisschen elektrisierend, ein bisschen verschwommen. Und er schweigt. Also schweige ich zurück.

»Wo hast du Pin gelassen?«, fragt Vala.

Erst jetzt fällt mir ihr Fehlen auf, so wenig interessiert es mich.

»Keine Ahnung.«

Vala sieht mich finster an. Mein Blick bleibt an einem kleinen verschmierten Fleck Rot unter ihren glänzend geschminkten Lippen hängen. Er stört mich. »Ist dir klar, was das bedeuten kann?«

»Wir machen uns Sorgen«, unterbricht Chrome sie. »Wir waren hier verabredet und sie ist nicht aufgetaucht.«

»Vielleicht ist sie zu spät?«, erwidere ich. Pins Verbleib ist beileibe mein geringstes Problem.

»Du weißt nicht, wer die Nächste auf der Liste ist?«, fragt Vala.

Eurer rührenden Sorge nach zu urteilen, Pin wahrscheinlich.

»Nein.«

Vala stöhnt auf, wirft ihren Kopf in den Nacken. »Das kann doch nicht wahr sein! Was machen wir hier überhaupt? Sie macht Versprechungen, sie sagt, sie könne den Deal einhalten. Und jetzt stehen wir wieder hier. Ich kann ihre maskierte Fresse nicht mehr sehen.«

»Ihr braucht mich«, werfe ich ein und kämpfe mit einem überzeugenden Tonfall.

»Nicht mehr lange ... Wenn es so weitergeht.« Vala formt mit ihren Fingern eine Pistole und setzt sie sich an die Schläfe. »Puff«, macht sie und sendet damit einen kleinen Stromstoß durch meinen Körper. »Puff, puff.«

Meine Hände schwitzen. »Geduld, Geduld. Gebt mir nur noch ein bisschen Zeit.«

Vala lacht hysterisch auf.

»Sie hat recht«, sagt Glass plötzlich. »Wir brauchen sie. Ihr könnt ihr glauben oder nicht, das spielt zu diesem Zeitpunkt keine Rolle.« Wir wechseln einen langen Blick. Sein Gesicht ist düster. Er hält die Arme dicht vor dem Körper verschränkt, als müsse er seine verbliebenen Prinzipien zusammenhalten. Ich weiß nicht, ob ich mich in seiner Gegenwart stärker oder schwächer fühlen soll.

Valas Kiefer mahlen. Sie sieht hin und her, zwischen Glass und mir und sieht beängstigend aus mit dem verschmierten Make-up, den starren, festgekleisterten Haaren und den Resten Glitzer unter ihren verquollenen Augen. Sie sieht aus wie jemand, der bald nichts mehr zu verlieren hat.

»In deiner Welt ist es vielleicht alles ganz lustig«, zischt sie unter zusammengebissenen Zähnen. »Ein schönes Spiel, ein nette Ablenkung. Ich kann dir sagen ... Ich habe drei Geschwister zu Hause, in einer Wohnung, in der es nicht viel heller wird als hier. Die können sich meinen Tod nicht leisten, im wahrsten Sinne des Wortes. Ich arbeite mich tot, oben und hier unten, damit wir unsere Wohnung weiter bezahlen können. Ich habe Schulden. Bei Leuten hier, die keine Skrupel kennen. Wir müssen uns irgendwie ernähren. In

Surface City guckt uns niemand mit dem Arsch an. Für meine Geschwister kann ich mir keinen Timelinevertrag leisten, also hält man sie für Kriminelle. Ich habe allen Müll am Hacken, den du dir vorstellen kannst und vielleicht bin ich bald auch tot. Ich weiß nicht, womit ich das verdient habe. Das Leben hat mir nichts geschenkt und jetzt trachtet mir auch noch jemand danach. Ich weiß, dass Deep City ein widerliches Drecksloch ist und am schlimmsten seid ihr: stinkendreiche, gelangweilte, Timelinebesessene Paradiser.« Ihre Stimme vibriert. »Ich weiß nicht, wo du in dieser Geschichte drinsteckst, wer du bist, oder was du machst, aber sag deinen kranken Leuten endlich, dass sie uns in Ruhe lassen sollen. Sie reißen mehr in den Abgrund, als ein paar anonyme Stripper und Junkies.«

Wäre ich ein besserer Mensch oder weniger egoistisch, hätte sie mir vielleicht sogar leidgetan. Aber mir hat das Leben auch nichts geschenkt.

»Ich tue mein Bestes«, sage ich kühl und kneife die Augen zusammen.

»Ist mir bisher noch nicht aufgefallen«, erwidert sie. Sie ballt ihre Hände zu Fäusten, fletscht die gebleichten Zähne. »Wirklich, du hast keine Ahnung, was es heißt, hier nicht wegzukommen. Hier dein Leben lang nicht mehr wegzukommen.«

»*Niemand* hier weiß, was es bedeutet, diesen Ort niemals zu verlassen. Wirklich niemand.« Glass' Stimme klirrt. Wuchtige Emotionen überrollen die Anspannung. Schlagartig wird es seltsam still. Die anderen sehen auf den Boden, doch ich starre ihn ungeniert an.

»Er verlässt Deep City niemals. Niemals.«

Sein Blick ist genauso dunkel wie zuvor. Und meiner haftet daran und nimmt diese Dunkelheit in sich auf. Es ist ziemlich heiß in diesem Raum und der Schweiß muss mich zum Glänzen bringen wie ein Schwein, aber in diesem Moment läuft ein kühles Kribbeln durch meine Adern, ein kurzer, kalter Rausch.

»Lasst uns einfach hoffen, dass Pin wieder auftaucht«, sagt Glass und sein Ton klingt beschwichtigend, als wollte er seinen kleinen Ausbruch vergessen machen.

»Hey, Q, was willst du trinken?«, ruft Vala in Richtung des jungen Mannes, der noch immer in unveränderter Haltung an der Bar lehnt und mit abgedriftetem Blick in die Gegend starrt. Er reagiert nicht auf die Frage, fast so, als würde er sie gar nicht hören.

»Lass ihn«, wendet Chrome mit einem Kopfschütten ein. »Er ist betrunken genug von seiner *Liebschaft*.«

Vala verdreht die Augen. »Süße, unglückliche Liebe. Muss schön sein, sich das leisten zu können.«

Mein Blick wandert zu Q und der Richtung in die er so gedankenverloren starrt. Dort verbiegen sich noch immer Tänzerinnen im glühenden Zwielicht der bunten Lampen.

»Wer von denen ist es?«, fragt Chrome an Vala gewandt und starrt nun ebenfalls zur Bühne.

»Warte, sie kommt gleich, sie kommt gleich.«

Ich recke meinen Kopf über die Schulter nach hinten und sehe zu Glass, der gerade mit dem Barmann spricht. Ich wünschte, er würde sich nach mir umdrehen und mit mir kommunizieren. Weiß gar nicht so genau warum.

Plötzlich wird es merklich stiller, die grelle, fiebrige Musik weicht untergründigen Basstönen, die sich bedrohlich unter das dumpfe Stimmengewirr legt. Eine seltsame, elektrisierte Atmosphäre stürzt in den Raum. Blicke richten sich gebannt zur Bühne, von der Sängerin und all ihre Begleiter verschwunden sind.

In diesem Moment taucht über der Bühne eine glitzernde Gestalt durch die Decke und sinkt in Richtung Boden. Geschlungen in ein rotes Stofftuch, verbogen in eine unmögliche Position, zwirbelt sie sich wie in Zeitlupe auf die Bühne herab. Nichts als Pailletten bedecken ihren Körper, machen ihn zu einem Traumfänger der Lichter; und in den hellen Farben geht ihr Körper in Flammen auf. Glutrotes Haar schwingt mit ihren Bewegungen. Ein Inferno aus glitzernden Partikeln – rot, orange, gelb. Sie scheinen miteinander zu verschmelzen, ineinander zu zergehen wie weiche Butter; ein Meisterwerk der Reflexion.

Ich bin geblendet.

Sie dreht sich in ihrem Tuch, schwingt langsame Pirouetten und biegt sich, als wäre sie körperlos. Scheint um den Stoff zu fließen. In kalten Flammen zu stehen.

Es scheint Minuten zu dauern, in denen sie von der Decke sinkt und den ganzen Raum in Atem hält. Alle sind bewegungslos und die unkontrollierte Geräuschkulisse erstorben.

Als ihre Zehenspitzen den Boden berühren, ergießen sich Lichterkaskaden über die Bühne, leckt holographisches Feuer an den Wänden, ein Funkenregen sprüht in die Dunkelheit.

Und zwischen ihnen ein einzelner Körper. Ein Körper, so biegsam und geschwungen, er könnte selbst nur Feuer sein. Flammende Tropfen rinnen über ihren Körper, Glitzerpartikel springen wie Funken von ihr ab.

»Sieh ihn dir an«, höre ich Vala sagen. »Sieht er nicht glücklich aus?«

Q ist wie erstarrt. Sein halbverdecktes Gesicht scheint sich im glitzernden Spektakel verflüssigt zu haben und sämtliche Emotionen schmelzen von ihm ab.

Sein Anblick berührt mich, auf eine Weise, die ich mir nicht eingestehen will. Sein Gesicht schwimmt in einem Cocktail aus Leidenschaft und Glück und bitteren Schmerzen und es passt perfekt zusammen. Aber ich muss gar nicht wissen, was er fühlt. Ich verstehe, was ihn hier unten hält.

In diesem Moment schwebt ein kleines Luftschiff in unsere Reihen, beladen mit unseren Getränken. Glass beginnt, sie zu verteilen und drückt auch mir einen Drink in die Hand. Bläuliche Flüssigkeit. Ich kippe sie ein-, zweimal im Glas hin und her, den Blick zur Hälfte noch bei Q und dieser verrückten Tänzerin. Als ich geistesabwesend daran rieche, fehlt etwas. Der Alkohol.

Glass sieht mich bereits an, als ich ihm einen Blick zuwerfe, ein undeutliches Lächeln auf den Lippen. Wir bleiben einen Moment lang aneinander hängen. Mit dem Oberkörper lehnt er sich ein winziges Stück in meine Richtung.

»Lass uns zurechnungsfähig bleiben«, sagt er gedämpft und ich meine, dass sein Lächeln ein bisschen deutlicher geworden ist.

Ich bin ihm dankbar, auch wenn er nicht weiß, warum.

Auf der Bühne versiegt die Flammenhölle, die glitzernde Tänzerin verliert ihre Magie. Andere Tänzerinnen mischen sich zu ihr auf die Bühne. Die normale Geräuschkulisse nimmt wieder Farbe an, das Kasinoleben geht seinen Lauf.

Vala und Chrome raunen sich hin und wieder etwas Unhörbares zu. Glass nippt stumm an seinem Drink. Immer wieder blicken alle in Richtung Tür.

Pin ist weiterhin nicht aufgetaucht. Und sie warten. Ich weiß nicht, wie lange noch.

Ich lehne mich ebenfalls an einen der Stehtische, versenke mein Gesicht im Glas und sehe über den Rand hinweg durch den Raum. Ein Mann an der Bar, der ein angeregtes Gespräch mit dem Barkeeper führt, lenkt meine Aufmerksamkeit auf sich. Oder mehr auf das, was zwischen ihnen auf dem Tresen liegt: ein Revolver. Ich beobachte die beiden angestrengt, bis der Revolver wieder verschwindet und ein anderes Exemplar auf den Tresen gelegt wird. Und noch ein anderes. Sie scheinen ganz offensichtlich etwas zu verhandeln. Eine Idee sprießt zwischen meine Gedanken ...

»Da ist sie!«

Valas jäher Ausruf reißt mich zurück, mein Blick flieht in Richtung Eingang.

Da ist sie tatsächlich.

Pin stürzt durch den Eingangsbereich ins Kasino, halb rennend, halb gehend, stolpert beinahe über ihre eigenen Füße. Ein langer, dünner Mantel weht hinter ihr her wie schwarze Krähenflügel. Sie achtet nicht auf die herumstehenden Leute, kollidiert beinahe mit einem der Pokertische.

»Sie hat keine guten Nachrichten.« Die Erleichterung ist wieder aus Valas Stimme gewichen.

Das Ausmaß der »schlechten Nachrichten« wird jedoch erst deutlich, als sie uns erreicht.

Ihre blutroten Augen schwimmen, es wundert mich, dass ihr aufwändiges Make-up dem noch irgendwie standhalten kann. Keine Maske, nur eine Kapuze, die ihr halb vom Kopf gerutscht ist.

»Was bist du am Heulen?«, fragt Vala. »Du lebst doch noch!«

Pin reagiert nicht auf sie. Stattdessen wendet sie sich sofort an mich. »Die Liste ist wieder da«, presst sie atemlos hervor. »Sie ist wieder aufgetaucht.«

Stille.

»Wir wissen alle, was sie uns damit sagen wollen«, sagt Vala dann.

»Das ist eine Warnung!« Pins Stimme schwimmt in Hysterie und ihr Atem geht so schnell, dass sie kaum weitersprechen kann. »Es geht weiter. Sie warnen uns, senden uns ein Zeichen. Das ist ihre Botschaft an uns.« Sie muss die Liga der Masken meinen. »Sie wollen uns in die Ecke treiben. In den Wahnsinn.« Sie würgt einen grellen Schluchzer aus, schnappt unkontrolliert nach Luft.

»Beruhige dich Pin!«, sagt Glass und tritt an sie heran. Streckt kurz eine Hand nach ihr aus, als wolle er sie berühren, ohne es zu können. »Komm erst mal runter!« Er holt tief Luft. »Hat sich die Liste verändert?«

Statt auf seine Frage zu reagieren, greift sie sich Glass' blutroten Drink und kippt sich das Zeug mit einem Schwung in den Rachen. Die Hälfte läuft ihr dabei übers Kinn, tropf auf ihr Kleid. Kaum hat sie es heruntergewürgt, greift sie schon nach dem Nächsten.

»Pin!«, ruft Glass. »Du musst dich beruhigen!«

Keine Reaktion. Ihr Blick klebt noch immer an mir und er ist kaum zu ertragen.

»Warum ich?« Ihre Stimme ist fast ein Kreischen, erstickt zwischen kurzen, harten Schluchzern, die sie schütteln. »Warum ich?«

Mich packt ein fast unüberwindbarer Drang, einfach zu fliehen.

»Gib mir noch etwas Zeit«, quetsche ich unter zusammengebissenen Zähnen hervor und es klingt so idiotisch, so unglaubwürdig und falsch, dass ich fast auflachen muss.

»Du hattest mehr als genug Zeit«, knurrt Vala.

Glass presst beide Hände gegen seine Stirn. Kurz sieht er zu mir. Ein Blick, völlig verzweifelt.

»Pin. Bitte«, wiederholt er noch einmal. »Hat sich an der Liste irgendetwas verändert?«

»Nein«, wimmert sie. »Aber ... aber sie ist wieder da. Und das heißt, dass sie bald weitermachen. Sie erinnern uns daran. Sie wollen uns in den Wahnsinn treiben!«

»Und was hast du jetzt vor?«, fragt Vala in meine Richtung. »Was ist dein Plan?«

Ich antworte nicht. Weiß auch gar nicht, was ich antworten soll.

»Warum kannst du uns nicht diese eine simple Frage beantworten?«

»Also, erstens mag ich deine Art, Fragen zu stellen nicht und zweitens tue ich, was ich tue ... Ich ...«

»Ich habe genug!«, erwidert sie. »Und von dir. Du bist ... Ich hoffe du kriechst bald in das Loch zurück, aus dem du gekommen bist!«

Vala sieht noch einmal zu mir, schnaubt, sieht auf ihre Armbanduhr und geht. Ohne ein weiteres Wort, ohne einen weiteren Blick. Ich sehe ihr nach, wie sie schnellen Schrittes auf ihren billigen High Heels das Kasino verlässt. Sie humpelt ein wenig.

Noch im selben Moment bricht Pin auf einem der Tische zusammen. Ihr Kopf fällt in ihre Arme, ihr Körper sackt leicht in sich zusammen, krümmt sich. Wie eine Tote hängt sie auf der Tischplatte, kraft- und spannungslos. Ihre Arme fangen ihre lauten Schluchzer ab.

»Alles ist vorbei. Alles.«

Ich weiß noch immer nicht, was genau diese Liste bezwecken soll. Aber wenn es so ist, wie Vala glaubt, wenn es nur darum geht, diese Menschen umzubringen, aus was für perversen Gründen auch immer, dann hat sie ihr Ziel doch längst erreicht. Sie könnten dieses Mädchen noch erschießen, wenn sie wollten, aber im Prinzip ist sie längst wie tot. Ein Wrack.

»Wisst ihr was? Ich werde sie nach Hause bringen«, sagt Chrome und schiebt sich unvorsichtig an mir vorbei in ihre Richtung.

»Vielleicht kann sie Deep City in den nächsten Tagen fernbleiben?«, fragt Glass. In seiner Stimme klingt Verzweiflung. Der Blick, den Chrome ihm zurückgibt, spricht Bände. Dazu muss ich nicht mehr sehen als seine Augen. Hier kommt niemand von Deep City los, nicht für einen einzigen Tag.

Chrome nimmt Pin wortlos am Arm, schleift sie mit sich und ist kaum zwei Minuten später ebenfalls verschwunden.

Da sind nur noch Glass und ich. Und Q an der Bar, den ich kaum wahrnehme.

Ich ziehe meinen Hut etwas tiefer ins Gesicht und für eine Sekunde habe ich das Gefühl, er hat mich durchschaut. Doch er schüttelt sacht den Kopf, wendet den Blick ab und sieht stattdessen auf sein Nachrichtengerät.

Für ein paar Sekunden bleiben wir noch so stehen. »Ich muss auch gehen«, sagt er dann plötzlich, als hätte er sich an etwas sehr Wichtiges erinnert. Macht überstürzt kehrt und läuft mitten ins Kasinogeschehen hinein, ohne sich zu verabschieden.

Ich sehe ihm nach. Vermutlich sollte ich auch verschwinden, doch ich brauche noch einen Moment, um mich zu sammeln. Kraftlos klettere ich auf einen der Barhocker und stütze meinen Kopf in die Hände. Sämtliche Körperspannung entweicht aus meinem Körper, lässt mich zusammengesunken zurück, wie einer dieser einsamen Männer, die ihre Nächte selbst mit Alkohol nicht mehr totschlagen können.

»Vielleicht wäre etwas mehr Schlaf angesichts der Umstände angebracht.«

Ich sehe auf. Sehe Q. Der junge Mann ist aus seiner Starre erwacht und steht nun neben mir, Augenbrauen hochgezogen.

»Ach«, erwidere ich.

Ich hätte einfach gehen sollen.

»Menschen wie du ... es ist faszinierend«, sagt er nach ein paar Sekunden.

Schweigen. Ich beobachte Q aus dem Augenwinkel. Wie er seine dicken Haare zurück unter seine Mütze schiebt, wie er immer wieder in Richtung Bühne blickt. Mir kommt die Show dort längst nicht mehr so spektakulär vor. Sie ist zu einem generischen Stripding geworden, wie man sie hier wahrscheinlich in jedem zweiten Laden sehen kann. Langweilig. Er kann seine Augen trotzdem nicht abwenden und wirkt dabei immer noch überwältigt von Gefühlen.

»Wer ist das, dem du da zusiehst?«, frage ich schließlich.

»Jemand mit Suchtpotential.« Er lächelt. »Du musst wissen ... Ich bleibe nie länger bei Dingen, die kein Suchtpotential für mich haben. Das ist wohl mein größtes Problem.«

Q sieht auf seine Uhr. »Sie wird nicht mehr lange hier sein.« Er sieht mich an, seine Augen glitzern. »Sie kommt herum wie ein Uhrenzeiger. Und ich zähle *meine* Sekunden. Höre sie ticken. Tick, tick, tick ...« Er zwinkert mir zu. »Vielleicht erwische ich sie noch. Man sieht sich.«

Damit steht er auf und verschwindet.

Aus dem Augenwinkel sehe ich plötzlich Glass wieder. Irgendwo zwischen den vielen Roulettetischen. Unterhält sich mit jemandem. Tippt hin und wieder mit schnellen Fingern etwas in sein Nachrichtengerät. Ich klebe an ihm wie an einer Fliegenfalle. Gedanken rasen durch meinen Kopf, die ich gar nicht schnell genug auffangen kann, um sie zu Ende zu denken.

Irgendwann sehe ich auf die Uhr. Bald muss ich Linux wiedertreffen

Aber vorher noch eins.

Ich stehe auf, lehne mich über den Tresen und frage den Barkeeper, wo man so einen Revolver kaufen kann.

Kaum drei Stunden später sitze ich wartend auf einer Treppe neben Linux' nebulösem Lichterlokal, Ellenbogen auf die Oberschenkel aufgestützt, Linux' Ordner unter den Arm geklemmt und meinen Revolver in den Händen. Er ist mein perfektes neues Accessoire.

Es hat sich gut angefühlt, ihn zu kaufen, wie ein Ritual, um meine verlorene Kontrolle wiederherzustellen. Mich Deep City anzupassen.

Als der Regen wieder stärker wird, taucht Linux auf den spiegelnden Straßen auf, einen langen Schatten werfend. Ein wadenlanger Kaschmirmantel trägt seine Silhouette, weht mit seinen langen Schritten. Sein seitengescheiteltes Haar wirkt, dem Regen zum Trotz, wie aus einem Guss.

Als er mich erreicht, bleibt er wortlos stehen und mustert mich ungeniert lange.

»Hallo, Java.«

»Hallo, Linux«, erwidere ich kühl. Mit einer Hand fühle ich das kühlende Metall meines Revolvers in der Manteltasche.

Er legt den Kopf schief und schmunzelt. »Dir muss kalt sein. Lass uns reingehen.«

Ich folge ihm in Richtung Tür.

Kurz bevor wir das Lokal betreten, bleibt Linux plötzlich stehen und legt seine Hand auf meine Schulter. Die Geste ist so spontan und leger, dass ich nicht zurückzucke.

»Sieh!«, sagt er und nickt in Richtung der Tür. »Wir.«

Ich brauche einen Augenblick bis ich verstehe, was er damit meint. Unser Spiegelbild: Zwei schmale Gestalten mit kurzen platinblonden Haaren, er einen halben Kopf größer als ich. Wir sind holographisch schön, ein bisschen unwirklich. Surface Citys Paradiesgestalten.

Uns in diesem Kontext zu sehen, kommt mir ein bisschen so vor, als hätte man uns einmal auf links gedreht, von innen nach außen. Die schmutzige Echtheit umgibt uns nun, die Hüllen bleiben schön.

»Wir sehen gut zusammen aus.« Er lacht. Das Bild verfolgt mich noch, während wir das Lokal betreten.

Wir setzen uns an einen Tisch am Fenster, ich behalte meinen Mantel an und Linux bestellt mir ein Wasser.

Währenddessen nehme ich den Ordner von meinem Schoß und lege ihn ihm vor die Nase. »Da hast du, was du willst.«

Er nimmt ihn entgegen und lässt ihn unter dem Tisch verschwinden, ohne ihn richtig anzusehen. Stattdessen mustert er mich.

»Und?«, fragt er und die Art wie er diese Frage stellt, macht mich wütend.

»Deine Info mit dem Hotel war ziemlich unbrauchbar. Aber das habe ich dir ja schon mal gesagt.«

»Aber du warst da«, sagt er. Ich seufze angestrengt.

»Ich weiß nicht, warum wir überhaupt hier sind. Du hilfst mir nicht weiter.«

»Dann hast du entweder großes Interesse an meiner Person gefunden oder du steckst in Schwierigkeiten, denn du kommst immer wieder zu mir zurück«, sagt er. Macht eine kurze Pause. »Du kannst mir vertrauen. Du willst es vielleicht nicht glauben, aber ich bin jemand, dem du hier unten wirklich vertrauen kannst. Ich kann es dir beweisen.«

»Ach ja?« Ich verziehe das Gesicht.

»Erinnerst du dich noch an die Frau, mit der du auf der Maskenparty gesprochen hast?«

»Mhm.«

Linux lächelt überlegen. »Sie war eine Listenspäherin der Masken. Auf der Suche nach ... Leuten. Es wäre vielleicht nicht gut gewesen, sich noch länger mit ihr zu unterhalten. In manchen Situationen ist es nicht von Vorteil, zu neugierig zu sein.«

Ich bewahre meinen starren Gesichtsausdruck. Weiß nicht genau, was ich gerade denken soll. Ob ich ihm glauben soll. Ob ich schockiert sein soll. Das Einzige, was ich weiß, ist, dass ich die Situation im Moment absolut nicht unter Kontrolle habe.

Ich weiß nicht, was Linux gerade in meinem Gesicht liest, doch er lehnt sich über den Tisch hinweg zu mir, kommt mit seinem Gesicht so dicht an mein Ohr, dass nur wenige Zentimeter dazwischenliegen können. Er riecht nach stinkteurem Parfüm. »Siehst du«, flüstert er. »Du brauchst mich.«

Sein Atem an meinem Ohr bereitet mir Gänsehaut, ich drücke mich weiter nach hinten in meine Stuhllehne und verbiege meinen Kopf in eine andere Richtung.

Linux lacht leise und lässt sich elegant wieder in seinen Stuhl zurücksinken.

»Jaja«, sagt er mit einem pervers-perlweißen Grinsen. »Es ist eine verwirrende Welt hier unten. Sogar für Menschen wie Cullinan.«

Ich würde ihm sein Grinsen gern vom schönen Gesicht kratzen. Er hat mich voll im Griff. Und er weiß es. Scheiße.

»Wie sah es bei ihr aus?«, fragt er dann. »Bei Cullinan, meine ich.«

»Sah nicht so aus, als wäre sie besonders oft dagewesen«, antworte ich knapp und ziehe die Augenbrauen hoch. Ich habe das Gefühl, dass er das sowieso schon alles weiß.

Unsere Getränke werden geliefert. Linux nimmt sie dem kleinen Roboter ab und reicht mir meins. Es ist kein Wasser.

»Was ist das?«, frage ich.

»*Kodas*«, antwortet Linux, mit einem breiten Lächeln. Ich erschrecke, auch wenn ich versuche, es mir nicht anmerken zu lassen. Das ist kein Zufall. Hektisch wühle ich in meinen Erinnerungen, in den dunklen Nebeln halb verflogener Ahnungen. Nach irgendeinem aufflackernden Licht, einem Geräusch, einem Detail seines Gesichts, seiner Bewegungen, dem Geruch seines Parfüms. Irgendwas.

Nichts.

»Du hast einen guten Geschmack«, sage ich kühl und kämpfe gegen die aufsteigende Hitze in meinem Körper.

»Liegt in meiner Natur«, erwidert Linux. »Oder vielleicht in unser aller. Unser einziges Problem ist die

Ästhetik unseres Lebens geworden. Wenn man keinen Geschmack hat, wer ist man dann noch?«

Es entsteht eine kurze Gesprächspause, in der er vornehm an seinem Getränk nippt.

»Gar nicht so leicht, hier unten zu überleben, was?«, sagt er dann und wischt sich mit zwei Fingern den feuchten Film von den Lippen.

»Wieso? Ist doch alles großartig«, gebe ich zurück und trinke einen demonstrativen Schluck *Kodas*, ohne ihn dabei über den Rand meines Glases hinweg aus den Augen zu lassen.

»Die großartigsten Dinge sind immer die Schwierigsten.« Er macht eine bedeutungsschwangere Pause. »Das gilt auch für Menschen. Besonders für Menschen.«

Ich verdrehe die Augen.

»Du gerätst ziemlich unter Druck«, stellt Linux fest. Sein Tonfall ist jetzt nicht mehr so beiläufig und entspannt. »Rück raus damit, Java. Was ist es? Warum bist du hier?

Ich gebe ihm keine Antwort. Aber er hat recht, ich stehe unter Druck. Aus genau diesem Grund bin ich noch hier. Am Ende des Tages ist er gerade die einzige Person, an die ich mich wenden kann.

Ich zögere nicht weiter: »Kennst du jemanden, der sich C nennt?«

»C!« Er zieht die Augenbrauen hoch. Kurz flackert sein Blick, seine Gesichtszüge werden hart. »Wieso?«

»Weil ich ein schmutziges Geheimnis von ihm brauche«, erwidere ich.

»Aha?« Er grinst schief. »Schmutzige Details ... Woher wusstest du, dass das meine Geheimwaffe ist?«

»War so ein Gefühl.«

»Und warum brauchst du die, wenn ich fragen darf?«

Innerlich mache ich ein kleines, grünes Häkchen. Er kennt den Mann.

»Erpressung«, erwidere ich schlicht und lasse das so im Raum stehen.

Für den bloßen Bruchteil einer Sekunde wird Linux' perfektes Zahnpastalächeln zu einer perversen Fratze, zu einem irren, höhnischen Lächeln mit harten, überspannten Lippen und hitzig glitzernden Augen.

»Vielleicht kenne ich tatsächlich jemanden, der dir helfen kann.« Er greift in seine Tasche und stellt ein etwa daumengroßes, silbernes Gerät in die Mitte des Tisches. Eine dieser Hologramm-Spielerein in Retro-Optik. Es erscheint eine Projektion von der Größe meiner Handfläche, ein leicht verschwommenes Porträt in matten Farben von einem Mann mit goldener Maske und eigenwilliger Prinz-Eisenherz-Frisur.

Mein Blick wechselt ein paarmal zwischen ihm und dem Hologramm hin und her.

»Der weiß etwas?«, frage ich.

»Da bin ich mir absolut sicher.«

Ich bin noch immer seltsam gefangen von Linux' kurzer Gesichtsentgleisung. Habe das undefinierbare Gefühl, um eine sehr essentielle Information betrogen worden zu sein.

»Warum hilfst du mir?«, frage ich misstrauisch, lehne mich im Stuhl zurück und verschränke die Arme.

»Du weißt schon … Um das Spiel aufrechtzuerhalten.« Er zwinkert mir zu und ich komme mir ziemlich verarscht vor.

»Wo finde ich diesen Typen?«

Linux grinst genüsslich. »Beantwortest du mir im Gegenzug erst ein paar Fragen?«, fragt er. »Fragen zu dir?«

»Ungern«, antworte ich. »Aber wenn es sein muss, kommt es wohl auf die Frage an.«

Er lacht kurz auf. »Als ob ich das nicht wüsste.« Er führt seinen Drink an die Lippen, trinkt einen kaum existenten Schluck und stellt seinen Drink dann wieder ab. Für meinen Geschmack stellt er es viel zu dicht an die Tischkante, es bleibt kaum ein Zentimeter Platz zwischen dem Glas und seinem Weg zum Boden. Ich kann es schon fallen sehen, werde seltsam panisch ...

»Hast du einmal näher über die Konsequenzen nachgedacht, die dieses Programm hat?«, fragt er. »Falsche oder richtige Frage?« Ich umfasse wieder meinen Revolver. Er fühlt sich so kalt an auf meiner erhitzten Haut.

»Hin und wieder«, antworte ich ausweichend. Meine Augen hängen noch immer an dem Glas, das so gefährlich dicht am Rand des Tisches steht. Ich muss gegen den Drang ankämpfen, danach zu greifen und es in Sicherheit zu bringen.

»Weißt du ...« Er lehnt sich in seinem Stuhl zurück und blickt dramatisch gen Decke. Die vielen Glühbirnen lassen warme Lichterflecken über sein Gesicht rieseln. »Gedanken sind so viel präziser, so viel vielschichtiger, als alles was wir sagen, alles was wir tun. Sie sind willkürlich, sie sind unkontrolliert, sie sind dynamisch und beeinflussbar. Sie machen uns vollständig. Hast du schon einmal darüber nachgedacht? Was passiert, wenn diese komplexen Gebilde, von unserem ersten Augenaufschlag am Morgen, bis zu unseren düstersten Träumen bei Nacht, zu einem großen Netzwerk verschmelzen? Wenn Millionen von vollständigen, durchdachten, echten Menschen zusammengeführt werden? Wenn jeder gegenseitige Einfluss plötzlich sichtbar wird, wenn nichts mehr gefiltert wird, wenn plötzlich alles offen liegt?« Er macht eine längere Pause. »In einer Weise sind wir doch jetzt schon Neuronen in einer Art künstlichem Gehirn. Ein Gehirn, das sich erinnert, das sich erweitert, das wächst und ... denkt. Wie selbstständig denkt es? Und was passiert, wenn wir ihm die endgültige Komplexität unserer Existenzen zuführen und nicht mehr filtern? Was für ein Wesen entsteht dann?«

Er leckt sich flüchtig über seine Lippen, hinterlässt einen rosig-feuchten Film. »Sieh dir unsere Stadt an, hast du nicht auch manchmal das Gefühl, dass sie eigene Träume hat? Sieh dir die Art an, wie sie wächst – zu dieser unwirklich schönen Vision. Sie spiegelt uns und unsere Timelines so perfekt wieder. Das Paradies für uns Paradiser.«

»Das sind doch nur Moden«, sage ich. »Heute mögen wir Glasfassaden und helle Farben, Schnitte aus den 1930ern und Art déco und exotische Blumen und denken von uns gern als Sonnenanbeter. Morgen mögen wir es ländlich und geradlinig. Was bedeutet das schon?«

»Mag sein. Aber vielleicht ist es auch die Stadt selbst. Manchmal habe ich das Gefühl sie träumt mit uns. Und wenn sie das tut, frage ich mich ... was ist nötig, damit sie aufwacht?«

Linux lässt seine Frage unbeantwortet, sieht mich nur an. Dann wendet er seinen Blick ab, zieht ein kleines schwarzes Notizbuch aus seiner Manteltasche und schreibt mit schwungvoller Schrift etwas hinein. Löst das Papier sorgfältig heraus. Gibt es mir.

Eine Adresse steht darauf und darunter: »Chan.«

»Du wirst ihn dort jederzeit finden. Tu so, als würdest du ihn kennen, das gefällt ihm. Und grüß ihn von mir. Das meine ich ganz ernst, das ist keine leere Phrase.« Er lächelt. Ich lächle zurück, falte das Papier zusammen und lasse es in meiner Manteltasche verschwinden. Ich schwitze. Mir ist heiß und kalt zugleich, nicht einmal mein Revolver kühlt mich mehr. Linux Worte haben sich in den Zahnrädern meiner Gedankenmaschine verkeilt, verschlingen sich in die komplizierte Mechanik.

»Darf ich dir noch eine Frage stellen?«, fragt Linux nach einer kurzen Pause. »Was denkst du, würde passieren, wenn *deine* Gedanken in dieses Netzwerk fließen? Wer wärst du dann? Würdest du das wollen?«

Ich sehe nur wieder das albtraumhafte Bild meiner Timeline.

»Falsche Frage«, sage ich. »Das geht dich nichts an.«

Linux lächelt sein perfektes Lächeln und es widert mich an. »Nein, Java«, sagt er. »Ich glaube, es ist genau die richtige Frage.« Er lässt sich zurückfallen, macht dabei eine ausladende Armbewegung ... Ich reiße die Augen auf, mein Oberkörper fährt ruckartig nach vorn, mein Arm schießt instinktiv über den Tisch hinweg, meine Hand greift ins Leere. Zu spät.

Das Glas fällt.

Ich laufe durch den Flur, er kommt mir so viel länger vor als sonst. Ich laufe und ich höre ihre Stimme hinter mir.

»Wie kannst du nur? Wie kannst du so etwas ...«

Für mich verlangsamt sich die Zeit. Aus einer Sekunde wird eine fallende Sekunde.

Ihr Gesicht ist tränennass, als ich mich umdrehe; verzerrt zu einer erschreckenden, hässlichen Maske. Sie hält die Parfümflasche in der Hand. Mir ist schwindelig, ich schwitze. Unsere Blicke kreuzen sich. Und die Flasche rutscht langsam aus ihrer Hand.

Nein, nein, nein.

Das Glas fällt.

Die Flasche fällt.

Es schlägt auf.

Schlägt auf.

Es klirrt.

»Wie kannst du mir das antun?«

Tropfen und Glassplitter explodieren in alle Richtungen. *Tausend kleine Scherben, eine eigene, zeitlose Galaxie.*

»Wenn du gehst, wenn du wirklich gehst ...« Was aus ihrem Mund kommt, ist nur noch eine unzusammenhängende Sequenz von Wörtern und Lauten. »Wenn du gehst, dann ...«

Ich habe sie umgebracht.

Ich sehe auf die Splitter, die sich unter unserem Tisch verteilt haben. Sie sehen aus, wie eine zugrundegegangene Galaxie, wie winzige, sterbende Sterne. Für ein paar Sekunden kann ich meine schwimmenden Augen nicht abwenden. Muss krampfhaft die Tränen wegblinzeln.

Ein kleiner Putzroboter kommt aus einer Ecke geschossen und beseitigt die Scherben innerhalb einer Minute.

»Das schöne Glas!«, sagt Linux kopfschüttelnd.

Ich presse zittrig meine Finger gegen meine Schläfen. Er erwischt mich in einem meiner schwächsten Momente. Und ich habe das Gefühl, er weiß es, auch wenn er jetzt fragt: »Alles in Ordnung? Geht es dir gut?«

»Geht es jemals irgendjemandem in dieser verdrehten Unterwelt gut?« Ich verziehe das Gesicht. Stehe auf. Es wird das Beste sein, jetzt zu gehen. Der kritische Punkt ist eindeutig überschritten.

»Willst du schon gehen?«, fragt Linux mit geweiteten Augen.

Ich weiß, dass ich meine Erregung nicht überspielen kann. Trotzdem greife ich mit zittrigen Fingern, aber mit durchgestrecktem Rücken und gerecktem Kinn nach meinem *Kodas*-Glas – und trinke es mit einem Zug leer.

Das Blut vibriert in meinen Ohren und ich hetze mit langen Schritten durch die Häuserschluchten. Die Wolkenkratzer scheinen auf mich einzustürzen.

Wovon träumt die Stadt? Von uns? Ihren kleinen, digitalen Schafen?

Deep Citys halbdunkle Straßen ertrinken in Sturzregen. Lichter und Dunkelheit verschwimmen in den langen Bindfäden, kaltes Wasser läuft mir in den Kragen.

Bis ich eine Telefonzelle erreicht habe, bin ich bis auf die Knochen durchgeweicht.

Nichts passt zusammen.

Mit einem Ruck reiße ich das Pflaster von meinem Arm. Wähle die Nummer mit eiskalten Fingern. Regenwasser tropft von meinen Lippen, der Hörer zittert in meinen Händen. Ich zähle das Tuten in der Leitung, bis sich eine weibliche Stimme meldet.

»Ja?«

Mein Atem rauscht laut ins Mikrophon.

»Hallo«, sage ich atemlos. »Ich weiß nicht, ob Sie sich noch erinnern, ich -«

»Sie sind die Person, mit der ich gesprochen habe«, unterbricht sie mich. Sie spricht leise, gedämpft.

»Richtig.«

Lauter Atem, Knacken in der Leitung. Ein paar Sekunden lang herrscht Schweigen.

»Wo ist *sie*?«, zischt sie dann. Sie muss Cullinan meinen.

»Das weiß ich nicht«, antworte ich.

»Wenn Sie irgendetwas mit ihr zu tun haben, oder mit dieser Sache ... Wenn sie nach mir sucht ...«

»Vertrauen Sie mir! Ich habe nichts mit ihr zu tun, ich kenne sie nicht. Ich bin nur auf der Suche nach Informationen. Können wir uns vielleicht unterhalten? Irgendwo treffen?« Stille am anderen Ende der Leitung.

»Ich weiß, dass Sie in Schwierigkeiten stecken und ich kann Ihnen vielleicht helfen«, bluffe ich.

Wieder Stille. Es knackt ein paarmal. Das Prasseln des Regens hallt in meinen Ohren wider.

»Ich warte morgen im *King of Hearts*. Zwei Uhr morgens.«

Ich bin erleichtert. »Woran werden wir uns erkennen?«

»Rotes Jackett, roter Glockenhut«, antwortet sie. Und legt auf.

In der Nähe der zentralen Fahrstuhlhalle an der *Main Street* miete ich mir ein Schließfach für mein Zeug. Ich kann keinen Revolver mit nach Surface City nehmen, selbst wenn ich ihn in meinem Rucksack lasse.

In einer großen, verwinkelten Halle reihen sich hunderte von grüngrauen Metallkästen; angerostet und zerdellt. Ich frage mich, was die Leute hier so zurücklassen. Waffen? Kleidung? Eine ganze Identität?

Wahrscheinlich ist gar nicht der Fahrstuhl der Trennpunkt zwischen den zwei Städten. Wahrscheinlich ist es dieser Ort, wo die Leute alles zurücklassen, was nicht ihre Erinnerungen sind.

Nur ein paar Schließfächer von mir entfernt steht ein Mann und stopft etwas in die dunkle Öffnung. Als er mich sieht, stellt er sich sehr demonstrativ dichter davor, folgt mir kurz mit seinem Blick, bis ich auch wirklich an ihm vorbeigegangen bin. Als würde er seine düstersten, perversesten Geheimnisse in diesen kleinen Metallkasten stopfen. Dann zieht er sich ein weißes Jackett über und verschwindet. Seine weiße Weste.

Noch immer habe ich mich nicht entschieden, ob ich das Konzept dieser Parallelwelt erstrebenswert finde. Und ob ich all die Paradiser mit ihren perfekten Timelines immer noch genauso perfekt finden kann, wenn ich von ihnen weiß, dass sie ihren Schmutz in ein rostiges Schließfach stecken. Ich habe Deep City noch nie wirklich mit Personen verbunden, die ich kenne.

Ich habe die Menschen hier unten mehr als gesichtslose Statisten gesehen, als Dekoration, als etwas, das nicht wirklich existiert. Dabei sind es reale Personen, die diesen Ort machen. Mit einem Leben in Surface City. Jeder könnte hinter diesen Masken stecken. In seiner ganzen grässlichen Vollständigkeit kann ich diesen Gedanken gar nicht realisieren.

Was für ein Wesen entsteht dann? Wenn wir nicht mehr filtern, wer wir sind?

Traumlos

Meine Träume haben nur ein einziges wiederkehrendes Motiv: Ich falle.

Es ist ein starkes physisches Gefühl, als wäre es meinem Körper bekannt; das Schlingern in der Luft, das Taumeln am Abgrund. Der Luftstrom, der meine Glieder zerreißt und das Bewusstsein über den baldigen Aufprall. Die Klarheit meiner Gedanken.

Und es kommt mir vor als hätten diese Träume eine nicht gekannte Signifikanz, die ich nur nie ganz durchringe; eine tiefere Struktur, dessen ich mir nicht bewusst bin.

Diese Nacht, irgendwo in der schattigen Halbrealität zwischen Schlaf- und Wachzustand, stehe ich auf dem Dach eines Hauses. Es regnet. Feine Tröpfchen sprühen in mein Gesicht. Es könnte Tag sein oder Nacht, oder nichts davon.

Eine Gestalt steht unweit von mir, nur Zentimeter vom Abgrund entfernt. Entspannte Körperhaltung, eine Hand baumelt locker, die andere hält einen schwarzen Hut. Sie hat ihm den Rücken zugewandt, sieht mich direkt an und ich spüre ihren Blick, doch ihr Gesicht bleibt so verschwommen, sie wirkt fast körperlos.

Der Wind zerrt an einem langen Mantel, bauscht ihn auf.

Ich bin unruhig. Fast panisch. Meine eigenen Beine fühlen sich taub und unsicher an, als könnte mich der Wind jeden Moment über den Abgrund wehen. Und ich will der Person zurufen, dass sie zu nah am Abgrund steht, dass sie fallen wird, dass sie umkehren muss.

Ich weiß, dass sie fallen wird.

Doch mein Hals fühlt sich klebrig an, meine Stimme gelähmt.

Ich wache auf, bevor sie fällt, fahre hoch in einen sekundenlangen Schockzustand – verschwitzt und verwirrt und paranoid und plötzlich bin ich nicht mehr ganz sicher, ob das eine fremde Person war, die am Abgrund stand.

Oder ich selbst.

Kapitel 18

»Ich glaube, ich habe eine Lösung für dein Problem.«

Ich rufe Glass von einer Telefonzelle an, Deep Citys surrendes Wespennest in den Ohren, und verschwende keine Zeit an Erklärungen.

Es hat ewig gedauert, bis er abgehoben hat. Nun ist es einen Moment still am anderen Ende.

»Hast du?« Er wirkt enttäuschenderweise nicht wirklich überrascht.

»Ich habe zumindest jemanden gefunden, der uns vielleicht Informationen beschaffen kann«, erwidere ich.

»Und zu welchem Preis?«

»Lass das meine Sorge sein«, sage ich mit einer Selbstverständlichkeit, die mich selbst überrascht.

Kurze Pause.

»Wann treffen wir diesen jemand?«, fragt Glass.

»Wann du willst.«

»Dann so bald wie möglich.«

»Morgen?«, frage ich.

»Ich nehme, was ich kriegen kann.«

Mit klammen Händen fingere ich nach Linux' Zettel in meiner Manteltasche und lese ihm die Adresse vor.

»Morgen, halb zwölf.«

»Nachts?«, fragt er und ich wundere mich kurz darüber.

»Ja ... natürlich nachts.«

Wir stehen vor einer pink abgeklebten Tür und blicken mit erhobenen Köpfen auf einen grellen Neonschriftzug. Gleiche Farbe. Schmutzige Lettern:

The Sinners Lounge

Ein, um es unschuldig auszudrücken, phallisches Symbol streckt sich auf der rechten Seite über dem Schriftzug empor, wirft seinen Schatten über die Buchstaben, als wäre es selbst Name genug.

Glass sieht zu mir und wieder zurück, sein Blick spricht Bände.

»Das ist deine Lösung?«, fragt er mit starrem Gesicht.

Ich schiebe meine kalten Finger ebenfalls in meine Manteltaschen. Zucke mit den Schultern. »Verunsichert?«

Er schnaubt, schüttelt den Kopf, öffnet die Tür und wir treten ein, in eine winzige Garderobe, zugestellt mit fauligen Pflanzen und fragwürdiger Neonreklame. Daran vorbei sieht man auf eine Bar, eine Tanzfläche und in einen schummrigen Lounge-Bereich. Schwere Musik legt sich über den Raum, es stinkt nach künstlichem Raumerfrischer.

»Da haben wir ihn ja schon«, raune ich in Glass' Richtung. Mein Zielobjekt lümmelt auf einem schwarzen Ledersofa, die Beine übereinandergeschlagen, umringt von mindestens fünf anderen Männern. Bläst kringelige Zigarrenrauchwölkchen in die Luft. Der undefinierbare Stimmenbrei einer entfernten Unterhaltung weht in unsere Richtung.

Glass folgt meinem Blick, doch als er das Ziel erreicht, fährt plötzlich ein elektrischer Schlag durch seinen Körper. Er zuckt zusammen, stolpert einen Schritt nach hinten. Aufgerissene Augen, zitternde, erklärungssuchende Lippen.

»Hat er mich gesehen?«, zischt er, dicht in die Ecke zwischen Tür und Wand gedrängt. »Hat er mich gesehen?«

»Nein, wieso ...«

»Bitte regele du das!«, sagt er. Sein Blick ist gehetzt. »Glaub mir, es ist in deinem Interesse. Ich kann nicht bleiben.« In einer flüchtigen Bewegung schiebt er sich seinen Hut tiefer ins Gesicht und lässt sich rückwärts aus der Tür gleiten.

Ich sehe ihm nach, bis sie wieder ins Schloss fällt. Perplex.

Kannte er diesen Mann?

Für einen Moment will ich ihm nachlaufen, diese Sache klarstellen. Ein unbestimmtes Gefühl hält mich davon ab. Stattdessen schiebe ich mir den Hut aus dem Gesicht, rücke meine Maske zurecht und gehe auf die rauchenden Männer in der Sofaecke zu. Plötzlich bin ich froh, Glass nicht mehr neben mir zu haben, er ist eine Sache weniger, auf die ich ein Auge haben muss.

»Chan! Kann ich kurz mit dir sprechen?« Meine Stimme hallt laut über die Musik hinweg, verteilt sich im Raum wie Zigarrenrauch.

Und sie sehen zu mir auf. Sechs maskierte Gesichter mit langsamen Pupillen und aufgeweichten Blicken.

Chan hängt auf seinem Sofa, halb liegend, den Kopf in eine Hand gestützt, wie ein antiker Patriarch. Trägt ein weit offenes Hemd, stark geschminkte Lippen und ist über und über mit schweren, goldenen Ketten behangen. Seine schwere Maske bedeckt nur seine Augenpartie. Zwischen seinen Fingern hängen leblos eine verglimmende Zigarette und ein Palmenwedel, mit er dem gelangweilt den Qualm zerfächert. Er wirkt mehr wie eine Karikatur als eine richtige Person.

»Hast du dich verlaufen?«, fragt einer der Männer und die Runde bricht in grelles Gelächter aus.

»Ich habe mit Chan gesprochen«, erwidere ich ernst.

Chans Lippen verziehen sich in Belustigung, dann bringt er sein zugedröhntes Gefolge mit einer Handbewegung zum Schweigen.

»Kennen wir uns?«, fragt er, ohne sich aufzurichten. Er klingt wie ein Mann mittleren Alters, auch wenn er sonst völlig alterslos erscheint: Üppige Lippen, wächserne Haut. Sein Lächeln wirft zu wenig Falten.

»Ich weiß nicht, ob du mich kennst«, antworte ich. »Aber das ist auch nicht so wichtig, ich kenne dich.« Ich mache eine effektvolle Pause. Beobachte, wie sich der Ton seiner Augen verändert, wie die Fältchen um seinen fleischigen Mund breiter werden. »Und ich bin mir sicher, dass du mich kennenlernen willst.«

Chan zieht genüsslich an seiner Zigarre und bläst den Rauch in meine Richtung. »Aha?«

Wir wechseln einen langen Blick.

»Ich würde mich lieber unter vier Augen unterhalten«, sage ich.

»Sie will sich allein mit dir unterhalten«, sagt ein Mann zu seiner Rechten, lehnt sich weit über seine Brust und fährt mit einem Finger den stark überzeichneten Wangenknochen seiner Maske nach. Chan wimmelt den Kerl wortlos ab. Ich meine, Interesse in seinen Augen zu sehen.

Wir wechseln einen langen Blick.

»Geht woanders hin«, sagt er dann in beinahe gelangweiltem Ton, lässt sich zurück in sein Sofa fallen und scheucht seine Leute von ihren Plätzen. »Los, los ...«

Tatsächlich verschwinden sie, schwärmen in alle Richtungen des Raumes aus und nur Sekunden später bin ich mit ihm allein.

Er nickt in Richtung des Sofas vor ihm. Ich versuche, nicht auf die Sitzfläche zu sehen, bevor ich mich hinsetze und klebe so nah an der Kante wie möglich.

Chan schüttelt die Ärmel seines Hemdes zurück und entblößt gequetschte, roh gescheuerte Handgelenke.

»Also, Kleine ... Wer bist du? Was willst du von mir? Und vor allem – was willst du *hier*?« Er grinst. Ein bisschen Lippenstift bleibt an seinen Zähnen hängen.

»Ich möchte ein paar Dinge wissen«, erwidere ich. »Über jemanden.«

»Aha.« Er streicht sich über sein Bärtchen. »Und?«

In diesem Moment kommt ein junger Mann zu uns, vermutlich mein Alter. »Der Herr«, sagt er leise und senkt den Kopf. Lange Locken fallen ihm ins Gesicht während er Chan eine Schale mit Öl hinstellt. Als er sich von uns abwendet, sehe ich, dass eine seiner

Hände mit Handschellen auf seinem Rücken fixiert ist. Chan greift nach der Schale, riecht daran. Stellt sie gelangweilt wieder weg.

»Hör zu, es schmeichelt mir, dass du zu mir gekommen bist, aber ich kenne dich nicht ...«

Ich spiele meinen einzigen Trumpf: »Aber Linux kennst du, nicht wahr? Schöne Grüße soll ich dir ausrichten.«

Stille. Die Augen des Mannes weiten sich. Für den Moment verschwinden die Falten um seine Lippen vollkommen. Dann lässt er plötzlich seinen Palmenwedel fallen, springt auf, greift nach meinem Arm.

»Komm. Hier ist nicht der richtige Ort.« Er eilt mir wortlos mit langen Schritten voraus und ich folge ihm. Wir betreten einen Flur, von dem mehrere Türen abgehen. Kleine Lämpchen hängen daran, manche blinken rot, andere grün.

An einer der Türen bleibt er stehen und wirft einen Jeton in einen Münzeinwurf. Die Tür springt auf.

»Mit was für Leuten treibt sich der Junge jetzt rum?«, murmelt er mit einem Kopfschütteln, während wir eintreten.

Dahinter entblößt das Etablissement sein erwartetes Gesicht: Leder, Peitschen, von der Decke hängende Fleischerhaken, Geräte, die sich meinem Wissen entziehen. Leider nicht meiner erblühenden Vorstellungskraft.

»Stör dich nicht daran, Püppchen«, sagt Chan und zieht sich einen Hocker heran. »Hier sind wir ungestört.«

Er verschränkt die Arme hinter seinem Kopf und überschlägt die langen Beine.

»Du bist ziemlich mutig, hierherzukommen«, sagt er dann. »Also ... Woher kennst du Linux?«

»Party«, antworte ich schlicht.

Chans Augen weiten sich. »Aha. Ich dachte, mit Frauen hat er eigentlich nur ... geschäftlich zu tun.«

»Geschäftlich trifft es eigentlich ganz gut«, erwidere ich. Ich frage mich was ihn mit Linux verbindet. Warum sein Name ihn sofort von seinem Sofa geholt hat. »Und du? Woher kennst du ihn?«

Chan lacht laut auf, ein unschönes, schepperndes Lachen. »Was glaubst du, Püppchen? Hast du ihn dir angeschaut?« Er reibt seine Handgelenke. »Ich habe ihn jetzt schon so lange nicht mehr gesehen ... Aber er hält mich noch immer gefangen.« Er knöpft sich sein Hemd vollständig auf und entblößt seine entstellte Brust. Beginnt, sie großzügig mit dem Öl einzureiben. »Ich denke, ich werde aufpassen müssen, wenn ich nach Surface City zurückkehre«, sagt er beiläufig. »Aber der Spaß ist es immer wert. Also – was kann ich für dich tun? Oder für Linux?«

»Ich bin nur auf der Suche nach ein paar Informationen.«

»Ein paar Informationen können eine ganze Menge wert sein. Manchmal sind sie das Wertvollste, was man hier verkaufen kann. Nach teurer Software vielleicht.«

»Ich will nichts verkaufen«, sage ich hastig. »Der Schwarzmarkt interessiert mich nicht. Es geht darum, jemandem zu helfen.«

»Jemandem ...« Chan lacht laut auf. »Ich gehe mal davon aus, du meinst dich selbst.« Gewissermaßen trifft er es damit ganz genau auf den Punkt.

»Jemand wird erpresst«, führe ich meine vorsichtigen Erklärungsversuche fort, doch Chan bringt mich mit einer schnellen Handbewegung zum Schweigen.

»Hör auf, um den heißen Brei zu reden, komm zum Punkt.«

Ich schlucke. Komme zum Punkt. »Kennst du jemanden, der sich C nennt?«

Kaum habe ich das ausgesprochen, kann ich in Chans Gesicht ein faszinierendes Schauspiel verschiedener Ausdrücke beobachten, die sich alle sehr schnell hintereinander abspielen. »Oh … Oh, ich glaube ich weiß, um was es hier geht.« Seine Zunge fährt genüsslich über seine Schneidezähne, ich kann die dunklen Adern ihrer Unterseite sehen.

»Also?«, frage ich.

»Weißt du, womit du dich hier einlässt?«, fragt er.

»Sicher.« Meine Stimme klingt selbstbewusster, als ich mich fühle.

»Also offiziell weiß ich nichts«, sagt er und lässt wieder seinen Kopf zurückfallen.

»Und inoffiziell?«, frage ich.

Chan zieht lange an seiner Zigarette, bläst die Backen auf. »Das hier gefällt mir nicht, Kleine«, sagt er dann und entlässt den Rauch mit seinen Worten.

»Linux würde das auch nicht gefallen«, erwidere ich kühl. Hoffe, dass meine billigen Tricks funktionieren.

»Ich wüsste gerne, was euch beide verbindet«, sagt er. »Linux und dich. Dass er dich seinen Namen so verwenden lässt.«

Ja, das wüsste ich auch gerne.

»Ich sagte ja schon … Geschäftliches trifft es ganz gut«, erwidere ich.

Chan seufzt leise. »Also … damit wir uns völlig im Klaren sind. Du willst ein paar dunkle Geheimnisse über C wissen, damit er dir oder wem auch immer nicht weiter in die Quere kommen kann.«

»So in der Art«, sage ich.

»Wie auch immer. Du willst Geheimnisse. Dunkle Geheimnisse.« Er betont das sehr theatralisch. »Du weißt, was du mir damit antust, hm?«

»Man muss tun, was man tun muss«, erwidere ich und komme mir seltsam ehrlich dabei vor. »Die richtigen Chancen ergreifen.«

Chan zieht an seiner Zigarette. »Sei froh, dass ich Linux nichts ausschlagen kann.« Sein Blick gleitet in die Ferne, fast nostalgisch. Sehnsüchtig. Dann fängt er sich wieder. »Also, ich rede nicht gern über abwesende Menschen«, sagt er, wölbt seinen Kopf zur Seite und lässt seinen Nacken knacken. Widerliches Geräusch. »Ich werde dir nichts erzählen, das wäre mir zu risikoreich. Und mir ist mein Leben noch etwas wert, dafür habe ich einfach zu viel Spaß. Aber ich kann dich mitnehmen … Dich und Linux.« Er grinst. »Nicht, dass ich wirklich glaube, dass er mich wiedersehen will. Aber ich mache mir ja bekanntlich gerne ein paar schöne Träume.«

»Wohin?«, frage ich, ohne auf den Kommentar zu Linux einzugehen.

»Auf ein nettes Treffen«, antwortet er. »Mit ein paar netten Leuten.«

»Ein Treffen … Und C wird auch da sein?«

»Ich gehe fest davon aus. Auch wenn man bei diesen Leuten nie wissen kann … Sind immer beschäftigt, mal hier mal da. Sie haben ja alle noch ihre Leben außerhalb des Vergnügens. Aber er muss überhaupt nicht da sein. Du wirst auch so genug erfahren.« Er grinst mich wissend an.

»Da kann ich mich einfach … zugesellen?«, frage ich misstrauisch. Mir gefällt die ganze Sache nicht.

»Ich nehme dich mit«, sagt er und leckt sich über die Lippen. »Für mehr kann ich nicht garantieren.«

»Wann?«

»Mittwoch? Mitternacht?«

»Passt.«

Ein bisschen fühle ich mich wie in einem Fiebertraum. Kommt mir diese Situation nur in diesem Moment so real vor? Oder wache ich gleich auf, mit dem diffusen Gefühl, dass mein Gehirn eine ganze Menge Scheiße produziert haben muss.

»Dann hole ich dich direkt vor der zentralen Fahrstuhlhalle ab. Mein Auto wirst du erkennen.« Er richtet sich auf, streckt seine mageren Glieder. »Alles klar?«

Ich nicke. Und wir verlassen den Raum gemeinsam.

»Sag Linux, dass er aufhören soll, sich mit Masken rumzutreiben«, sagt Chan auf dem Weg zurück. »Das tut niemandem gut. Und es wäre wirklich *zu* schade um alle seine Talente.« Kurz bleiben wir neben der Bar stehen, wo der Barkeeper mit einer überdimensionalen Champagnerflasche hantiert. Chan greift nach einem leeren Glas, hält sie dem Barkeeper schwungvoll entgegen. »Ich meine, sozialer Aufstieg in allen Ehren, er kann gerne so viel Vitamin B schlucken, wie er will.« Und die Champagnerflasche explodiert, spritzt ihren weißen Schaum in die Höhe, bis der Druck verpufft und er dem Barkeeper über die Hände läuft. »Aber er kann das alles nicht kontrollieren.« Er lässt sich ein Glas einschenken und trinkt es noch im selben Atemzug leer.

»Aber was sage ich ... Er ist besessen. Gegen Besessenheit ist noch kein richtiges Wort gewachsen, da kann man nichts machen.«

Ich gehe ganz natürlich davon aus, zu verstehen, was er damit meint. »Ist nicht jeder ein bisschen besessen von Einfluss und Aufstieg?«

Chan betrachtet mich seltsam. »Einfluss?« Er stößt ein leises Lachen aus. »Ich würde ihm wünschen, er wäre besessen von Einfluss. Wirklich. Aber nein – nein, er ist besessen von Fortran. Was so viel schlimmer ist.«

»Fortran?«, frage ich reflexartig. »*Der* Fortran?«

Chan legt einen Finger an seine Lippen. »Schhh.« Und schiebt mich in Richtung Ausgang.

Leblos

Die Nacht zieht blass an mir vorüber. Und ich liege wach. Mein Kopf schmerzt, meine Narben pochen. Das Schmerzmittel, das Linux mir zur Nacht verabreicht, hat längst aufgehört zu wirken. Der Raum ist kahl und dunkel und diese Reizarmut scheint das nie enden wollende Ziehen und Hämmern noch zu verstärken.

Irgendwann halte ich es nicht mehr aus, stehe auf und beginne, ziellos durch die Räume zu geistern. Die meisten Türen sind zu, Linux ist nirgendwo zu finden. Erst nach Minuten kommt es mir in den Sinn, dass er schlafen könnte.

Also gehe ich in die Küche, beschließe, mir ein Glas Wasser zu holen. Dort steht das Fenster offen, Linux muss vergessen haben, es zu schließen. Eisige Luft weht durch den Raum.

Ich will es erst schließen, doch dann stütze ich mich einfach auf das Fensterbrett, lehne mich nach draußen. Der kalte Höhenwind prallt gegen meine Kopfhaut, es folgt ein stechender Schmerz, dann betäubende Ruhe.

Ich beobachte das pulsierende Glitzern der Stadt unter mir. Das Rauschen. Die Hochbahn, wie sie sich zwischen den Häusern windet. Atme tief ein.

Ein bestimmter Geruch steigt mir in die Nase, dessen Ursprung ich nicht recht ausmachen kann. Und ganz plötzlich, schon im Moment als ich ihn wahrnehme, überrollt mich ein starkes, fast übermächtiges Gefühl. Ich kann es nicht zuordnen, aber es überwältigt mich so sehr, dass es jeden anderen Gedanken verdrängt. Es ist zäh und beschwerend, aber beinahe euphorisch. Ich atme tiefer ein, immer und immer wieder nur um diesem Gefühl nachzuspüren.

Es ist kein guter Geruch. Schal, fettig, unschön vermischt mit dem metallischen Geruch der Stadt. Süßlich, abgestanden, aber so unglaublich ... vertraut.

»Iss nicht so viel, das ist ungesund, du wirst dick.«

Ich zucke zusammen, drehe mich um. Da ist niemand. Es dauert mehrere Augenblicke, bis ich realisiere, dass ich diesen Satz nur in Gedanken gehört habe.

»Iss nicht so viel, das ist ungesund ...« Der Satz wiederholt sich noch einige weitere Male, ohne dass ich es kontrollieren könnte. Und irgendwann folgt der Stimme ein Bild.

Eine Frau sieht mich an, ihr Gesicht ist schemenhaft verzerrt. Sie wirkt riesig, ihre Stimme ist streng. Und sie hat mir den Burger aus der Hand genommen, den ich gerade gegessen habe, er hängt nun fettig triefend zwischen ihren Fingern.

Den Burger, den ich gerade gegessen habe ... Hier habe ich noch nie einen Burger gegessen. Das war zu einem ganz anderen Zeitpunkt.

Ich erinnere mich.

Kapitel 19

Ich treffe die ominöse Anruferin in einer winzigen Bar, die zwischen dem *Sweet Lolita* und dem *Bestial* eingeklemmt ist, als wäre der Platz dafür nie vorgesehen gewesen.

Wer diese Person ist, mit der ich am Telefon gesprochen habe, weiß ich nicht, aber ich hoffe, dass sie mir helfen kann.

Nun stehe ich zwischen schmuddeligen Barhockern und schmierigen Tischen, auf denen zusammengesackte Schluckspechte kauern.

Ich habe das unschöne Gefühl, schon wieder an Deep Citys sumpfigem Boden angekommen zu sein, wo nichts mehr pompös und glitzernd und überspitzt ist. Wo sich lediglich der bemitleidenswerte Dreck der Stadt sammelt.

Meine Verabredung erkenne ich sofort. Sie sitzt mit dem Rücken zur Tür am Tresen der Bar und leuchtet in ihrer quietschroten Aufmachung wie ein einarmiger Bandit, zwischen den tristen Gestalten. Ob sie das so beabsichtigt hat?

Ohne zu zögern, ziehe ich einen Barhocker heran und setze mich neben sie.

»Rotes Jackett, roter Glockenhut«, sage ich, ohne sie direkt anzusehen.

Die Frau zuckt zusammen. Sieht hektisch nach links, nach rechts, fixiert mich lose; ihre Pupillen sind geweitet.

Ihre Nervosität verschafft mir ein Gefühl von Sicherheit, das noch aus meiner Zeit gesellschaftlicher Anlässe stammt. Es waren immer die Nervösen, mit denen ich zuerst geredet habe, ihnen war ich immer einen Schritt voraus. Und auch dieses Mal nehme ich meine typische Körperhaltung ein. Lächele, breit und süßlich. Falte die Hände in meinem Schoß und überschlage die Beine genau wie sie.

»Du bist das Mädchen am Telefon.«

»Wer sollte ich sonst sein?« Ich lege vertrauensvoll den Kopf schief, lehne mich in ihre Richtung, aber nicht zu sehr.

Sie rührt mit dem schmalen, silbrigen Strohhalm in ihrem Drink, den sie anscheinend nie angerührt hat. Daneben liegt eine selbst gedrehte Zigarette.

»Ihre Finger zittern«, sage ich. »Ist alles in Ordnung?«

Die Frau starrt mich an. Sie blinzelt und schwere, dick geschminkte Lider senken sich ein paarmal über ihre Augen.

»Ich weiß nicht ... Vielleicht war es ein Fehler hierherzukommen, vielleicht ...« Ihre langen Nägel kratzen über den Rand des Glases. »Wer bist du?«

»Ich sitze vermutlich im selben Boot wie Sie.«

»Tun wir das?« Sie zögert sichtbar. »Hast du auch für sie gearbeitet?« Ihre trägen Augen kneifen sich zusammen.

»Ich habe für niemanden gearbeitet«, erwidere ich. »Ich bin nur auf der Suche.«

»Wie kommst du dann an das Telefon?«

»Wie schon gesagt, ich bin auf der Suche nach ihr. Nach Cullinan.« In den Augen der Frau lese ich Verwirrung, als ich das sage.

»Aber … wie willst du sie finden?«, fragt sie. »Und warum?«

»Ich versuche, die Software zu finden.«

Sie sieht noch immer ziemlich verwirrt aus. Ich weiß nicht ganz, an wem ich zweifeln soll. An ihr oder an mir. Ich hoffe, sie ist noch ganz richtig im Kopf.

»Du sagtest, wir könnten uns helfen«, sagt sie dann, ziemlich aus dem Zusammenhang gerissen. »Mir helfen …«

»Kann ich vielleicht«, meine ich, ohne wirklich zu wissen, was ich da gerade sage. »Ich denke, ich kann einer ganzen Menge Leute helfen. Aber eventuell bin ich dabei auf Sie angewiesen.«

»Und wie willst du das anstellen?«, fragt sie. Sie sieht nicht besonders überzeugt aus.

»Ich brauche Informationen. Aus erster Hand.« Ich lege den Kopf schief. Hoffe, dass ihr das schmeichelt. »Über sie. Was wissen Sie über sie?«

»*Sie*? Wen meinst du überhaupt mit *sie*?«

»Cullinan natürlich«, antworte ich verwirrt. »Wir sprechen doch über ein und dieselbe Person?«

Sie sieht mich aus großen Augen an. Stille. Dann beginnt sie plötzlich leise zu lachen. Gluckst ein paar Sekunden lang vor sich hin.

»Cullinan ... Ha. Weißt du was? *Ich* bin Cullinan.«

Ich zucke zusammen. »Was?«

»Ich und all die anderen, die für diese Sache arbeiten«, sagt sie.

Sie muss die Verwunderung in meinem Gesicht sehen, trotz Maske. Sie starrt mich an, als wüsste sie gar nicht was sie dazu sagen soll.

»Du siehst verwirrt aus«, stellt sie das Offensichtliche fest. »So wie du mich ansiehst, kannst du wirklich nicht für sie arbeiten.« Ihr Lachen blubbert aus ihrem Mund wie Zigarettenrauch. »Dachtest du wirklich, bei Cullinan handelt es sich um ein und dieselbe Person?«

Ich nicke stumm. Bin ein wenig überrumpelt. Das hätte ich mir auch denken können, aber es kam mir bis jetzt kein einziges Mal in den Sinn.

»Oh nein, Cullinan sind vermutlich zwanzig bis dreißig Leute«, fährt sie fort. »Wie sollte sie sonst funktionieren? Ist immer an mehreren Orten zur gleichen Zeit, ist mal hier und in der nächsten Sekunde dort, wickelt drei Geschäfte auf einmal ab ... Und wenn es Probleme gibt, kriegt sie nie jemand zu fassen. Wenn man hier unten in einer solchen Position bestehen will, wenn man diese Art von Geschäften abwickeln will, dann muss man überall sein. *Überall.*« Sie sieht mich fest an und der Blick ihrer trägen Augen juckt auf meiner Haut. »*Cullinan* ist nur der Name für ein ganzes Netzwerk. Sie ist eine Figur. Ein fiktiver Charakter, ein Hirngespinst. Sie existiert nicht wirklich. Sie ist eine Rolle, in die man schlüpft, um seine Aufgaben zu erfüllen.«

Ich weiß nicht wirklich, was ich dazu sagen soll.

»Wer war noch Teil dieser … Figur?«, frage ich. Ich muss meine Vorstellung verändern. Sehe mich plötzlich überrannt von einer Armee maskierter Puppengesichter.

Aber wenn Cullinan mehrere Personen sind, wen spiele ich dann überhaupt gerade? Wer bin ich dann? Und wieso funktioniert diese Verwechslung?

Linux hat immer nur von einer Person gesprochen. Und dann dieses Büro …

»So viele Leute«, sagt sie. »Manche mehr, manche weniger.« Nun nippt sie doch an ihrem Drink. Ihr Blick driftet kurz ab und sie stößt Luft aus, wie einen Seufzer.

»Vor wem sind Sie dann auf der Flucht?«, frage ich.

»Vor dieser ganzen Geschichte«, sagt sie. »Aber hauptsächlich vor der Person, von der du wahrscheinlich denkst, dass sie Cullinan ist. Du bist auf der Suche nach *ihr* nehme ich an«, sagt sie. »Habe ich recht?«

»Ja, ich denke schon«, erwidere ich und versuche, all die Gedanken zu ordnen. Es fällt mir heute noch schwerer als sonst, mein Kopf ist wie betäubt.

»Wir nennen sie den *Blutdiamanten*. Sie ist der Kopf unseres Netzwerkes. Die Idee, das Gehirn. Der Computer, muss man manchmal denken.« Sie dreht gedankenverloren ihre Zigarette auf dem Tisch hin und her. »Wir sind nur die Drohnen, die ihre Aufgaben erledigen. Und so werden wir auch behandelt.«

Also gibt es doch eine Einzelperson. In ihrem Büro muss ich gewesen sein, sie muss Linux gemeint haben, sie muss diejenige gewesen sein, die sich an meine Auftraggeber gewendet hat. Der Blutdiamant ... Warum die ganze Obsession mit Diamanten? Es ging in der ganzen Sache nie um Diamanten.

»Ich weiß nicht, wo du dieses Telefon abgehoben hast, aber es muss ihres sein«, fährt meine Verabredung fort. »Ich habe ihr Telefon angerufen. Denn sie ist das Problem. Mein Problem. Unser Problem.«

»Was *ist* das Problem?«, frage ich. Es wird Zeit, dass diese Frau sich klar ausdrückt.

»Ich bin einfach fertig«, erwidert sie und nun schwimmt ihre wackelige Stimme in Tränen. Das trübe Blau ihrer Augen wird noch ein bisschen trüber. »Ich kann nicht mehr.«

»Wieso? Was ist passiert?«

»Es ist alles einfach nicht mehr richtig«, flüstert sie. Lehnt sich nun etwas weiter in meine Richtung, als würde sie sich belauscht fühlen. »Sie hat plötzlich die Kontrolle verloren, so viel ging schief. Die Käufer saßen uns im Nacken, es ging um unvorstellbare Summen ... Und sie hat plötzlich völlig wahnsinnige Schachzüge gemacht. Und dann kam diese Liste ... Ich meine, wissen wir nicht alle, worum es da geht?« Sie atmet heftig. »Diese Liste hat sie völlig aus der Bahn geworfen. Hat aus ihr ein paranoides Wrack gemacht. Es musste um sie gehen. Um sie und dieses grässliche Programm, das doch eigentlich niemand wirklich will. Ich habe keine Ahnung, wer das da auf dieser Liste überhaupt ist und wie sie mit dem Blutdiamanten zusammenhängen, aber sie stehen da, um ihr richtig wehzutun.« Sie schluckt hart und ringt nach Luft. Ihre Stimme ist wackelig geworden. »Wir sind an dem

Punkt angekommen, an dem Menschen sterben. Wegen ein bisschen Code.« Wieder schluckt sie hart. Scheint gegen ihre Tränen zu kämpfen. »Und sie ist verrückt geworden. Völlig abgedreht. Ich weiß nicht, was plötzlich los war, aber plötzlich verschwand sie, tauchte wieder auf mit seltsamen Forderungen. Sie schien in Panik. Im Konflikt mit sich selbst.« Sie ringt nach Luft, die Worte blockieren ihre Lungen. »Und diese Liste ... Immer wieder diese Liste. Ich habe so viel mit meinem Gewissen vereinbart in der ganzen Zeit. So viel. Wenn du es hier zu etwas bringen willst, musst du skrupellos sein. Aber jetzt ... nein, das will ich nicht mehr. Ich kann nicht mehr!«

»Und Sie wollten aussteigen«, versuche ich, ihre wirren Gedanken auszuführen, »aus der ganzen Sache?«

»Aber ich konnte nicht, verstehst du?«, krächzt sie hysterisch. »Sie hat mich terrorisiert. Hat mir gedroht. Sie könne niemanden gehen lassen, nicht in diesem Moment. Sie könne sich nicht erlauben, jemandem nicht mehr vertrauen zu können.« Sie klingt erstickt. Ihr Blick geht hin und her, sie sieht fast aus wie Pin, so paranoid. Ich weiß nicht recht, wie ich es bewerten soll. Ob ich glauben soll, dass diese Frau nicht mehr ganz richtig im Kopf ist, ob sie vielleicht einfach der Deep City Paranoia verfallen ist, die hier mit irgendwelchen Sporen durch die Luft fliegen muss wie eine Seuche. Aber ich muss mich wohl auf sie verlassen. Es ergibt Sinn, was sie erzählt, auch wenn ich es nicht unbedingt in eine Reihenfolge bringen kann. »Ich habe keine Ahnung, wer du bist, aber wenn du sagst, dass du mir helfen kannst, dann hoffe ich, dass du es so meinst.«

»Ich werde mein Bestes geben«, sage ich. »Sie müssen mir nur noch ein paar Fragen beantworten.« Ich komme mir schon vor wie Linux, wenn ich das sage.

Stille. Wir wechseln einen langen, schweigenden Blick.

Ich habe das Gefühl, es ist Zeit für die entscheidende Frage.

»Wer *ist* der Kopf von Cullinan? Wer steckt dahinter?«, frage ich. Ich erhoffe mir eine gute Antwort. Eine, mit der ich etwas anfangen kann. Vielleicht die Lösung zu meinem Problem.

Die Frau fingert nervös an ihrer Maske herum.

»Also hier unten war sie eine junge Göttin.« Sie muss wieder sehr lange Luft holen. Als würde allein der Gedanke an diese Person ihr das Atmen erschweren. »Und ich denke, jeder kann sich vorstellen, wie es ist, in dieser Stadt eine Göttin zu sein. Hyalopolis kommt dir vor wie ein eigener Planet. Du beherrschst deinen eigenen Planeten. Und in Deep City, wo es keine echten Gesetze gibt … Du hast alle Gestaltungskraft. Sie hatte mehr Macht, als es einem Normalsterblichen gut tut.«

Ich nehme diese Worte in mich auf, splitte sie auf in ihre Einzelteile.

»Aber warum sollte sie dann einfach verschwinden?«, frage ich. »Warum sollte sie das zurücklassen?«

»Was?«, fragt die Frau. »Was meinst du?«

Mir ist längst klar, dass sie nicht weiß, dass Cullinan, oder der Blutdiamant, wie sie sie nennt, verschwunden ist. Sonst wären wir nicht hier. Sonst hätte sie nie angerufen. Niemand weiß es, außer Linux und mir, wie es scheint. Aber ich werde sie jetzt darauf stoßen.

»Sie ist verschwunden«, sage ich. »Ich weiß nicht wie lange, aber sie ist nicht mehr auffindbar. Als hätte die Stadt sie verschluckt. Und niemand ... niemand hat gemerkt, dass sie verschwunden ist.«

Stille. Die Frau sieht mich an, als würde ich ihr ein Märchen erzählen. Dann, sehr langsam, scheint ihr ein Licht aufzugehen.

»Deshalb ist sie nie ans Telefon gegangen. Deshalb bricht alles zusammen. Deshalb ... hat sie mich noch nicht gefunden.« Ihre Stimme ist zu einem kratzigen Flüstern verkommen, ihre Augen driften in weite Leere.

Es dauert einen Moment, bis sie sich wieder gefangen hat.

»Bist du deshalb auf der Suche nach ihr?«, fragt sie. »Willst du sie wieder zurückholen? Denn bitte, tu das nicht. Du machst den Fehler deines Lebens.«

»Nein«, sage ich. »Ich versuche nur, geradezubiegen, was sie zurückgelassen hat. Versuche zu retten, was noch zu retten ist.«

Mich selbst.

»Und sie ist wirklich ... weg?«

Ich nicke. »Ich frage mich, warum sie Deep City hätte verlassen und alles zurücklassen wollen. Es ergibt keinen Sinn.«

»Nein«, sagt die Frau fest. Plötzlich richtet sie ihren ganzen Körper wieder auf, Spannung kehrt in ihre Muskeln zurück. »Sie wäre nie freiwillig gegangen. Sie war besessen. Ihre eigene Marionette. Sie hätte diesen grässlichen Ort nie verlassen können, sie brauchte ihn wie die Luft zum Atmen.«

»Also ... ist sie tot?«

»Keine Ahnung.«

»Aber alles läuft weiter«, sage ich. »Die Masken führen die Liste fort, ihre Käufer warten auf das Programm ... Und sie ist einfach verschwunden. Und das Programm mit ihr.«

»Ich sagte ja schon, sie hatte sich verändert«, erwidert die Frau. »Irgendwas hat diese Liste in ihr ausgelöst. Sie ist wahnsinnig geworden. In irgendeiner Weise wurde es ja auch Zeit.«

Ich kaue auf meiner Unterlippe und blicke nachdenklich an meiner Verabredung vorbei. Ich habe das Gefühl, Cullinan gedanklich sehr nah zu sein. Manchmal habe ich das Gefühl, für einen Moment gänzlich in diese Person einzutauchen, die ich niemals kennengelernt habe. Von der ich mir noch immer nicht ganz sicher bin, ob sie wirklich existiert. Als würde ich bei einem Augenaufschlag noch ich selbst sein und beim nächsten schon nicht mehr. Das Kribbeln in meinem Kopf und meinen Fingerspitzen verkommt zu einer merkwürdigen Taubheit.

»Warum brauchte sie Deep City so dringend?«, frage ich, den Blick noch immer in unscharfer Ferne. »Was für eine Person war sie?«

Sie zuckt mit den Schultern. »Es war seltsam. Es waren nicht die Drogen. Es war nicht das Geld. Es waren nicht die Bekanntschaften, die sie hier sicher hatte. Es war nichts von alldem.« Die Augen der Frau driften ins Leere, sie scheint nachzudenken. Als könnte sie die Antwort auf die Frage tatsächlich selbst irgendwo finden.

»Bekanntschaften?«, frage ich nach.

Sie lacht wieder auf. »Du weißt schon ... Bekanntschaften. Junge Mädchen hauptsächlich. Prostituierte.
Irgendwelche dahergelaufenen Tänzerinnen. Manche
traf sie in Clubs ... Du weißt schon.«

»Sie war auf Sex aus?«

»Nein. Ich glaube, sie war süchtig nach Kontrolle.
Und über diese Menschen *hatte* sie Kontrolle. Genauso
wie über die Stadt. Für uns symbolisiert sie den vollständigen Kontrollverlust, aber für sie war es eine
Möglichkeit, etwas zu beherrschen, was sie sonst vielleicht nicht beherrscht hätte. Und es musste immer
mehr sein. Immer größer.«

Die Frau trinkt noch einen Schluck von ihrem
Drink. Es sieht seltsam aus, wie sie den Strohhalm
durch den schmalen Spalt in ihrer Maske schiebt.

»Haben Sie eine Ahnung wer sie in Surface City
war?«, frage ich.

»Nein. Aber ich bin mir sehr sicher, dass sie kein
Niemand war. Dieses Auftreten, dieses Wissen, dieses
Talent ... Das kannst du nicht in Deep City imitieren.
Und sie muss ihre Quellen gehabt haben, schließlich
hat sie einen digitalen Schwarzmarkt aufgebaut.« Die
Frau lacht. »Sie hat die größte Droge verkauft, die
unserer Zeit hervorgebracht hat: die digitale Welt.«

Dieser Satz geht mir durch Mark und Bein. Manchmal sind dir Dinge so bewusst, doch wenn sie laut
ausgesprochen werden, bereiten sie fast körperliche
Schmerzen. Ich drücke meine Finger in meinen
Schoß.

»Sie war ein Genie«, sagt sie. »Nur hat sie den Fehler
gemacht, das Geschäft ihres Lebens tätigen zu wollen.«
Sie macht eine lange, nachdenkliche Pause. »Hast du

je ein Genie persönlich kennengelernt?«, fragt sie dann und sieht mich an, ohne mich richtig anzusehen.

Vista. Vista, Vista, Vista.

»Die wenigsten denken daran, dass das einen Menschen einsam macht. Einsam und verrückt. Und wir sind nicht dafür vorgesehen, einsam zu sein, wir sind nicht dafür vorgesehen, größer zu sein, als die anderen. Wir gehören in ein Netzwerk. Darum funktioniert unsere Gesellschaft so gut. Wenn du nicht mehr dazugehörst, egal ob im guten oder schlechten Sinn, dann bist du innerlich ein toter Mensch.«

Vista. Vista, Vista, Vista.

Ich muss diesen Namen eines Tages loswerden. Er treibt mich in den Wahnsinn.

»Sie haben keine Ahnung, wo sie sich aufhalten könnte?«, frage ich schnell weiter. Versuche, mich wieder auf das Wesentliche zu konzentrieren. »Oder wo diese Software sein könnte?«

»Nein«, sagt sie. »Absolut keine Ahnung. Und ich bin mir nicht so sicher, ob ich dir dabei helfen möchte, sie zu finden. Denn wenn du recht hast, dann hoffe ich, dass sie und dieses Programm verschwunden bleiben. Für uns beide und für alle.«

»Dann wird die Liste niemals gestoppt werden«, sage ich in vorwurfsvollem Unterton. Hoffe, dass sie das umstimmen wird.

»Und du glaubst, sie stoppen zu können?« Ihr Blick spricht Bände, es verletzt mich fast ein bisschen, wäre ich nicht das verlogene Biest, das ich bin, dem es eigentlich nur um sich selbst geht.

»Haben Sie ein bisschen Vertrauen in mich«, sage ich. »Sie wissen nicht, wer ich bin. Dieses Programm muss sich nur wieder auffinden, dann können wir endlich alles wieder in Ordnung bringen. Und ich glaube, das war auch Cull... der Plan des Blutdiamanten.«

»Oh, das glaube ich absolut nicht«, sagt sie. »Und du glaubst das auch nicht wirklich.«

Pause.

»Gibt es nichts anderes, mit dem sie mir helfen können?«, frage ich. »Irgendwas? Ein Ort, an dem sie gearbeitet hat? Leute, mit denen sie zu tun hatte?«

Sie seufzt tief.

»Ich kann dir nicht viel mehr erzählen«, sagt sie. »Ich bin seit Wochen aus der Sache draußen. Ich will nichts mehr damit zu tun haben. Ich wollte nur damit abschließen.« Sie blickt in die Ferne und für einen Moment glaube ich, sie verloren zu haben.

»Und?«, frage ich.

»Ach. Such weiter«, sagt sie. »Es sollte mir ja eigentlich egal sein. Ich will nur endlich nichts mehr mit dieser Sache zu tun haben. Ich will meinen Frieden damit machen. Ich weiß nicht, wer du bist, was dein Plan ist und wie du hier überhaupt reingeraten bist. Von mir aus, such weiter. Aber ich will dich warnen, denn dir scheint vieles nicht klar zu sein. Es ist gefährlich, Cullinan zu spielen. Und es ist gefährlich, sich mit ihr auseinanderzusetzen. Sie saugt dich aus. Kann dich in den Wahnsinn treiben.«

Mir klingt das Ganze ein bisschen zu dramatisch. Verloren bin ich bereits, Deep City oder ihre zwielichtigen Gestalten werden das nicht mehr ändern.

Wir wechseln einen langen Blick.

»Hast du ein Stück Papier für mich, oder so?«, fragt sie dann.

»Diktieren Sie es mir einfach«, sage ich.

Mit gedämpfter Stimme diktiert sie mir die Adresse zu einem Hotel, das ich in meinen Kommunikator tippe. »Eine ... andere Cullinan, wenn du es so willst«, sagt sie. »Jemand, der vermutlich sehr viel tiefer in der Sache drinsteckt als ich. Und als es gesund ist.« Sie wirft mir einen vielsagenden Blick zu. »Wenn dir jemand helfen kann, dann sie.«

Ich lächele.

»Danke.«

Sie sieht mich eine Weile lang eindringlich an. Leert die letzten Tropfen ihres Drinks.

»Du bist ein wirklich hübsches Mädchen«, sagt sie mit seltsamen Unterton, als könnte sie durch meine Maske hindurchsehen. »Du hättest ihr sicher gefallen.«

Mit diesen Worten steht sie auf und reicht mir die Hand. Ohne eine wirkliche Verabschiedung verlässt sie das Lokal und lässt mich zurück.

Weißes Rauschen in meinem Schädel. Ich sehe diese Maske vor mir ...

Mein kleiner Diamant.

Es hat wieder angefangen zu regnen, mein filziger Mantel kämpft gegen die dicken Tropfen. Arschkalt. Ich sollte mir einen Regenschirm anschaffen.

Wenigstens hilft mir die frische Luft, dieses Treffen zu verarbeiten. Ich habe das Gefühl, einen Schlüsselpunkt in dieser Sache erreicht zu haben. Plötzlich kann ich Cullinan in einer Weise greifen, sie kommt mir vor wie eine reale Person, auch wenn sie eigentlich keine ist.

Nur wo ist sie? Warum ist sie einfach weg? Wie können selbst ihre eigenen Leute nicht wissen, wohin sie verschwunden ist?

Ein Vibrieren an meinem Handgelenk stoppt meine Gedanken.

Mein Kommunikator leuchtet hell unter meinem Mantelärmel.

Es ist Glass. Ich nehme den Anruf entgegen.

»Wo bist du?«, fragt er, bevor ich etwas sagen kann. Seine Stimme klingt so düster, mein Herz sinkt sofort zu meinen Füßen. Ich hetze weiter. Hoffe fast, dass, wenn ich weiterlaufe, ich der schlechten Nachricht entkommen kann.

»Ich bin …«

»Du musst kommen«, unterbricht er mich.

»Warum?«, frage ich. Ich weiß jetzt schon, dass ich die Antwort nicht hören will.

»Sie ist tot. Pin ist tot.«